Camino de sirga

Jesús Moncada

Camino de sirga

Traducción de Joaquín Jordá

EDITORIAL ANAGRAMA
BARCELONA

Título de la edición original:
Camí de sirga
Edicions de la Magrana
Barcelona, 1988

Ilustración: estallido de tierra seca sobre fondo blanco / Adobe iStock,
© wooddy7

Primera edición en «Narrativas hispánicas»: septiembre 1989
Primera edición en «Compactos»: septiembre 2007
Tercera edición en «Narrativas hispánicas»: junio 2025

Diseño de la colección: Julio Vivas y Estudio A

© De la traducción, Joaquín Jordá, 1989

© Club Editor 1959, S. L. U. & Herederos de Jesús Moncada, 1988
Publicado por acuerdo con SalmaiaLit Agencia Literaria

© EDITORIAL ANAGRAMA, S. A. U., 2025
Pau Claris, 172
08037 Barcelona

ISBN: 978-84-339-4680-5
Depósito legal: B. 4472-2025

Printed in Spain

Romanyà Valls, S. A., Verdaguer, 1
08786 Capellades (Barcelona)

Pese a que el cañamazo de esta novela está tejido con hechos del último siglo de existencia de la antigua villa de Mequinensa, en especial de los que determinaron de manera irreversible su destino a partir del año 1957, el autor quiere dejar claro que no ha pretendido en absoluto escribir la historia, por lo menos en el sentido usual de la palabra, de aquellos acontecimientos. Hace constar asimismo que los personajes de la obra son seres de ficción a los que solo la fatalidad de las coincidencias puede hacer pasar por personas reales, vivas o muertas.

Primera parte
Los días de El Edén

I

Pilastras y paredes maestras se resquebrajaron bruscamente; un estruendo ensordecedor en el que se mezclaban
el crujido de jácenas y vigas, el desplome de escaleras, suelos,
tabiques y bovedillas, el estallido de cristales y una rotura
de ladrillos, tejas y mosaicos, retumbó por la bajada de la
Herradura mientras la casa se derrumbaba irremediablemente. Enseguida, una nube de polvo, la primera de las que
debían acompañar la larga agonía que entonces comenzaba,
se alzó por encima de la villa y se desvaneció poco a poco
en el aire luminoso de la mañana de primavera.

Años después, cuando el desastre iniciado aquel día de
1970 era memoria lejana, tiempo amortajado con telarañas
de niebla, una crónica anónima reunió un montón de testimonios sobrecogedores sobre el acontecimiento. El primero desde un punto de vista cronológico, pese a que no resultaba el más patético, recogía el parón del reloj del
campanario ocurrido la víspera en medio de un crepúsculo
tempestuoso que pintaba el cielo con carmines violáceos,
oros mortecinos y brumas negras; según el cronista, la avería era una premonición clara de lo que debía ocurrir al día
siguiente, un anuncio del final inexorable del tiempo antiguo. La angustia se hacía estremecedora en la descripción,

debida a otro testimonio, de la noche a que había dado paso la incertidumbre del crepúsculo: la crónica hablaba del espeso silencio de las calles desiertas, silencio que quería reflejar el de la gente encerrada en casa, rezando para que no rompiera el día. Sin embargo, de todas las evocaciones, la más sobrecogedora era la del siniestro estruendo de las once de la mañana siguiente en la bajada de la Herradura: según la crónica, el vecindario se sintió sacudido hasta la médula por el comienzo del desastre.

Sin duda, los testimonios resultaban impresionantes. Ahora bien, no era esta la única característica que tenían en común; compartían otra, quizá insignificante pero bastante esclarecedora de lo que sucedió aquel día nefasto: todos, sin excepción, eran también absolutamente falsos.

Para empezar, Honorat del Rom, uno de los dos boticarios de la villa, que sobrevivió suficientes años a los hechos para alcanzar la aparición de la crónica, aclaraba en unos comentarios irónicos sobre el documento que el reloj municipal, instalado en el campanario de la iglesia, no se había estropeado el 11 de abril de 1970. El artefacto, más viejo que los caminos y bastante cascado, se desajustaba con frecuencia, y no resultaba chocante ver sus manecillas inmóviles en las cuatro esferas; pero aquel día funcionaba y, puestos a ser exactos, solo se le podía reprochar un adelanto de siete u ocho minutos respecto a la hora oficial. Eso, en opinión del farmacéutico, invalidaba por completo la supuesta premonición de los acontecimientos del día siguiente atribuida al reloj y permitía arrinconar cualquier otra especulación sobre el tema.

La cuestión del crepúsculo tempestuoso tampoco casaba con los hechos. Nadie discutía que, de haberse producido tal como decía la crónica, habría resultado bastante adecuado como escenografía del preludio del drama. Por desgracia, fue un crepúsculo aburrido, ni siquiera comparable a la media de los que disfrutaba habitualmente la población, por no hablar de los más portentosos, que el boticario ni se tomaba la molestia de citar; aquel lo subió ya medio deshecho el viento de mar, el bochorno, por el valle del Ebro: sus rojeces habían ensangrentado sin vigor los muelles, donde se pudrían poco a poco las viejas naves de la villa, antes de deslizarse río arriba y convertirse en tiniebla a poniente, como cualquier otro, entre resplandores morados y sin más historias.

La noche resultó casi tan anodina como el crepúsculo: de una negrura vulgar. Si se dejaba a un lado la oscuridad, siempre un poco inquietante, nada justificaba atribuirle una tensión inusual, es decir, más intensa que la soportada incesantemente por la villa desde hacía mucho tiempo, ya injertada en la vida cotidiana. Desde el juez de paz, decepcionado sin remedio de los encantos marchitos de la jueza, ocupado en trabajarse a una prima del secretario del Ayuntamiento con movimientos lentos, vigorosos y profundos, mientras ella se derretía en un estertor agónico sobre la mesa del juzgado, restregando con las nalgas el registro de defunciones, hasta el sereno, el vecindario pasó la noche como de costumbre.

Puede que la única excepción fuera Pasqual de Serafí: tendido de cuerpo presente en la cama de matrimonio, en medio del sonsonete enervante del luto familiar, digería la muerte que había ido a sorprenderle a media tarde mientras leía un diario deportivo en la barbería. Nada extraordinario, porque la villa disponía de rituales seculares con los que atenuar también la presencia de la muerte, alteró, pues, las horas y cuando el alba remontaba el Ebro y encendía con fugaces resplandores el charol de la gorra, el acero del chuzo y los botones dorados del uniforme del sereno, que subía por la calle de las Brujas para ir a acostarse, la villa dormía sosegadamente.

Las primeras rojeces del alba treparon al muro que bordeaba el Ebro desde los laúdes amarrados en los muelles silenciosos y se pegaron lentamente a las texturas ásperas de las casas, protegidas por la vertiente de la sierra dominada por el castillo. A la luz del día siempre le costaba trabajo penetrar en el laberinto de calles y callejones. La población había vivido cerca de un siglo entre minas de lignito y el polvo del carbón se le había adherido como una piel de sombra; los edificios, donde los enjabelgados resultaban efímeros, la gente, incluso los ríos, siempre surcados por naves negras y con las entrañas oscurecidas por el carbón perdido en los naufragios, parecían haber adquirido la misma pátina. Al final, sin embargo, al igual que todas las mañanas, la luz, cuando ya palidecían sus primeras rojeces, fue expulsando la tiniebla: la antigua, decrépita, entrañable y tantas veces maldecida silueta salió, ocre y negra, de la noche.

Las calles comenzaron a llenarse de una vida intensa aunque provisional. Ahora bien, contrariamente a lo que habían de afirmar en el futuro con tanto dramatismo los testimonios recogidos por la crónica, el suceso de las once de la mañana pasó desapercibido para casi todo el mundo. La villa no quedó en suspenso, los corazones no dejaron de latir; el ruido no se extendió como un redoble fúnebre por calles y plazas, no resonó por el valle del Ebro ni por la ribera del Segre ni por los muelles silenciosos ni por las minas muertas como un anuncio de desastre. Fue un breve trueno en una villa tan acostumbrada a oír los barrenos de las minas que ni se dio cuenta.

Corrieron otras patrañas que, curiosamente, puesto que eran tan falsas como las primeras, no fueron recogidas por el cronista anónimo. Sin embargo, también formaban parte de la espesa telaraña con que muchos habitantes intentaban sofocar la carcoma de la mala conciencia. En el fondo, esta era la secreta justificación de la crónica, lo que la hacía ser aceptada como buena por la mayoría del personal que vivió los acontecimientos.

Porque, después de años y años de hablar del mismo a todas horas, de construir mil quimeras, de sentir su angustia con anticipación (en el tarot de la vieja Caterina aparecían fenómenos extraños, estremecimientos del inframundo), he aquí que, a excepción de Honorat del Rom, el boticario, que se hallaba dolorosamente clavado en la esquina del callejón del Anzuelo con la bajada de la Herradura, nadie se dio cuenta del suceso. Y aunque nada habría cambiado en caso contrario, ya que para aquel entonces el destino era irreversible, años más tarde, cuando la siniestra pesadilla era recuerdo polvoriento, grumo de ceniza, algunos habitantes comenzaron a tejer testimonios apócrifos para quedar bien ante la historia.

Pero no todo se encontraba en las crónicas ni era tan fácil de rebatir. Resultaba arriesgado afirmar, por ejemplo, que Llorenç de Veriu, como se decía en cafés y tertulias callejeras, se enteró del suceso; unos decían que acudió a la villa para ver por última vez la casa de la bajada de la Herradura, la que había construido con sus propias manos, en 1936, cuando él y Carme Castell querían casarse. Muchos prefirieron creer que el rumor, si le llegó, no consiguió resucitar los restos de Llorenç, polvo inerte y anónimo debajo de la tierra lejana del yermo de Teruel donde casi treinta años atrás, durante la guerra civil, le había segado una ametralladora fascista.

Los habitantes se engañaban empecinándose en convertir el 12 de abril de 1970 en una fecha clave de su drama

15

colectivo, como se equivocaban también al sentirse culpables de no haber asistido al acontecimiento. La demolición de la casa número 20 de la bajada de la Herradura con que se había iniciado el arrasamiento de la villa –y el azar burocrático señaló aquella como hubiera podido designar cualquiera de las que ya estaban vacías– no fue más que el principio del último acto de una prolongadísima pesadilla. Cuando las máquinas tensaron las sirgas de acero atadas a las pilastras y el edificio cayó en medio de una nube de polvo, hacía más de trece años que la destrucción de la villa había comenzado.

II

Al llegar la noche, un cierzo áspero y efímero, aunque alguien insinuaría después que no era cierzo sino una ventolera extraña que venía de donde nunca había soplado el viento, arañó la villa. Una ráfaga se encaminó por la bajada de la Herradura, se llevó el polvo sedimentado de las ruinas de la casa de Llorenç de Veriu, se arremolinó en la plaza de los Santos y golpeó los ventanales mal cerrados de un balcón de la casona de los Torres y Camps. Allí aulló en dormitorios y pasillos, movió cortinajes, descompensó el péndulo del gran reloj del despacho e hizo sonar las lágrimas de cristal de la lámpara del comedor antes de calmarse y morir finalmente en el Salón de las Vírgenes Mártires.

Hacía muchos años, más de los sesenta y siete acumulados por la señora Carlota de Torres en su formidable corpachón, que el cuadro que dio nombre al salón había desaparecido del tabique donde lo colgaron cuando llegó a la casa. Traída de Italia por el hermano de la madre, viajero empedernido a quien se tachaba en secreto de masón, ateo, irreverente y calavera, y de quien se temía, para remachar el clavo, que no dejaría ni un real al irse a la tumba, la pintura representaba un grupo de figuras femeninas rosadas y lozanas que dejaban transparentar sin ningún tipo de pudor sus encantos a través de unos velos finísimos, vaporosos, una pura ilusión textil. Tan sugerentes resultaban las damas que hizo falta la indulgencia de los padres, el miedo de la hermana de irritar al hermano soltero, de quien, pese a las aprensiones, no perdía las esperanzas de heredar, y también la aquiescencia del cura de la villa, visitante asiduo de la casa, para que se concediera a la composición el lugar de honor del salón. El sacerdote barrigón, parsimonioso y beatífico, estudió la pintura con una minuciosidad quizá un poco excesiva, lo que provocó comentarios sarcásticos de parte de Camil·la, una de las criadas, en el retiro de la cocina y, después de muchas meriendas interminables con sequillos y chocolate, dictaminó que, si bien no había suficientes elementos para asegurar que la pintura, tal como afirmaba con media sonrisa el tío calavera, representaba a unas doncellas cristianas a punto de sufrir el martirio, devoradas por los leones en un anfiteatro romano, tampoco veía motivos suficientes para negarlo, sentencia ambigua que facilitaba por lo menos el apaciguamiento de los dignos escrúpulos de la digna familia.

El desafortunado suceso, eufemismo con que se aludía a la prematura desaparición del tío crápula, muerto en París de Francia en circunstancias misteriosas que la familia se guardaba muy bien de revelar; la comprobación de que el difunto, aparte de la gata Lucrecia, adoptada por la patrona del hotel de la orilla izquierda del Sena donde se produjo el óbito, no había dejado otra cosa que deudas; el logro de una canonjía de la catedral de Lleida por el cura glotón con la consiguiente llegada del nuevo rector, un esqueleto adusto, inquisitorial y tremebundo que fulminó desde el primer día la orgía carnal del cuadro, así como los escrúpulos de la hermana, emparejados de manera bastante sospechosa con el desencanto de la herencia, los gastos que había ocasionado además el fallecimiento en el extranjero y el traslado del cadáver al panteón familiar del cementerio de la villa, señalaron el final de la presencia de la pintura en el salón. Relegada a los desvanes de la inmensa casona, la más imponente de la gran plaza de Armas de la villa, solo recibía las visitas emocionadas del señor Octavi, quien subía en peregrinación secreta a contemplar, espiado por Camil·la, la frescura de las ninfas que el hijo añorado hacía pasar por doncellas cristianas.

El salón, pese al cambio, siempre fue reconocido por el nombre apócrifo del cuadro, *Las vírgenes mártires*, aunque la racha de cierzo que lo invadió la noche de abril de 1970 ignoraba seguramente su historia y entró allí por casualidad.

A la mañana siguiente, el salón daba pena. La primera muestra del polvo que se convertiría en la obsesión del vecindario a partir de la demolición de la casa de Llorenç de Veriu lo había rebozado con una película blanquecina de apariencia espectral. Hasta el enorme retrato del señor Jaume de Torres era invisible debajo de la suciedad. La cólera de su hija retumbó por la casa tan pronto como se descubrió el desastre. Las tres criadas –Carmela, Sofia y Teresa, sucesoras de Camil·la, Adelaida y Verònica–, en ese momento las únicas ocupantes de la casa a excepción de la dueña, fueron convocadas a gritos desde el recibidor y acudieron a todo trapo a la limpieza. Después de sacudir paredes, molduras, lámparas, cortinajes y muebles, y de barrer el suelo, descolgaron el retrato y comenzaron a frotar cuidadosamente la tela con paños húmedos, bajo la mirada severa de la dueña.

Aquella especie de exhumación en el transcurso de la cual el señor Jaume de Torres salía de nuevo a la luz, alteró profundamente la humanidad inmensa de la hija; la aparición gradual de la imagen –ahora la punta de la nariz, después el lóbulo de la oreja izquierda– le recordaba la realización del retrato cincuenta y seis años atrás, cuando ella era una mocosa y su figura, más bien larguirucha, desmañada y flaca, no permitía adivinar el volumen y el peso que había de ganar con el paso de los años, origen del apodo de Gorda Carlota que le colgó la villa.

La ejecución de la pintura había sido un proceso fascinante; le había encantado tanto que era capaz de recordarla todavía con pelos y señales. Un día, apareció inesperadamente en la casa el viejo Joan, el carpintero de la plaza del Remo, cargado con un bastidor en el que había clavado y tensado una tela de lino con una imprimación de un blanco finísimo y mate. Los tres obreros de la fábrica Torres y Camps, Extractos de Regaliz, que acompañaban al artesano, bastante incómodos a causa de la presencia de las señoras y amedrentados por el lujo que les rodeaba, dejaron en el salón un caballete de pintor, una caja de colores y una sillita plegable. Más tarde, como punto culminante de la expectación provocada entre las mujeres de la casa (el abuelo estaba en el desván, embobado ante las pseudomártires), el señor Torres volvió de la fábrica antes de la hora habitual en compañía de Aleix de Segarra.

Después de interminables aspavientos −«no, Adelina, no me lo merezco; no insistas más, ya sabes que soy una persona muy sencilla...»−, el señor Torres fingía haberse dejado engatusar por la mujer y capitulaba, pese a que secretamente se decía que le sobraban méritos para acceder al ruego. Al fin y al cabo, ¿quién había puesto orden en el desbarajuste patrimonial de la casa, ya antes de casarse con la heredera Camps? ¿Quién había sacado a flote la fábrica de extractos, limpiándola de elementos indeseables que se llenaban el bolsillo aprovechando la inepcia del suegro y la despreocupación del cuñado, aquel irritante perdis que habría debido morirse santamente antes de dilapidar su parte de la herencia? ¿Quién había desenmarañado el papeleo legal para recuperar muchas propiedades familiares casi perdidas, además de consolidar de una vez por todas la posesión de las minas de lignito después de una endiablada cuestión testamentaria? ¿Qué consistorio podía compararse entonces al surgido de la unión de los Torres y de los Camps, al cual él, además de inteligencia y energía, había aportado su propio patrimonio, nada despreciable por otra parte? Claro que no lo había conseguido sin esfuerzo ni sacrificios, entre los cuales había que incluir, y no era el menos doloroso, las noches con su mujer. Al señor Torres su mujer no le atraía, no le había gustado nunca. Partidario de las bellezas plenas y rotundas, no se sentía nada inspirado por aquel saco de huesos, al cual tres embarazos –Jordi, Robert y Carlota– acabaron de marchitar, al contrario de lo que él esperaba (sin excesiva convicción, ciertamente), al ver a otras señoras a las que la maternidad confería un sabroso punto de madurez. Era, pues, como una obligación, semejante a la de controlar la producción de extracto de regaliz o de carbón o la de fiscalizar las aportaciones de medianeros y masoveros pero sin el entusiasmo con que cumplía estas últimas, como el señor Torres apagaba con abnegación loable los fuegos pasionales de la mujer, fuegos que, afortunadamente, a causa de una naturaleza más bien inerte combinada con escrúpulos de conciencia atizados por los curas en largas sesiones de confesionario, no se encendían con una frecuencia excesiva ni, cuando lo hacían, tenían nada de volcánicos. La falta de pasión de la señora Adelina decepcionó de tal manera a Camil·la que la hizo desistir de las sesiones de espionaje en la puerta del dormitorio al cabo de una semana del regreso de los señores del viaje de novios. Por otra parte, la criada averiguó enseguida dónde buscaba el amo la compensación de sus noches aburridas y penitenciales. Pero como aquello contribuía a mantener el humor jovial del señor y, por tanto, el ambiente de la casa era relajado y tranquilo, no se preocupó más por el asunto.

Aquella tarde, el señor Torres se mostraba aún más satisfecho. Humilde, modesto, abnegado, había decidido acceder a las peticiones familiares —«así no me marearéis más»— y sumar su imagen a la colección de retratos de parientes por parte de la mujer colgados en las paredes del larguísimo pasillo, donde eran exhibidos antes de desaparecer por orden de antigüedad y de olvidos en alguno de los cuartos perdidos en los cuales se alineaban caballeros malcarados, niños lánguidos y damas encorsetadas, en una aterradora procesión de espectros casi invisibles a causa del oscurecimiento de las pinturas. La única excepción del desplazamiento fatal hacia las tinieblas era la señora Nicanora de Camps, tía bisabuela de Carlota, de quien aseguraban que había sido amante del cuerpo entero de oficiales de una brigada de caballería después de enviudar de su general, espantajo ordenancista con mostachos rojos fallecido heroicamente en tierras africanas. Al final de su vida, la ilustre dama regresó a la casona familiar y despertó la admiración de los habitantes del lugar. Uno de los herreros de la cuesta del Horno divulgaba que la generala hacía afilar regularmente el sable del difunto para degollar pollos, y una criada que la asistió durante la agonía reveló que, en los delirios de las últimas horas, la generala viuda ordenaba: mortíferas cargas de caballería contra los moros del Rif. Su férrea personalidad impregnó hasta un punto increíble su propia imagen: del retrato emanaba una sensación de mal genio tan acobardadora que nadie había osado jamás moverlo de su lugar primitivo en el punto más visible del recibidor, de donde, aunque solo fuera por orden de escalafón, habría debido desplazarla el sobrino muerto a orillas del Sena.

A partir de aquella tarde en que Aleix de Segarra, el pintor, estudió la colocación óptima del modelo para aprovechar bien la luz de los grandes balcones, la pequeña Carlota siguió pincelada a pincelada el progreso de la obra. Le fascinaban los colores y las mezclas que el pintor conseguía en la paleta; le gustaban el olor de la esencia de trementina, el tono ambarino del aceite de linaza, aunque, por encima de todo, la intrigaba Aleix, tan diferente de las personas del círculo familiar, a quien su padre parecía tratar con una mezcla dubitativa de respeto escandalizado y de condescendencia afectuosa.

Aleix, como los Torres y Camps, pertenecía a las antiguas familias señoriales de la villa pero al grupo mayoritario de las que se desmoronaban a causa de la abulia y la desidia de sus miembros. Desposeída del impulso depredador de los antepasados, que conseguía renovarse y perdurar en algunos linajes con la fuerza y la falta de escrúpulos de antaño, la descendencia del resto había degenerado en un hatajo de culos de casino, de arpías agrias o de beatas santurronas. Para sobrevivir sin trabajar, acababan por malvender el patrimonio y dejarse despojar lentamente. Algunos se iban a la ciudad, acababan de dilapidarlo todo y regresaban sin un duro a vegetar entre las paredes de los caserones decrépitos donde los escudos de armas del dintel solo daban paso a cámaras y salones llenos de telarañas polvorientas. El colchonero de la villa era un notario minucioso de las estrecheces del señorío: cuando no les quedaban ni cuadros ni muebles ni tallas antiguas ni armas que vender a los anticuarios, ávidas aves de rapiña siempre al acecho, los orgullosos señores se desprendían de la lana de los colchones. La vendían a escondidas a través del colchonero a las novias que preparaban el ajuar y que, deseando acceder a la comodidad y al peldaño social superior que significaba el colchón de lana frente al jergón de hojas de maíz donde dormía una buena parte de la villa, no tenían suficiente dinero para comprarlo nuevo. Así pues, muchos cuerpos señoriales, depauperados y estremecidos, descendían inexorablemente, poco a poco o de golpe, a la dureza del somier, descenso que no dejaba de provocar, además de dolor de huesos, comentarios sarcásticos de los lugareños de a pie. Entre estos comentarios destacaban los de Arquímedes Quintana, el navegante más fino del Ebro, en la tertulia del Café del Muelle: el patrón no se privaba de sacar punta al hecho de que, con frecuencia, la lana de los colchones, una vez bien lavada en el Ebro ya que el chinche señorial era tan feroz como el plebeyo y en la negrura de la mugre tampoco había diferencia apreciable, regresaba a las mismas manos de las que había sido antiguamente arrebatada.

Los Segarra no habían llegado a la etapa de la lana. Estaban a medio camino entre los Torres y Camps y la ruina, con tendencia descendente. Del patrimonio, les quedaban algunas fincas, el antiguo convento de monjas del callejón de la Barca y la gran casa de la calle del Río donde Aleix, huérfano desde los quince años, vivía con un tío paterno, Ignasi, y su mujer, Malena, en medio de las colecciones acumuladas por la familia a lo largo del tiempo: pintura francesa del XIX, piezas arqueológicas de las diversas culturas que a través de los siglos había conocido la villa, alternaban con los paisajes románticos del difunto tío Damià, los inventos mecánicos del abuelo Hermes, algunos experimentos cubistas de Aleix y las esculturas mitológicas de la tía Severina, también difunta, de quien se conservaban asimismo algunos autómatas en el desván.

Aleix, después de unos años en Barcelona y de alguna escapada esporádica a París, se había retirado muy joven a la villa. Trabajaba mucho pero su obra, en la que no incluía los retratos de mero compromiso, como el del señor Jaume de Torres, permanecía oculta. No la veía nadie a excepción de su tía Malena y él mismo acabaría por destruirla en su mayor parte con motivo de la conmoción que había de resquebrajarlo todo muchos años después. Sin embargo, aquella tarde de 1914, cuando se disponía a comenzar el retrato del señor Jaume de Torres bajo la mirada atenta de la pequeña Carlota, los acontecimientos que debían marcar de manera indeleble la vida y la muerte de Aleix de Segarra seguían siendo todavía semillas dormidas en las sementeras del futuro.

Muy al contrario de lo que cabía esperar de la glorificación del señor Jaume de Torres, la ejecución del retrato resultó perturbada por algunos incidentes que quedaron reflejados en él. El primero se produjo durante la segunda sesión, cuando el cuadro era apenas un esbozo con tierra de Siena muy diluida, manchado levemente con grisallas. El modelo estaba sentado junto al balcón que daba a la plaza de Armas, cedía su imagen a la posteridad pictórica desde una butaca de mimbre mientras soltaba un discurso interminable y ampuloso en el que, obviamente, la familia Torres y Camps, y dando por descontado que él era su cabeza y sobre todo su cerebro, desempeñaba el papel de protagonista. ¿Había visto Aleix, en las atarazanas del Ebro, el nuevo laúd que les construían los carpinteros de la ribera? Una vez terminado, la flota de la casa alcanzaría la media docena de naves, una más que la de la joven viuda de Salleres, y así se rompería el irritante empate, injusto y casi ofensivo desde el punto de vista de los Torres y Camps, de la potencia fluvial de ambas familias. ¿Había reparado Aleix en los almacenes de la fábrica de extracto destinados a rodear el enorme patio central donde carruajes de toda la comarca descargaban toneladas de raíces de regaliz? ¿No le habían contado a Aleix en el Café del Muelle, ya que el pintor frecuentaba raramente el Casino de la Rueda, sede de los señores, donde le consideraban un caso perdido, casi un renegado, que la familia Torres (aquí, la omisión del apellido Camps provocó un enarcamiento de cejas de la suegra y obligó a una rectificación precipitada del yerno) estaba a punto de comprar la finca del Llano de los Buitres?

Aleix no respondía, pero el señor Jaume tampoco lo esperaba; concentrado en el estudio de las facciones sanguíneas y blandas del modelo a las que el mostacho negro añadía un toque de petulancia bajo la nariz de alcachofa, el pintor era únicamente un auditorio sin derecho a la palabra. Su misión, aparte de pintar, actividad que, para el señor Jaume de Torres, iba inevitablemente asociada a la irresponsabilidad, al libertinaje y a la bohemia, era escuchar las grandezas de la casa.

A diferencia del primer día, en que resultó avasallador, el prócer no pudo alargar demasiado el monólogo triunfal de la segunda sesión. Cuando se disponía a ensartar otra retahíla empalagosa de glorias y Aleix le señalaba una sombra en la papada con el pincel, estalló un griterío en la escalinata principal. Las tres criadas –Camil·la, Adelaida y Verònica– se precipitaron de la cocina al recibidor; la madre y la abuela de Carlota, asustadas, dejaron de hacer ganchillo, Aleix abandonó el pincel inmóvil en la sotabarba del retrato y el señor Jaume de Torres se removió en la butaca de mimbre mientras la niña miraba interesada a la puerta del salón y el abuelo, reclinado plácidamente en una esquina del sofá, seguía echando la siesta con la boca abierta.

–¡Qué desgracia! –oyeron que gritaba Camil·la.

–¡Que Dios le haya perdonado! –exclamó Verònica.

–¡Qué desastre, qué desastre! –repetía la voz quebrada de Adelaida.

Ramon Graells, el hombre de confianza del señor Jaume, apareció en la puerta del salón, seguido de las tres sirvientas horrorizadas, mientras un grupo de navegantes y de mineros se aglomeraba en el pasillo sin atreverse a entrar.

De lo que siguió, lo que llegaba de manera más precisa a la señora Carlota de Torres a través del tiempo era la expresión del padre. A fuerza de palidecer, la piel se le volvió casi transparente; bajo el mostacho se le adivinaba el temblor de los labios; los ojos abiertos de par en par, incrédulos, que un momento antes contemplaban las cosas con un distanciamiento arrogante, escrutaban entonces, temerosos, a su hombre de confianza.

Compungido, acoquinado como si fuera el culpable, Ramon Graells desgranaba la historia. El salón se llenaba de palabras extrañas, de nombres de cosas del río desconocidas para Carlota. Solo la palabra muerte, un resplandor negro que latía entre las palabras del narrador, se asociaba en su cerebro a funerales y lutos, a la ausencia todavía inexplicable de algunos de los personajes de la familia cuyo retrato cambiaba de lugar en el pasillo.

Con los años, el suceso narrado entonces por Graells en medio del horror de señoras y de criadas, de los gestos desolados del señor Jaume y de la palidez del pintor, había de crecer a fuerza de rodar por las tertulias del lugar, pero su clave fue siempre un misterio. Remansadas las cosas, dichas misas y pésames, pendiente un sepelio que nunca debía celebrarse porque no había despojos que sepultar, solo quedó un hecho innegable en el embrollo de versiones, hipótesis y fantasías que enredaron la madeja del caso: hacia el mediodía del 12 de junio de 1914, el *Rápido*, laúd de la casa Torres y Camps cargado de harina había naufragado en el Ebro, en el Paso de la Lliberola. Dos peones se salvaron nadando y el tercero, que flotaba como las piedras, se agarró a la palanca de la nave con la que había tropezado en el momento de zozobrar y llegó a la orilla, desmayado y medio loco de miedo, unos cuantos kilómetros aguas abajo, casi a la vista de la villa. Nunca se supo nada más del patrón, Josep Ibars, de la nave ni de Gatell, el perro de la tripulación.

Barqueros, pescadores y navegantes vigilaban las aguas sin descanso, daban voces por todas partes a lo largo de la ribera, de la villa hasta el mar, pero en esa ocasión el Ebro no soltó la presa, nunca encontraron otros restos del naufragio. Así comenzó la leyenda que Verònica contó un día en secreto a la señorita de Torres en un rincón de la cocina, donde la pequeña se deslizaba a veces a curiosear pese a la prohibición de la madre. Carlota se enteró de que el patrón, como les ocurría siempre a los difuntos que no hallaban el reposo del sepulcro, se había vuelto un alma en pena. No era ningún invento; por el contrario, se sabía de buena fuente. ¿No aseguraba Pere del Pla, y él jamás contaba mentiras, haber encontrado la nave perdida enfrente del valle de la Canota? Ni Pere del Pla ni su tripulación conseguían sacarse de la cabeza la imagen espeluznante de aquel *Rápido* espectral, como de niebla, cuyos remos se movían solos sin remeros que bogaran. Aún les obsesionaba más la figura del patrón, Josep Ibars en persona, con la boina un poco sesgada encima de la oreja izquierda, que pilotaba en silencio. ¿Y qué era, sino la osamenta del perro Gatell, la bestia terrorífica que una noche entró en casa de la viuda del navegante y salió de ella como una centella hacia los muelles llevándose en la boca las gafas de vista cansada del desaparecido, a quien debían hacerle falta en el otro mundo?

A veces, especialmente en tiempos de invierno y de brumas –precisaba Verònica–, cuando oscurecía, el *Rápido* atracaba en los muelles de la villa y el difunto patrón, decían que para sacarse del cuerpo el hielo de la muerte, recorría cafés y tabernas, donde se tragaba las bebidas servidas en el mostrador y en los veladores de mármol. Los parroquianos veían cómo los vasos se alzaban y se vaciaban solos igual que si el alcohol se evaporara de repente. Eso, por lo menos, le ocurría continuamente a Robert de Tàpies, de modo que la sed insaciable del espectro le obligaba a pedir una copa de ron tras otra a fin de compensar las que se le bebía Ibars. La historia había entusiasmado a Carlota y la muchacha quiso aclarar si el patrón en pena se había bebido alguna vez el café o el licor de su padre, el señor Jaume de Torres. La sirvienta dejó de desplumar la gallina decapitada hacía un rato con uno de los sables de la difunta generala que siempre pillaba a escondidas de la panoplia del recibidor para inmolar a las aves pese a la prohibición de la señora Adelina, y miró escandalizada a Carlota a través del plumón, nieve indecisa en la atmósfera tranquila de la cocina. ¿Se había vuelto loca, con perdón, la señorita? ¿Cómo podía ni siquiera pensar –le soltó, severa– que un pobre, aunque fuera un patrón de la categoría de Ibars, osara, ni aun después de la muerte, poner los pies en el Casino de la Rueda, el café de los señores?

El cuadro y Carlota de Torres habían envejecido a un tiempo pero ella no se dio cuenta del oscurecimiento gradual de los aceites, pigmentos y barnices de la pintura. Le pasó desapercibida una sutil amarillez que mudaba en verde el azul cobalto del plastrón; el tono ambarino adoptado por los antiguos blancos de la camisa o el atenuamiento de la luminosidad del celaje sobre la panorámica de la villa que servía de fondo a la figura. No vio los cambios, paralelos a las misteriosas reacciones químicas de su propio cuerpo, que habían convertido a la niña ensimismada ante el pintor en la adulta enfurecida por la invasión de polvo sufrida por el Salón de las Vírgenes Mártires. Sin embargo, bastaron las horas que el cuadro estuvo enharinado para que la costumbre de verlo cada día, causa de la imperceptibilidad del cambio, se rompiera. Así, durante la limpieza, cuando una de las criadas –ignoramos si Sofia, Carmela o Teresa, sucesoras de Camil·la, Adelaida y Verònica– descubrió con un trapo un fragmento de la pintura con los colores amarillentos, sin el brillo con que se habían grabado en la memoria de una Carlota joven, la búsqueda de la antigua frescura hizo retroceder de nuevo el tiempo.

Entró en las calles del cuadro, calles del recuerdo: evocaba en ellas la luz de verano, caliente y seca, de los días en que habían sido pintadas; las recorría como una posesión, de una fachada a otra, por el aire inmóvil de la villa inconsciente de los avatares del futuro. Llegó a la chimenea de la fábrica de extracto, el edificio de ladrillo rojo adosado al antiguo fortín de piedra que cerraba la muralla de la población por aquel lado; de allí, siguiendo en el Ebro el reflejo gris-azul del humo de la chimenea, se dirigió al barco amarrado en el muelle de las Viudas.

El laúd que flotaba en el río del cuadro era el *Carlota*. El padre había apresurado su finalización para suplir al *Rápido*, perdido en el naufragio de la Lliberola. Los carpinteros de ribera trabajaron como condenados en las atarazanas, mundo embelesador y empapado de misterio, con humaredas, aroma de madera y olores de brea, donde la llevaban a ver el barco que, al principio, le parecía el costillar de un animal enorme y aterrador. En visitas sucesivas observó cómo iba tomando forma, cómo lo equipaban con aparejos y pertrechos, cómo Aleix de Segarra pintaba su nombre con carmín en la proa...

La botadura de la nave era uno de los recuerdos más nítidos de la señora. La fiesta había resultado fascinante, magnífica. Sucesor del esmirriado inquisidor, muerto de un ataque al corazón en las postrimerías de un ayuno mientras se flagelaba con las disciplinas, el nuevo rector (de la escuela del canónigo de Lleida), que había reanudado las visitas al Salón de las Vírgenes Mártires a la hora de la merienda, se revistió con capa pluvial y, rodeado de monaguillos, bajó al muelle a bendecir el laúd. A continuación, ella, con la ayuda de su padre, había roto una botella de champán contra la proa del barco donde el nombre resaltaba a uno y otro lado con letras rojas sobre un triángulo blanco. Después de un discurso torrencial del señor Jaume, invitados y familia embarcaron ante la expectación del vecindario congregado en los muelles para presenciar la fiesta. La primera imagen que la señora conservaba de Arquímedes Quintana, viejo demonio del río, era de aquel paseo por el Ebro: desde su lugar de timonel, el patrón, alto como una torre, tan desgarbado como fornido, escrutaba la caterva señorial y mostraba unas atenciones teñidas de ironía que provocaban una sensación de incomodidad entre los pasajeros. También vio entonces por primera vez a Robert Ibars, hijo del patrón del *Rápido* desaparecido en el naufragio de la Lliberola; el chico, un mocoso de unos catorce años, estaba de pie al lado de Arquímedes; sus padres se acercaron a hablar con él y con el patrón. La señora Carlota de Torres recordaba el gesto un poco horrorizado y aprensivo de su madre al pasar su blanca mano por los cabellos negros y rebeldes del huérfano, quien recibió la caricia con una mirada huraña.

Sofía frotó con el trapo el cuello del señor Jaume, inmóvil en su precaria eternidad pintada, y se lo deslizó a continuación por la pechera. La señora, inquieta, se agitó en la butaca. El trapo descubrió bajo la capa de polvo una parte del chaleco de un color que entonaba con el del vestido; aparecieron también unos eslabones de la cadena de plata del reloj... Entonces, del fondo del tiempo, como una ventolera imparable, retornó a la escena el segundo de los incidentes que señalaron la realización del cuadro: el padre, satisfecho de la botadura del *Carlota*, casi olvidado del naufragio del *Rápido*, había decidido continuar con la pintura, aplazada por los percances. Era una de las últimas sesiones. El padre, más contento que nunca, anunciaba a Aleix importantes proyectos de los Torres y Camps; la madre acababa de ordenar a Camil·la que sirviera la merienda; la abuela hacía ganchillo y el abuelo, como siempre, dormía en una esquina del sofá. El pintor contemplaba la obra casi acabada, le añadía los últimos toques de efecto. Había acentuado la luz en las hojas del ficus de la derecha de la figura y se disponía a realizar los brillos de la cadena del reloj: con la punta del pincel cogió un poco de amarillo y lo acercó delicadamente a la tela...

En la memoria de la joven señorita de Torres, la pincelada de amarillo iba a quedar asociada para siempre a la rotura de los cristales del ventanal del balcón y al estampido terrorífico de un escopetazo.

III

Cuando Carmela comenzaba a quitar cuidadosamente el polvo de la manga derecha del retrato del señor Jaume de Torres en el Salón de las Vírgenes Mártires, Estanislau Corbera, pensativo, comentaba en el Café del Muelle:

–Si la salud le hubiera acompañado, hoy, el viejo Arquímedes Quintana cumpliría ciento treinta años...

Largado el recordatorio, el cafetero, carirredondo, con mejillas coloradas y ojitos fisgones, a quien Honorat del Rom solía comparar con una cabeza de títere asomada al cuello de la camisa blanca tras el escenario del mostrador, se apoyó en la caja registradora con una pereza descomunal, profunda y viscosa. Dio dos cabezadas y solo el toque de difuntos, haciendo vibrar de repente los cristales de los ventanales a ras del suelo del café, evitó que diera con la punta de la nariz en la tecla del siete de la caja. Los golpes de badajo provocaron también una angustia secreta entre los parroquianos a la espera de la hora del entierro de Pasqual de Serafí. Las campanas hacían ineludible el recuerdo del difunto y el comentario necrológico. Pero la vida de Pasqual, que en paz descanse, había sido paupérrima por lo menos en acontecimientos externos: como la mayoría de los vecinos de su misma quinta, entró en la mina muy joven, se casó, tuvo hijos, fue a la guerra (zona republicana) y, después de perderla, volvió a arrancar lignito hasta el día de la jubilación, tres años y seis días antes de que le fallara el corazón cuando leía la crónica de la jornada de la liga de fútbol, mientras hacía cola en la barbería. A excepción de su pasión por el ajedrez, no se le conocía nada extraordinario. Con buena voluntad, los presentes recordaron sus intervenciones, nada destacables por otro lado, en torneos locales y alguno comarcal, así como el incidente provocado el primer año de posguerra por un maestro monárquico que quería empapelarle por rojo. La acusación, que hizo bastante ruido pero que no prosperó porque Serafí era un buen barrenero, trabajaba en una mina del señor Jaume Torres y este le necesitaba, se basaba en el hecho de que Pasqual de Serafí, muy cabreado después de perder estúpidamente, por culpa de una distracción imperdonable, una partida que ya tenía en el saco, había arrojado el rey de las blancas a la estufa del Café de los Deportes. El recordatorio no dio mucho juego y aunque lo alargaron con buena voluntad, llegando incluso a referencias concretas a la dudosa virtud de las madres que desembarcaban víboras como el maestro en cuestión en los muelles de este mundo de miserias, el tema no tardó en quedar visto para sentencia. Filosofaron un rato sobre la fragilidad de la vida; consideraron de paso la buena suerte del difunto, quien, además de disfrutar de una muerte rápida y sin dolor, había tenido la suerte de ahorrarse la pena de ver la gran desgracia de la destrucción de la villa y, una vez alejados así los peligros que podían derivarse de no amansar en la medida de lo posible la fuerza misteriosa en que ya podía haberse convertido Pasqual de Serafí, la conversación derivó fatalmente a las incidencias de la última jornada de la liga de fútbol, jornada traicionera que acababa de triturar pronósticos infalibles y había puesto patas arriba la clasificación de los equipos que la encabezaban.

–Ciento treinta años –repitió en voz baja el cafetero mientras los parroquianos se enzarzaban en discusiones fanáticas sobre proezas sublimes, zancadillas escalofriantes o disparates arbitrales de lo más turbio. Nadie prestaba atención a la curiosa manía de Estanislau de recordar aniversarios de difuntos. Los parroquianos no se sorprendían si el cafetero, en el momento de llenarles las copas de licor o de servirles los cafés, anunciaba con voz compungida y solemne: «Si la salud le hubiera acompañado, hoy, el pobre Napoleón Bonaparte cumpliría ciento noventa y nueve años», y soltaba a continuación un «No somos nada» empapado de resignación que solía coincidirle con un parpadeo espasmódico del ojo derecho. Así, en medio de la indiferencia universal, con la salvedad de Honorat del Rom, el boticario de la plaza del Horno, que le seguía la corriente (en cierta ocasión le descubrió un error de tres días en el aniversario de Garibaldi), el cafetero conmemoraba natalicios y defunciones de personajes ilustres junto con los de los vecinos que emprendían el camino del cementerio, de los cuales llevaba un registro mental muy exacto a cuya cola acababa de añadir al malogrado Pasqual de Serafí.

–Si la salud le hubiera acompañado, hoy, Arquímedes Quintana cumpliría ciento treinta años...

El recordatorio, dirigido entonces a Robert Ibars, más conocido por Nelson, detuvo al antiguo navegante junto al mostrador y puso en marcha en su memoria la transformación del café que le solía producir la evocación de la figura del viejo Arquímedes: los regimientos de caballería del general O'Donnell, como de costumbre, aparecieron en formaciones impecables en las mesas habitualmente ocupadas por los jugadores de cartas; la artillería de campaña tomó posiciones sobre el mostrador de mármol blanco, entre la caja registradora y la cafetera, a dos palmos de la nariz de Estanislau; los voluntarios catalanes del general Prim avanzaron por los grandes ventanales de la parte trasera que daban al Ebro mientras, bajo la bombilla de la mesa de billar, convertida en un implacable sol africano, evolucionaba un tropel de caballería mora, mezcla deslumbrante de turbantes y túnicas entre el polvo dorado...

Ante los ojos empapados de nostalgia de Nelson, se entabló la batalla: retumbaban cañones, resonaban fusiles y espingardas, silbaban balas, brillaban sables, bayonetas y gumías. Entre las sillas, las mesas y las columnas de hierro colado del Café del Muelle, se sucedían galopadas locas, cargas terroríficas, choques mortales, gritos de victoria, gemidos de agonía. Salido de quién sabe dónde, quizá de los altos anaqueles de las botellas de licor ennoblecidas por las telarañas, un moro furioso con la chilaba manchada de sangre fresca corrió hacia Nelson por encima del mostrador. El viejo navegante le vio acercársele, hacer una mueca espantosa y levantar la gumía que empuñaba... Alguien abrió la puerta del café: el marroquí, alcanzado por el rayo de sol, se deshizo y se esparció como una polvareda. El olor acre de la pólvora quemada volvió a ser aroma de café, las balas de los cañones quedaron reducidas a los balones de fútbol de los partidos del domingo y la bombilla de la mesa de billar se resignó de nuevo al papel de siempre después de haber iluminado por un momento el campo de batalla de Tetuán, en las tierras de Marruecos, en el año 1860.

Robert Ibars, Nelson para todo el mundo, incluyendo su mujer, parpadeó mientras desenvolvía el terroncito de azúcar para endulzar el café que acababa de servirle Estanislau. Hacía más de cien años que las víctimas de la matanza de Tetuán solo eran montones de huesos anónimos enterrados en tumbas perdidas bajo la tierra africana. De la muerte del viejo Arquímedes Quintana habían transcurrido casi cuarenta, pero aquel día de aniversario evocado por el cafetero, la sombra del desaparecido, que siempre planeaba, protectora y benéfica, sobre él, se condensaba en una presencia palpitante y viva, desbordando la frontera del tiempo. Le pareció que era la memoria del desaparecido y no la suya la que recuperaba los recuerdos del fondo del pasado.

Pese a que la intuición del antiguo navegante, compartida por otros vecinos afectados a partir de entonces por sensaciones parecidas, nunca iba a ser expresada con palabras, vislumbró que la insólita intensidad de las remembranzas se debía tal vez al impacto que la destrucción de la casa de Llorenç de Veriu en la bajada de la Herradura –de la que el personal comenzaba entonces a tener conciencia– provocaba en la memoria de la villa. Era posible que las calles, las plazas, las casas, los dos ríos, desprendieran desesperadamente sus recuerdos para que alguien los recogiera antes de la demolición y de la dispersión ineludible. Da igual, nunca la evocación había sido tan precisa como entonces. Los primeros recuerdos del viejo, que casi habría podido ser su bisabuelo, le venían de muy lejos, de cuando él, Robert, solo era una criatura e iba a esperar la llegada del laúd de su padre a los muelles. Con frecuencia encontraba también allí al viejo Arquímedes. El navegante le hacía mimos; le regalaba caracoles y conchas marinas o le subía al laúd con él. Era el patrón más respetado en los ciento cincuenta kilómetros de río desde la villa hasta Tortosa, y Robert se quedaba boquiabierto escuchándole sobre todo cuando contaba su participación en la batalla de Tetuán. Todavía le parecía oírle mientras se aclaraba la garganta, verle cuando se tiraba de la oreja derecha antes de emprender la narración del combate.

Contaba la partida, en el año 1860, precedida por la

última noche, solo insinuada porque el patrón jamás hacía confidencias amorosas, con su prometida, primera de las tres mujeres oficiales de su larga vida. El tiempo no había conseguido borrarle el impacto de la separación de la villa. Recordaba los detalles: muelles llenos de gente congregada para despedir a los quintos, adioses, lágrimas, las palabras vibrantes de fervor patriótico del señor Camps. El prócer aseguraba a los soldados que no estarían solos: su cuñado, el glorioso general de caballería casado con la señora Nicanora de Camps, velaría por ellos en las tierras hostiles e irredentas de África. Después seguía la visión de la villa, de un ocre luminoso y reseco donde todavía faltaban años para que apareciera el negro del carbón, ya que apenas comenzaban a hacer alguna prospección minera en la cuenca; la población se difuminaba en el horizonte a medida que el laúd descendía por el Ebro tras atravesar la confluencia con el Segre junto a las últimas casas. Después, una mirada fugaz y estupefacta al puerto de Barcelona antes del deslumbramiento del sol de Marruecos. Allí, el narrador alcanzaba un poder de evocación tan intenso que se decía que el fez moruno y la espingarda con incrustaciones de nácar conservados en las estanterías desde el tiempo del abuelo de Estanislau aparecieron junto a la mesa de billar una noche de invierno, luego que el viejo Arquímedes finalizara una vez más la narración de la batalla solicitada por los contertulios. Robert de Tàpies, cuando el espectro de Josep Ibars, el padre de Nelson, se le bebía media docena de copas de ron, explicaba, con mucha convicción pero obstaculizado por la lengua estropajosa, que la resquebrajadura del mármol de uno de los veladores del café era obra del general Prim en persona. Evocado aún con mayor fuerza que de costumbre por el verbo del viejo Arquímedes, el militar de Reus entró con el caballo a galope por los ventanales del lado de la plaza de la Iglesia y cruzó el Café del Muelle como un centauro. Antes de salir por la puerta del Ebro, el general, cubierto de polvo y de sangre, soltó un sablazo a Silveri Tona, a quien seguramente había tomado por un cabileño ya que el parroquiano era de piel oscura y parecía talmente un moro de la morería. Silveri lo esquivó de milagro pero la hoja del sable partió el mármol de la mesa, llamada a partir del incidente la Mesa del General.

Después del ataque de los voluntarios catalanes, el relato se animaba aún más y los contertulios engolosinados recibían minuciosa información de cargas y contracargas, evoluciones y fintas, acojonamientos y temeridades, hasta que la acción llegaba al punto álgido:

—No sé cómo fue pero cuando me di cuenta ya lo tenía encima. Vi el brillo de la gumía e intenté por instinto detener el golpe con el fusil; solo lo conseguí a medias y sentí un golpe en la mejilla. ¡Hostia, qué golpe! La cosa fue rápida como una centella: me quiso cascar por segunda vez y llevárseme por delante. Le disparé a quemarropa: el impacto le levantó por los aires y cayó como un saco, muerto. A mi alrededor solo se oían gritos, disparos y galopadas. Algo tibio me corría cuello abajo y descubrí con horror que tenía ensangrentados el hombro y la manga izquierda. Me toqué la cara: el hijo de puta me había cortado la oreja. Al principio pensé: «Arquímedes, el moro te ha jodido bien, esto es mortal». Horrorizado, arrojé el fusil y eché a correr como un loco. ¿Qué diríais que buscaba, muchachos? ¿A los médicos? ¡No me hagáis reír! ¿Para que me remataran? Si pensáis eso, estáis equivocados... Yo os lo diré, amigos: buscaba la villa, el Segre, el Ebro, los laúdes, a Carme... Hasta tenía ganas de ver al señor Camps y los malnacidos del Casino de la Rueda... A estas alturas aún no entiendo cómo no acabaron conmigo. De repente, noté un crac en la cabeza; el mundo comenzó a dar vueltas y más vueltas como una peonza, me entró un mareo y se me hizo de noche en pleno día.

»Cuando recuperé el sentido, los enfermeros me llevaban en una camilla. El cañoneo había cesado y solo oía descargas de fusilería a lo lejos. La herida ya no me sangraba pero parecía que los tambores del regimiento redoblaran dentro de mi cabeza. "Has tenido suerte, chico —me dijo uno de los que me transportaban y que resultó natural de Tortosa—, solo te han afeitado la oreja izquierda; saldrás de esta. Al amigo aquí presente, en cambio, le han hecho un trabajo más fino. ¡Mira!" Entonces me di cuenta de que no iba solo en la camilla; encima de mis piernas, había una cabeza cortada que me miraba con ojos desorbitados y vidriosos. ¡Por los cojones de Dios! Aquello era espantoso, escalofriante: el desgraciado llevaba aún el ros sujeto por el barboquejo y tenía los dientes hundidos en el habano que fumaba cuando le decapitaron. Pese al polvo y a las salpicaduras de sangre, las facciones me resultaban conocidas. Al final, mientras escuchaba, medio mareado, al camillero que me contaba que no habían encontrado ni rastro del cuerpo, encajé la cabeza en mi memoria: la recordaba en la puerta de la iglesia de la villa, el día que se había casado, pegada todavía al resto del cuerpo, claro, con la señorita Nicanora de Camps. "La puta de oros —me dije—, el mundo es un pañuelo." Y me desmayé otra vez. Mira por dónde, resultó que aquel día nos habíamos cubierto de lo que, vaya usted a saber por qué, llaman gloria. Un servidor era (tomáoslo como queráis) casi un héroe. A fin de cuentas, una matanza asquerosa y nada más. Por mi parte, siempre he añorado la oreja enterrada en África. ¡Pobre! ¿Qué debe hacer allá, sola? A veces oigo ruidos extraños, voces de algarabía, y me pongo a pensar si no son cosas de Marruecos que me llegan a través de la desgraciada que perdí en el campo de batalla. Pero, ¡ay, amigos!, también pienso en el moro que me vi obligado a liquidar sin tener ni así de ganas, aunque ni que decir tiene que prefiero ser yo quien cuente la historia. El desgraciado, por lo menos, defendía lo suyo; a nosotros, nos enviaron allí a defender el bolsillo de gente como los Camps, los Salleres, los Romaguera y los Torres.

Nelson también sabía que, cuando la generala viuda regresó a la villa –¡escándalo de duelos, torrente de discursos, banderas desplegadas, lágrimas patrióticas a cargo de familiares y amigos durante el desembarco en el muelle de la Plaza!– y se quedó allí para siempre, con frecuencia llamaba a Arquímedes para que le contara la batalla en la que el marido cayó de manera tan gloriosa. Al veterano, patrón de los laúdes de la casa de los Camps y más adelante de los Torres y Camps, no le quedaba más remedio que acudir al salón, donde todavía no estaba el cuadro de las Vírgenes Mártires, y soltar la historia. Pero siempre se calló la escena de la cabeza y sobre todo la continuación, contada en secreto por el enfermero tortosino: ante la imposibilidad de hallar el cuerpo del general pese a las órdenes perentorias recibidas en dicho sentido, los camilleros metieron dentro del ataúd la cabeza del héroe (incluyendo el habano), con los restos de un cabileño degollado a quien vistieron a escondidas con el uniforme de gala del ilustre militar.

Medio siglo después, cuando la viuda ya estaba en el hoyo, sin que se hubiera registrado ningún alboroto en el otro mundo, paz atribuida en el Café del Muelle a que la generala había encontrado de su gusto el cuerpo del cabileño, robusto y mejor armado que el del héroe de Tetuán, el fantasma de las guerras de África conmovió de nuevo la villa. La gente secundó la actitud de Barcelona, agitada por los hechos de la Semana Trágica, e impidió la marcha de los tres reclutas destinados a Marruecos para defender los intereses españoles en las minas del Rif. Robert Ibars, el futuro Nelson, solo tenía diez años y conservaba de los acontecimientos un confuso recuerdo de asambleas multitudinarias en la plaza de Armas, de discusiones, de algaradas y también del miedo cuando se supo que un laúd cargado de guardias civiles remontaba el Ebro. Entonces aún no había fuerza permanente en la población y los del tricornio solo acudían en ocasiones excepcionales. Las mujeres, horrorizadas por las brutalidades del ejército en Barcelona; temían por los hombres y le convencieron de que se quedaran en casa. Ellas bajaron a los muelles a esperar la llegada de la nave, vela de mal augurio que acababa de aparecer, hinchada por el bochorno de aquella tarde del verano de 1909. Cuando atracó, las mujeres comenzaron a vitorear a la fuerza armada para ablandarla y evitar un desastre. Los guardias, desconcertados por el recibimiento, desembarcaron y se dirigieron al Ayuntamiento acompañados por las aclamaciones. Pero, al día siguiente, después de una noche brutal de detenciones, de interrogatorios y de palizas, dos laúdes atestados de presos zarparon del muelle de la Plaza. Arquímedes Quintana, uno de los jefes de la algarada junto con el padre de Robert, se hallaba entre los principales inculpados. Cuando estaba a punto de celebrarse el juicio, la conmoción internacional creada por la represión feroz de Barcelona, el fusilamiento de Ferrer i Guàrdia, la caída del gobierno y la presión constante en la villa de la gente dispuesta a la revuelta, consiguieron el regreso de los detenidos, que, con el veterano de Tetuán al frente, desembarcaron en silencio en el muelle de las Viudas.

Ciento treinta años... En el resto de la villa y en el huso horario correspondiente eran las diez y media; en el Café del Muelle pasaban de las once menos cuarto. El reloj del establecimiento, por una curiosa manía del fundador, respetada por el hijo y que nunca se aclaró, siempre llevaba quince minutos de adelanto. Un camión pasó por la carretera del muro de la orilla del Ebro, sobre los muelles llenos de laúdes en diversos estadios de desintegración. En el café y en la plaza, cada vez había más gente esperando la hora del entierro de Pasqual de Serafí. Eduard Forques, carpintero de ribera por tradición familiar y saxofonista tenor por vocación irreprimible; Horaci Campells, sereno de la villa, y Manolet, el panadero del callejón del Anzuelo, se habían juntado con Nelson. Tomaban café y conversaban sobre la obsesión del vecindario desde hacía trece años, cuando comenzó el preludio angustioso del desastre, preludio cerrado el día anterior con la demolición de la casa de la bajada de la Herradura.

Nelson guardaba silencio. El recuerdo del viejo Arquímedes evocado por Estanislau le transportaba a una mañana de verano de mucho tiempo atrás. Un rojo intenso encendía el río, recortaba sombras negras de naves en los muelles donde los navegantes se disponían a zarpar. Las siluetas de los navegantes eran manchas azuladas y rojas atareadas entre remos y cordajes. Chirridos de poleas y ruido de bicheros que sesgaban el agua negra se mezclaban con las órdenes de los patrones y las voces de las tripulaciones. Eso le excitaba y le confundía a un tiempo: adolescente atolondrado, se sentía algo perdido en aquella agitación. El *Carlota*, el flamante laúd de Torres y Camps, se disponía a emprender su primer viaje una semana después de su botadura triunfal. Y él, Robert Ibars, formaba parte de la tripulación. A la mañana siguiente de la fiesta, de la que todavía conservaba el deslumbramiento del montón de señores ataviados de punta en blanco y señoras con enormes sombreros —«cuervos y cotorras», los había definido el viejo Arquímedes— así como el recuerdo de la señorita Carlota, quien le contempló entre curiosa y petulante, el veterano de Tetuán se había presentado en casa, a decir a la madre que se llevaba al chico a navegar consigo para los Torres y Camps. El patrón había planteado la cuestión al señor

Jaume y este, seguramente para silenciar la mala conciencia de no haber hecho nada por la viuda del navegante de la casa muerto en Lliberola, accedió a dar trabajo a uno de los hijos del difunto.

–Sube, chico –le dijo aquella mañana el viejo Arquímedes.

Los demás tripulantes, atareados armando remos, le recibieron con gruñidos de saludo. Cuando zarparon, evitó mirar a los muelles; sabía que su madre, enlutada como si no le bastara el duelo interior, le contemplaba con angustia, sombra entre las sombras que todavía eran noche en los callejones del Ebro.

Salieron de las aguas de la villa, que conocía palmo a palmo, y fue descubriendo, maravillado, el río que el viejo Arquímedes le mostraba y del cual no sabía casi nada. Siempre que bajaba a los muelles, ardía en deseos de emprender viaje con alguna de las naves. Sin embargo, su padre nunca había querido tentarle con un oficio tan duro y jamás le dejaba embarcar, en contra de la opinión de Arquímedes Quintana, que intuía en el chico un navegante de raza. Aquella mañana, el viejo le había ido explicando el itinerario: aquello era Riba-roja, lo de allí Ascó, el castillo que vislumbraron mucho después era el de Miravet... El veterano de África tenía razón: llevaba el veneno del río de muchas generaciones en la sangre, y si los pueblos desconocidos tendidos en la ribera le sorprendían, nada le resultaba extraño en el agua viva que conservaba en sus entrañas fangosas los huesos perdidos del padre.

Fue un viaje tranquilo De vuelta, hasta Miravet, los hombres tuvieron que sirgar, remontando el río a pie por la ribera. A partir de allí, donde tenían que hacer noche, que el viejo no pasó en la nave, lo cual provocó comentarios maliciosos entre la tripulación, un bochorno fuerte y sostenido les permitió subir a vela. El único suceso inquietante se produjo en el roquedal de la Cova Plana cuando avistaron un laúd de bajada cargado de carbón.

—¡Es el *San Luis*! —exclamó Jaume Tàpies—. ¡La madre que lo parió!

—Ojalá se hundiera.

—¡Qué hatajo de cobardes! ¿No os da vergüenza? —gruñó el viejo.

Mientras las naves se cruzaban casi rozándose, la tripulación del *Carlota* evitó mirar al otro laúd; solo les saludó Arquímedes. El patrón del *San Luis* vivía obsesionado por la idea de la muerte, hasta el punto de haberse hecho construir el ataúd, que llevaba siempre en el camarote de la nave junto con un hatillo con la ropa de la mortaja. Cuando le fallaba un tripulante, le costaba sustituirlo y todos evitaban los encuentros con el tétrico laúd, habitado por el aliento de la descarnada.

Todavía nerviosos por el fúnebre encuentro, llegaron a la villa. Cuando comenzaban a descargar con sumo cuidado el espléndido marco que habían recogido en Tortosa para un gran cuadro que pintaba Aleix de Segarra, un grupo de navegantes se acercó al viejo mientras este vigilaba la operación junto a la palanca y le pusieron al corriente de las noticias que tenían a todo el mundo en vilo: un príncipe heredero había sido asesinado a tiros en un lejano lugar llamado Sarajevo y, en la villa, alguien, no se sabía quién, acababa de disparar contra el señor Jaume de Torres.

IV

Mientras las campanas anunciaban el sepelio de Pasqual de Serafí, barrenero de primera y ajedrecista sin gloria, la señora Carlota de Torres recordaba el estampido del escopetazo y la extraordinaria confusión que provocó en el salón aquel día tan lejano evocado por la limpieza del cuadro: Verònica lanzó un chillido más terrorífico que el tiro mientras la bandeja con la jícara de chocolate de la merienda se le caía de las manos; el señor Jaume se desplomó de la butaca agarrándose la cara ensangrentada; un frasco de trementina se hizo añicos contra el mosaico, donde la esencia se mezcló con la sangre y el chocolate; la paleta, arrojada al aire por Aleix de Segarra a consecuencia del susto, aterrizó en el pecho de la abuela. Indiferente a las tribulaciones del mundo, el abuelo prosiguió plácidamente la siesta en una esquina del sofá.

Cuando Camil·la consiguió dominar el pánico del primer momento y tranquilizarlos a todos, Aleix comprobó que la herida del señor Jaume, pese a la escandalosa sangre que había salpicado medio salón, no pasaba de un rasguño en la mejilla, más espectacular que grave, producido por un trozo de cristal de la balconada roto por la bala, y que el carmín de la blusa de la abuela no procedía de ninguna herida sino de la paleta del pintor. El proyectil se había incrustado en una moldura del techo, después de agujerear el retrato del señor Jaume de Torres justo en medio de la frente, con una precisión estremecedora.

La noticia se propagó inmediatamente, el Casino de la Rueda acudió en masa a manifestar su solidaridad de clase a un señor Jaume pálido y asustado que no sabía qué hacer para ocultar el temblor de manos que no le abandonaba. Recibió a los amigos sentado entre las señoras. Ellas, excitadas, aliñaban la historia con aspavientos y algún que otro desmayo que requería la presencia solícita de Camil·la con el frasco de las sales o la botella de agua del Carmen. Desde la pomposidad del último barón de Sàssola a la sequedad de Romaguera, importante terrateniente de la comarca, los visitantes expresaron en todos los tonos la indignación por el atentado, atribuible a ojos cerrados a los anarquistas, caterva de locos asesinos dispuestos a destruir la sociedad y que, obviamente, acababan de elegir la villa para ensañarse en la persona de uno de sus más ilustres pilares... El administrador de las minas de la viuda de Salleres, apagafuegos nocturno y sumiso de la alcoba del ama, inició de paso un memorial sangriento al recordar el reciente asesinato de un industrial barcelonés, idea inoportuna que acentuó aún más los temblores del herido. Don Praxedes de Torrents, cornudo de sacristía de santa conformación, siguió el hilo al dedicar un comentario no demasiado sentido –al fin y al cabo, un liberal– a la muerte del ministro Canalejas, liquidado en Madrid hacía un par de años. El caballero de Monegre, calavera amarillenta entre el sombrero apolillado y el plastrón con lamparones de aceite, se extendió en el atentado contra el rey don Alfonso XIII el mismo día de su boda y el barón consiguió recuperar el turno para poner un historiado colofón a la sarta de desgracias remontándose al caso de las bombas del Teatre del Liceu de Barcelona, famosa escabechina de finales de siglo. El mismo comentario, casi letra por letra, con algunas variantes pensadas a la hora de cenar ante la soledad del arenque en la última fuente de porcelana de Limoges, lo repitió en un Casino de la Rueda casi desierto al que apenas acudieron media docena de señores decididos a afrontar la oscuridad de unas calles en las que todo el mundo vislumbraba el brillo maligno de los ojos del anarquista.

Al día siguiente llegaron en una tartana a la villa una pareja de guardias civiles y un funcionario judicial de la cabeza de partido, sanguíneo y rechoncho con un tic muy aparente en el ojo derecho con el que parecía incitar a conjuras inconfesables. El funcionario tomó declaración a los testigos, examinó prolongadamente el agujero de la moldura en el techo del salón, extrajo el proyectil con la ayuda del carpintero y, después de examinar los agujeros del balcón y del cuadro y de elogiar mucho el parecido de este con el modelo, hizo constar en el atestado que la bala había sido disparada desde el exterior, en un punto difícil de precisar pero situable en la hilera de acacias que cerraban la plaza por el lado del Ebro. Al cabo de dos días de la brillantísima deducción y de un sinfín de indagaciones estériles, el funcionario, aburrido y con la eterna invitación al embrollo instalada en el párpado, dejó a todo el mundo con un palmo de narices y regresó a la ciudad con los guardias civiles. El señor Jaume de Torres no se atrevía a salir de casa y procuraba no acercarse a balcones o ventanas, temeroso de recibir un impacto mortal. Mientras tanto un denso silencio cayó sobre la villa. En el secreto de la cocina, Camil·la desenterraba la vieja y estremecedora historia de Pere dels Sants, chulo de café, a quien las sombras del callejón de la Tina se le habían vuelto puñales. La señorita Carlota, desobedeciendo una vez más la prohibición materna de charlar con las criadas, se enteró de la impotencia del mismo funcionario para sacarles una palabra a los vecinos del callejón, que, sin duda, oyeron la pelea a medianoche y vieron caer al chulo atravesado por las ocho puñaladas que después el tiempo multiplicaría, como había de multiplicar también los perros que acudieron a lamer la sangre del empedrado. El silencio se repitió con la novia de la víctima, conocedora seguramente de los nombres de los asesinos, y con los sospechosos que habrían podido señalar el punto de los muelles donde los puñales fueron arrojados a las aguas nocturnas del Ebro. La villa calló entonces y ahora volvía a hacerlo. Se defendía de la gente forastera armada con algo más temible que puñales o escopetas: los funcionarios esgrimían papeles. Escribían en ellos palabras incomprensibles y después la gente iba a la cárcel o le embargaban la casa, la tierra o la barca. Además –se preguntaba Camil·la delante de la señorita, estimulada y asustada a un tiempo por la sangrienta historia–, ¿qué le importaba a la gente de la capital lo que pasaba en la villa?

En los recuerdos de la señora Carlota de Torres, la normalidad regresó de repente a la casa unos días después. El padre se expuso de nuevo frente a los ventanales, perdió el miedo de salir a la calle y recuperó el aire desenvuelto de antes junto con la sonrisa de hombre próspero que solo se marchitaba bajo la mirada implacable de la suegra.

Carlota de Torres nunca supo lo que había sucedido. Camil·la podría haberle contado cuatro cosas. Pero cuando la señora, ya mayor, quiso descubrir el intríngulis de la historia del anarquista, tropezó con evasivas por parte del padre: entonces la abuela y la madre ya habían muerto y hacía muchos años que Camil·la había abandonado la casa de los Torres y Camps. Solo la criada se enteró de la entrevista de la abuela con Graells, el administrador, y de una conversación secreta entre suegra y yerno mientras el resto de la familia dormía. La entrevista fue borrascosa: la suegra trataba al yerno de estúpido, de cobarde y de sinvergüenza. ¿Cómo había podido ser tan tonto y, sobre todo, cómo había dejado que las cosas llegaran tan lejos? ¿Había perdido la razón? ¿No se daba cuenta de la encerrona? Había tenido que ser ella quien averiguara la verdad. ¿Qué pensaba ganar escondiendo la cabeza como un avestruz? ¿No veía que el disparo era un aviso? El tirador había agujereado adrede el retrato en lugar de destrozar la cabeza al modelo. Si hubiera querido liquidarlo, ya estaría en el hoyo... Ella solucionaría el asunto, no por él sino por ahorrar sufrimientos y vergüenza a la hija, pobre Adelina, que tenía que ignorar la clase de crápula –crápula inútil– con quien estaba casada. Al cabo de un buen rato de insultos a los que el señor Jaume intentaba responder de vez en cuando con débiles protestas, atajadas sin miramientos por la suegra, genio parecido al de la difunta generala, la señora salió a escondidas de casa acompañada por Graells. Cuando regresó casi al alba, los primeros grupos de mineros iban al trabajo iluminando con las luces de carburo las calles todavía negras y los navegantes se preparaban para zarpar de los muelles. Hubo una conversación breve y sin palabras mayores con el yerno, que se había quedado en el despacho esperando el regreso de la suegra, y luego la casa quedó en silencio.

Nadie dijo nada de eso a la señorita Carlota de Torres. Tampoco se enteró nunca de un bautizo en la antigua Vila de Gràcia, en Barcelona, pocos meses después del atentado contra el padre. Era el 13 de diciembre de 1914 y la ciudad seguía con avidez las incidencias de la guerra que había estallado en Europa a raíz del asesinato de Sarajevo. Aquel mismo día los rusos recuperaban Belgrado, pero aquello dejaba frío a Joaquim Castells. El propietario del nuevo y flamante Café del Sol se sentía satisfecho: contemplaba enternecido a su hija, antigua obrera de la fábrica Torres y Camps, Extractos de Regaliz, con el bebé en brazos, una niña preciosa que con el tiempo debía asemejarse como una gota de agua a Carlota de Torres; tanto que, en los años futuros, no hubo vecino de paso por Barcelona que no fuera a Gràcia a ver calentar café a la doble de la orgullosa señora de la casona de la plaza de Armas. Desde que había abandonado la villa con su familia seis meses antes sin despedirse de nadie, a consecuencia de una visita de la señora Camps a altas horas de la noche, Joaquim Castells había cambiado de pies a cabeza. Nadie habría adivinado que, meses atrás, el cafetero era peón de una mina de lignito de la ribera del Ebro o que tenía fama de ser el tirador más certero de la comarca.

Cincuenta y seis años después de aquel bautizo que ignoraba, la señora Carlota de Torres suspiró. De la plaza subían los latines del cura que se dirigía, rodeado de monaguillos, a la casa de Pasqual de Serafí, pero ella no los oyó. Se hallaba en una época muy lejana: veía el cuadro arrinconado sin terminar en el despacho de su padre. El luto por la muerte del abuelo, que empalmó una siesta en el sofá con una cena con san Pedro, obligó a suspender de nuevo su realización. Al final, en el otoño de 1915, con el agujero de la bala cuidadosamente tapado y repintado por Aleix de Segarra, quien enlutó también con una cinta negra una manga del modelo como recordatorio de la defunción del abuelo, el retrato, reluciente de barniz y encajado en el magnífico marco que el viejo Arquímedes Quintana había subido de Tortosa, fue colgado en la pared del salón donde, antaño, las falsas mártires cristianas exhibían con impudor sus incitantes carnaciones.

Los elogios de los invitados fueron unánimes, de lo más halagadores y profundos. Los resumía el comentario de una prima hermana del señor Torres, que aseguró que solo le faltaba hablar. Pero el modelo suplió la deficiencia sin esfuerzo y con creces: el señor Jaume, sentado en la presidencia de la mesa entre la mujer, la suegra y los tres hijos, habló por los codos. Justo debajo de su imagen pintada, el anfitrión desprendía bienestar y optimismo, y eso, además de notarse en su locuacidad, se manifestaba en el esplendor de la fiesta, el catorce cumpleaños de la hija, en la que habían echado la casa por la ventana. La bendición impaciente del cura acababa de arrojar latines sobre la mesa espléndidamente preparada con manjares de una rotundidad innegable, acompañados de los ásperos vinos de la Terra Alta, que encendían con su vigoroso color el cristal de botellas y copas. A excepción de la primera parte de la cena, durante la cual los comensales se arrojaron a la vianda en silencio y con un frenesí que provocaba los sarcasmos de Camil·la en el secreto de la cocina, la conversación fue decantándose al tema candente: la guerra encendida en Europa a raíz del atentado de Sarajevo. La gigantesca matanza en los campos de Francia o en las estepas de la lejana Rusia, los combates del frente oriental; los inútiles ataques de Joffre en los Vosgos, la apertura de un frente italiano en el Trentino y los problemas del Oriente Medio fueron los puntos esenciales de la charla de los invitados, en su mayoría con una idea más bien estrambótica de la situación de los lugares de que hablaban.

Pese a la división entre aliadófilos y germanófilos latente en la fiesta, donde se manifestaba mediante tímidas y escasas alusiones por respeto a la celebración, ningún bando de la villa deseaba en el fondo el cese del conflicto. ¿No había algún modo –llegaban a preguntarse en secreto los cavilosos capitostes del Casino de la Rueda– de que durara siempre? ¿Qué impedía que fueran atendidas las plegarias, misas, rosarios y novenas ofrecidos por la señora de Torres a santos y santas para que le concedieran la gracia de alargar indefinidamente la contienda? Al fin y al cabo, ¿no decía el señor cura que los alemanes eran una pandilla de herejes protestantes? ¿Y los gabachos? Además de cortarle el cuello a un rey, habían entrado a sangre y fuego en la villa, en 1808, después de un asedio durísimo recordado –honor, como mínimo, dudoso– entre las victorias napoleónicas en el Arco de Triunfo de l'Étoile, en París de Francia. ¿Hacía falta hablar de la pérfida Albión, como la denominaba el barón de Sàssola, antes de enzarzarse en una amarga filípica sobre Gibraltar y otros agravios? Al fin y al cabo, por una vez que les tocaba cobrar no había que mesarse los cabellos. Sobre todo si la gresca favorecía a la villa de aquel modo tan inesperado como espectacular... Porque, Señor –exclamaba la señora viuda de Camps–, ¿cuándo se había visto algo semejante? Durante la guerra de Cuba había habido un cierto movimiento pero no tenía punto de comparación con el de ahora. Justo recién empezada la escabechina, Barcelona comenzó a pedir carbón sin parar: toneladas y más toneladas, montañas de lignito para alimentar los vapores de una industria a la que la guerra confería un impulso increíble. La cuenca, sacudida por la demanda insólita de mineral, tuvo que espabilarse. Las minas en explotación comenzaron a trabajar a toda mecha. Las que habían cerrado después de la prosperidad efímera de la guerra antillana volvieron a funcionar, se abrieron otras nuevas. La flota de laúdes no daba abasto y fue preciso construir otros nuevos para transportar el mineral Ebro abajo hasta las estaciones de ferrocarril. Las atarazanas se reanimaron, convertidas en hormigueros de carpinteros de ribera. Se necesitaba gente en las minas, en el río, en todas partes. Un alud de forasteros acudió a buscar trabajo, la villa rebosaba de gente. El comercio, lánguido hasta entonces, se animó. La calle Mayor, nexo entre la antigua plaza morisca del mercado, centro del casco medieval, y el ensanche que había desbordado las primeras murallas y obligado a levantar un segundo cerco en el siglo XVIII, se llenó de tiendas: escaparates rutilantes exhibían las novedades de Barcelona bajo los letreros confeccionados por Aleix de Segarra, quien, además de pintar los nombres de los laúdes y los retratos de sus propietarios, se divertía desplegando su fantasía en los anuncios publicitarios que le encargaban los comerciantes.

En el Salón de las Vírgenes Mártires, la rojez de los vinos pasaba del cristal de las botellas y copas a las mejillas de los comensales; la mesa era un muestrario en diversos grados de satisfacción gastronómica de las fisonomías principales de la villa, agitadas por los imprescindibles movimientos de masticación y deglución. Estos resultaban lentos y trabajosos en el caso del barón por la ausencia de varias muelas –que un dentista escarmentado se negaba a sustituir si no cobraba antes un montón de facturas pendientes–, y de lo más ostensibles en el caso de la alcaldesa a causa de la verruga negruzca de la barbilla: la excrecencia traducía el más leve movimiento de las mandíbulas con una oscilación que exasperaba al señor Jaume de Torres.

A medida que saciaban el hambre, crónica en algunos casos, los próceres hablaban con entusiasmo progresivo. Llegados los postres, el salón retumbaba con un guirigay ensordecedor. Sin embargo, la alegría estuvo a punto de esfumarse después de un brindis muy barroco del barón de Sàssola en honor de la señorita Carlota, cargado de alusiones a un futuro donde todo el mundo adivinaba el pacto familiar para casarla con el señorito Hipòlit de Móra, adolescente tímido y aturdido, perdido en aquel momento en las delicias de un plato de natillas. Cuando otro comensal, el administrador de las minas de la viuda de Salleres (quien se escabullía de celebraciones fastidiosas con el pretexto de los lutos), levantó la copa para que la prosperidad debida al lignito fuera eterna y cada día mayor, la voz de Sadurní Romaguera, chillona y tensa por la rabia contenida, pasó

54

como una ráfaga de viento helado en medio del alboroto. Los señores callaron, atemorizados, mientras el terrateniente soltaba sus palabras: ¿qué precio pagaba la villa por esa prosperidad dudosa? ¿Qué pasaría con la tierra si la gente seguía abandonándola para enrolarse en las minas y en el río, estimulada por el cebo del jornal seguro de las quincenas? La tierra era la base de la sociedad. Romaguera despreciaba el carbón hasta el punto de no permitir prospecciones de yacimientos de lignito en sus fincas ante la rabiosa impotencia de su hijo mayor. Todo lo que no fuera la tierra conducía al libertinaje, a la subversión del orden natural, al desbarajuste, al caos.

El terrateniente se subía por las paredes. Su mujer no sabía dónde mirar; era consciente de que casi todo el mundo, sobre todo las señoras, la miraba con la satisfacción de verla humillada por el comportamiento del marido, cuyas salidas, a fin de cuentas, eran sobradamente conocidas. Solo Malena de Segarra, tía política de Aleix, compadecida de la mártir y fatigada del sermón, intentó atajarlo con un comentario deliberadamente frívolo que distrajera a los comensales. Pero sus palabras sobre la nueva tienda de ropa de la calle Mayor no encontraron respuesta. El terrateniente le arrojó una mirada feroz y prosiguió con una andanada contra las intolerables pretensiones de los obreros, cada día más insolentes y reivindicativos; después atacó la degeneración moral en que se había hundido la villa a raíz del comienzo de la guerra europea y de la prosperidad de las minas. La mayoría de los comensales abundó entonces en aspavientos hipócritas. El rector, ahíto, con la mente enturbiada por sus copiosas libaciones, anticipaba cabezazos reprobatorios con parsimonia abacial y las señoras se preparaban a escandalizarse al oír lo que, por lo demás, ya conocían con pelos y señales.

¿Quién podía ignorar que el demonio, Satanás en persona, se apoderaba de las noches de la villa? ¿De quién podía ser obra, si no, aquella antesala del infierno, aquel nido de desenfreno llamado El Edén, abierto justo delante de la rectoría? Antro de perdición, de vicio y de pecado –Romaguera repetía las palabras que el cura largaba con santa cólera durante el sermón de la misa mayor del domingo–. El Edén era una mala hierba, había que arrancarla sin contemplaciones. El alcalde, el señor Gelabert de Móra, padre de Hipòlit, sentado entre un maestro de escuela y el doctor Beltrán, uno de los dos médicos jóvenes de la villa, se consideró aludido y adujo, entre una cucharada de crema y un sorbito de ratafía, la legalidad escrupulosa de los establecimientos que habían proliferado en pocos meses. Si El Edén reunía los requisitos, ¿qué podía hacer la autoridad en aquel asunto –aparte de embolsarse secretamente un pellizco de los beneficios del juego, detalle que el alcalde no mencionó–? Si Pere de Tobes perdía la casa jugando a las cartas; si Joaquim de Tamariu pasaba tres noches seguidas con una corista italiana, Simonetta Tamburini, en uno de los camerinos del local, y su mujer iba a rescatarle por la fuerza entre una nube de polvos de arroz desparramados, roturas de frascos de agua de colonia, tirones de pelos, arañazos a granel y un escándalo del demonio; si Eustaqui Salvador se fugaba en un arranque de pasión irreprimible con la camarera Filomena London, nombre de guerra de Casilda Valls, natural de Tarragona; si un fogoso carpintero de ribera subía al escenario a media función y mordía (el señor alcalde no precisó el punto exacto) a una de las coristas; si las funciones de variedades acababan como acababan (el señor alcalde tampoco entró en detalles escabrosos, a causa de la presencia de las señoras); si pasaba todo aquello y mucho más pero no se alteraba el orden público, ¿cómo diablos podía intervenir el Ayuntamiento en aquel asunto?

Carlota de Torres tardó cierto tiempo en saber que la

señorita Estefania d'Albera, unos años mayor que ella y la más remilgada de las jóvenes con actitud de ángel invitadas a la cena, habría podido añadir una serie de precisiones a la información, necesariamente púdica, facilitada por el alcalde. Pero la damisela, ocupada en engullir pulcramente el plato de natillas con la cucharilla de plata, no creyó oportuno informar a la concurrencia del nuevo récord de resistencia amorosa de El Edén. Ostentado hasta entonces por un navegante de Ascó, el título había pasado hacía dos noches a manos de Cebrià de Sansa cuando este, también navegante de profesión, se trajinó ocho veces consecutivas a una de las coristas delante de un jurado solvente mientras el de Ascó arriaba velas a la sexta travesía con Simonetta Tamburini. Tampoco le pareció el momento adecuado para sacar a colación el nombre de la vencedora del concurso de pechos celebrado la semana anterior entre las camareras y las coristas de El Edén, ni el de revelar los apodos con que cada uno de los reunidos aquella noche en el Salón de las Vírgenes Mártires era conocido en el cabaret. ¿Por qué debía contar que el viejo Arquímedes Quintana, cada sábado, de pie sobre la mesa de billar, vociferaba contra el rey, decía pestes de los burgueses y, como traca final, proclamaba la República mientras Aleix de Segarra, músico además de pintor, interpretaba al piano el Himno de Riego bramado a coro por la concurrencia de mineros y navegantes?

La señorita d'Albera habría podido añadir estas y otras informaciones a las palabras de la primera autoridad de la villa. Pero no lo hizo, quizá para no comprometer al secretario del juzgado municipal, de quien las había obtenido mediante el chantaje: la malvada –se quejaba el funcionario con adjetivo de folletón– le amenazaba continuamente, si no le relataba las noches de El Edén, con no volverse a disfrazar con hábitos de monja para practicarle una felación, actividad en la que la señorita alcanzaba el virtuosismo y con la que hacía delirar al funcionario, de quien se sabía en la villa que bramaba artículos enteros del código penal durante los revolcones.

Mientras tanto, Romaguera replicaba al alcalde. Sin bajar la cresta, el terrateniente condenaba otros peligros de la lepra del dinero, decía barbaridades de los mineros, preveía conflictos incluso en la fábrica de extracto, modelo de paz hasta entonces. ¿Quién detendría más adelante a los obreros si de buenas a primeras no se recortaban sus pretensiones? Había que hacer entender a la chusma que debían agradecer el sueldo que recibían; había que desarraigar −insistía, inquisitorial y amargo, con el soporte pomposo del barón− la mala hierba...

Entre las muchas cosas divulgadas por Camil·la, las palabras pronunciadas aquella noche por Romaguera debían quedar grabadas en la memoria de la villa. Además de provocar la indignación secreta de la criada, miembro al fin y al cabo de la chusma maldecida por el terrateniente, el menosprecio del orador −fibroso y seco en medio del sopor digestivo general− irritaba a la suegra del señor Jaume. Cuando la señora, olvidando sus deberes de anfitriona, estaba a punto de estallar, el estrépito de una música en la plaza hizo vibrar la cristalería de la mesa, espabiló a los invitados sumidos en una somnolencia grasienta y les empujó al balcón para escuchar el concierto de la banda, L'Harmonia Fluvial, alquilada por el señor Jaume en honor de Carlota.

El 13 de abril de 1970, mucho tiempo después de aquel cumpleaños, cuando las criadas −Carmela, Sofia y Teresa, sucesoras de Camil·la, Adelaida y Verònica− limpiaban el retrato del señor Jaume, el presente se impuso sobre los recuerdos de la señora Carlota de Torres. En lugar del pasodoble con que la banda, empapada de niebla en la noche de otoño, había decidido iniciar el concierto, sentenciando de manera salomónica la pugna entre el helicón germanófilo, quien quería un vals de Strauss, y el bombardino, partidario de los aliados, empecinado con una marcha de Verdi, por los ventanales del Salón de las Vírgenes Mártires penetraban los latines del entierro de Pasqual de Serafí.

V

Sudando a mares, el cura jadeaba bajo el peso de la capa pluvial, más molesta que de costumbre a causa de la tibieza de la mañana de primavera. Subió a duras penas hasta el rellano de la escalinata de la puerta de la iglesia, al pie de la cual se habían detenido los portadores del ataúd de Pasqual de Serafí; mientras la plaza se llenaba de gente, aprovechó la pausa para rehacerse un poco antes de abordar el responso. Los parroquianos del Café del Muelle acababan de incorporarse a la multitud, presididos por Estanislau. Este inició una serie de meditaciones sobre la condición humana, el fugaz sueño de la vida y la incertidumbre del destino, antes de embarcarse de repente en una serie de monsergas inoportunas sobre el aumento imprevisto y abusivo del precio del café. El monólogo culminó con un suspiro de resignación emitido a un palmo de la oreja derecha del viejo Nelson cuando el rector comenzaba el sonsonete fúnebre.

El patrón no se dio cuenta; tampoco oía los latines del cura ni la conversación en voz baja sostenida por Nicolau de Monegre, Honorat del Rom, Eduard Forques, Horaci Campells y Manolet de Ribes. La riada de recuerdos provocada por la alusión del cafetero al aniversario de Arquímedes

Quintana no disminuía; por el contrario, crecía sin parar en su cerebro. Cualquier palabra y cualquier sensación se convertían en hilachas de memoria; los fragmentos se acoplaban como piezas de un rompecabezas, dibujaban antiguas imágenes del veterano de África. Finalizados los responsos, cuando el entierro enfiló la calle Mayor y el grupo de Nelson pasó junto a la esquina del callejón del muelle de las Viudas, el patrón no pudo evitar un estremecimiento: bajo los porches estaban las antiguas cuadras de la casa Torres y Camps, y, por encima del rumor acompasado y sordo de la comitiva, le había parecido oír el relincho del macho Trèvol...

El relincho había resonado realmente en el callejón una madrugada brumosa del año 1916 cuando Trèvol, conducido por el ramal por un peón del laúd *Carlota*, salió del calor del establo al frío del invierno para bajar al muelle de las Viudas. Pese a la helada y a la hora, en los embarcaderos del Ebro había una animación insólita; la llegada de la bestia, pequeña pero fuerte y vivaz, provocó comentarios entre los congregados, en su mayoría navegantes, menestrales y mineros. Al pie de la palanca del *Carlota*, el señor Jaume de Torres, acompañado de su hombre de confianza, conversaba con Arquímedes Quintana, quien llevaba, como siempre, la gorra inclinada encima de la oreja perdida en la batalla de Tetuán. El patrón mostraba un considerable rasguño negruzco en un pómulo. De vez en cuando, mientras hablaba, ponía una mueca de dolor. Debido a un mimetismo muy curioso, otros de los presentes repetían en diferentes lugares del muelle una mueca semejante: Jordi Ventura, patrón de la viuda de Salleres, cuando agitaba la mano derecha; Tomàs de Xerta, peón de Torres y Camps, cada vez que entornaba el ojo izquierdo, hinchado y azulado; Pere Cistella mientras movía una rodilla entumecida; Jaume

Glera siempre que abría los labios, que presentaban un volumen anormal... Ahora bien, aunque el muestrario de heridas y la cantidad de gente a la que afectaba –mucha más aún de la que había en el muelle– pudieran hacer pensar en un origen común a todas ellas, las crónicas de la época (anónimas como siempre) no dieron mucha información sobre el asunto. El alguacil del Ayuntamiento, quien, intrigado por la cuestión y en contra del parecer del secretario del juzgado, inició una investigación, la abandonó recién empezada a causa de una curiosa hinchazón en una mejilla y de un dolor, seguramente reumático, que le aparecieron a consecuencia de un encuentro fortuito en la oscuridad del callejón de las Brujas con algunos de los presuntos implicados. La misma noche, el secretario informaba a la señorita Estefanía d'Albera –acostada en la cama del funcionario cuando su madre la creía en la novena nocturna de santa Casilda, y que no cesaba de provocarle, la malvada, enseñándole una liga roja debajo de los hábitos religiosos– de la falta absoluta de pruebas que confirmaran los rumores según los cuales había habido una trifulca en El Edén a propósito del proyecto de cambiar el sistema de remontar el Ebro.

Cuando no soplaba el bochorno y los laúdes no podían, por tanto, subir a vela, los tripulantes eran los responsables de la durísima labor de sirgar por la orilla y remolcarlos aguas arriba. Ahora se quería sustituir a los hombres por bestias. El proyecto, impulsado por el señor Jaume de Torres para abaratar el transporte del lignito, había despertado muchas suspicacias que parecían haberse dilucidado en la supuesta refriega de El Edén. Pero el funcionario negaba ante la señorita d'Albera que la pelea hubiera existido. Ahora bien –intentaba salir del paso–, aceptando a modo de hipótesis que realmente se hubiera producido, tampoco constaba que se hubiera afirmado allí que el sistema de remolcar las naves con bestias, adoptado tiempo atrás en las tierras llanas del delta del Ebro, no resultaría río arriba, donde el camino de sirga era con frecuencia abrupto, difícil y, en algunos lugares, inexistente. Ni podía asegurarse –había seguido informando el secretario a la señorita d'Albera, aquella púa que entonces ya mostraba un poco de la piel del muslo por encima de la liga– que la supuesta conversación se hubiera ido envenenando con unas insinuaciones de Jordi Ventura, patrón de la viuda de Salleres, inspiradas sin duda por la envidia que siempre había sentido hacia Arquímedes Quintana. El veterano de África se encargaría, a pesar de sus años, de hacer la prueba con el *Carlota*, laúd favorito de los Torres y Camps. Según el secretario, era buscarle tres pies al gato asegurar que Baltasar Teula, después de unas dudas sobre la virtud de su madre proferidas en voz alta por Jordi Ventura, había incrustado a este en la pared de un trompazo. En caso de que eso hubiera sucedido –la voz del secretario del juzgado era un murmullo apenas audible ante la insidiosa exhibición de la señorita d'Albera, que había comenzado a quitarse lentamente las bragas–, probablemente habría habido un intercambio meteórico de cumplidos en El Edén:

–¡Hijo de puta!

–¡Capado!

–¡Cabrón!

Y acto seguido la marimorena: camareras y coristas habrían añadido el guirigay histérico del griterío al maremágnum. El Edén se habría transformado en un campo de batalla y, años después, los cronistas habrían podido disfrutar con la descripción de la refriega: contar el puñetazo que recibió Arquímedes Quintana de parte de un navegante de la mina Lignitos Feliça y la respuesta del veterano de África, quien le dejó sin sentido de un trompazo en la mandíbula; espantarse de los guantazos con que Tomàs de Xerta tumbó a Jordi Ventura cuando este acababa de largarle un rabioso porrazo; compadecer a Aleix de Segarra, que no había roto ni un plato, caído de morros sobre el teclado del piano a consecuencia de una colleja que le propinó sin comerlo ni beberlo un peón de Ascó; hablar de la entrada del sereno de la villa, Claudi Campells –padre de Horaci, que en el futuro debía sucederle en el cargo–, quien, después de ocultar el chuzo detrás del mostrador para que nadie dijera que jugaba con ventaja, se lanzó a la gresca y de una patada en el culo hizo rodar por el suelo a un sirgador de Miravet empeñado en estrangular al cafetero. Los cronistas habrían podido recoger asimismo los chillidos de unas coristas a las que unos tripulantes de la Salleres, aprovechando la ocasión, arrastraron debajo de la mesa de billar en medio de un remolino de enaguas, o el grito de guerra de Joan Canyes, el zapatero libertario, un segundo antes de que el bofetón con la izquierda de un minero de La Carbonífera le hiciera perder el mundo de vista:

–¡Mueran los señores! ¡Viva Bakunin!

Ahora bien –la voz del secretario del juzgado ya era un balbuceo entrecortado por ruidosos engullimientos de saliva a causa de la visión de los rizos negrísimos del sexo hospitalario y ávido de la señorita Estefania d'Albera, espatarrada sobre la colcha con bordados florales y flecos de seda–, aquello eran falsedades, ganas de liar el credo, invenciones malignas. La colección de heridas exhibidas aquella mañana en los muelles por la mayoría de los asistentes a la partida de Arquímedes Quintana con el *Carlota* era un producto del azar y no había que darle más vueltas.

Mientras el entierro de Pasqual de Serafí se estiraba, se comprimía o se mordía la cola por las estrecheces y recovecos de la villa medieval, el viejo Nelson recordaba la amargura de ver al *Carlota*, cargado con veinte toneladas de lignito, separarse lentamente del muelle de las Viudas. Él, con

64

un pie vendado a consecuencia de un accidente durante la carga de unos barriles, tenía que quedarse en tierra cuando más falta habría hecho a bordo. Un año de navegación con el viejo Arquímedes le había convertido en un navegante de pies a cabeza y, pese a su juventud, a causa de la cual aún no se le permitía la entrada en las grescas de El Edén, ya le mencionaban como un buen esqueje de patrón, como el sucesor del viejo, quien, con la oreja cortada muy atenta, iniciaba un viaje difícil aquella mañana de niebla baja y densa en que la negrura del barco se esfumó inmediatamente al ritmo acompasado de la boga.

Dos días después, supieron por boca de tripulaciones de subida que Arquímedes Quintana había atracado en Tortosa, desde donde debía emprender el regreso y efectuar la prueba de sustituir a los sirgadores por animales de tiro.

Entonces el tiempo cambió de repente y comenzaron la inquietud y la incertidumbre. El gélido diciembre se convirtió en abril: se disiparon las nieblas, un soplo tibio se deslizó por el valle, comenzó a llover a cántaros. A consecuencia de los chaparrones, el Segre y el Ebro crecieron de mala manera; los laúdes no podían zarpar. Al cuarto día, la lluvia cesó de repente; al quinto, el Ebro, bramido furioso de aguas sanguinolentas, comenzó a decrecer; al sexto, llegaron los primeros barcos inmovilizados lejos de la villa por la tormenta pero el *Carlota* no subía. El señor Jaume de Torres estaba nervioso, tenía el naufragio del *Rápido* presente en la memoria y, angustiado por temores de desgracia, no iba a la mina ni a la fábrica; pasaba la mayor parte del tiempo en el balcón del Salón de las Vírgenes Mártires con la mirada fija en la confluencia de los ríos. En los muelles, la gente contemplaba las aguas esperando vislumbrar la silueta del *Carlota*, pero la viuda de Pere Botes −hijo de mala madre que tenía por costumbre arrojar al agua un enorme cubo atado con una cuerda a la popa del laúd a fin de multiplicar la resistencia de la nave y deslomar así a los sirgadores– daba por seguro en la plaza del Ayuntamiento, ante un grupo de mujeres asustadas, el naufragio de la nave y la muerte de la tripulación. La arpía negra, grasienta, desdentada, ponía un énfasis especial en el final de Arquímedes Quintana: las anguilas le devorarían como castigo por su osadía al pretender cambiar cosas inmutables desde los tiempos de Dios. En cafés y tertulias, la parroquia se deshacía en conjeturas. En el Casino de la Rueda, los señores, con secreta satisfacción de Romaguera, daban el *Carlota* por perdido. En El Edén, donde ebanistas y albañiles reparaban apresuradamente los destrozos de una pelea que nunca había existido, nadie tenía humor de reanudar la jarana. Aleix, todavía con la nuca dolorida por un collejón que nunca había recibido, sumaba su preocupación al desconsuelo de cantantes, camareras y coristas: subía con ellas a contemplar el Ebro desde el terrado o iba a hablar con el boticario, a quien las crónicas futuras designarían como Honorat del Cafè a fin de distinguirle de su hijo y sucesor, Honorat del Rom, que todavía tenía que nacer. El boticario se apostaba en el tejado de su casa y observaba el Ebro con un magnífico catalejo de latón, propiedad de la familia desde la guerra de la Independencia, cuando su bisabuelo había liquidado de un pistoletazo a un arrogante jinete napoleónico. Durante uno de los combates del asedio de la villa, el oficial penetró al galope por el portal del Segre y consiguió llegar a la plaza de Armas después de dar sendos sablazos a dos personas; allí le dejó seco la bala del boticario, quien se incautó como botín de guerra del magnífico anteojo de larga vista descubierto en una bolsa de la montura. No localizaron el instrumento de milagro, lo que salvó al boticario del fusilamiento cuando las tropas de Suchet tomaron la villa y saquearon la casona. Desde entonces el catalejo había observado estrellas y planetas, soldados de Cabrera durante las guerras carlistas, vecinas desnudas y velas lejanas, pero aquel invierno de 1916 la observación no daba resultado: no había ni rastro del *Carlota*. Hasta la tarde del séptimo día, cuando la angustia ya era casi certidumbre de desgracia, la nave no apareció en el campo visual del catalejo, remontando las aguas turbias.

–Ya los tenemos aquí –exclamó Honorat del Cafè encaramado en el tejado.

El grito rebotó de calle en calle, la villa entera bajó corriendo a los muelles e invadió las embarcaciones amarradas en la orilla, a fin de recibir al *Carlota*. En el muelle de las Viudas, lugar al que se había trasladado desde el observatorio del tejado, el boticario daba detalles del acontecimiento.

–Veo el macho Trèvol, acompañado de un peón que parece el malcarado de Pere d'Atura; el animal sube por el camino de sirga y remolca el *Carlota*. ¡Lo han conseguido! También veo al pirata de Arquímedes, de pie en la popa, manejando la caña del timón. Diría que le ha crecido la oreja de Tetuán... ¡Caray! ¿Qué demonios es eso? ¿Qué demonios...?

La multitud todavía no podía ver lo que el boticario ya distinguía con nitidez y acogió con expectación sus últimas palabras. Sin embargo, el observador no aclaraba nada, se limitaba a lanzar gritos de incredulidad, más fuertes a medida que la nave se acercaba.

–¿Qué pasa, Honorat? –le preguntó ansioso el señor Jaume de Torres, recién llegado al embarcadero.

–¡Caramba! –dijo el otro por toda respuesta, sin dejar de mirar el *Carlota* con el catalejo.

–¡Honorat, cojones, ¿quieres decirme qué pasa?!

–La madre que los...

–¡Honorat, hostia! –le gritó el señor Jaume exasperado, cogiéndole por el brazo.

–¡No me toques, hombre, que me baila todo y no veo!

–¡Déjame ese trasto!

El griterío de la multitud interrumpió el forcejeo del señor Jaume con el boticario. El *Carlota* había llegado frente a la villa y se oyó la voz del viejo Arquímedes ordenando al peón de la orilla que soltara la sirga que unía el macho con la embarcación; la bestia, liberada de la tarea de remolcar la nave, siguió ribera arriba, en busca del paso de barca del Ebro situado casi delante de la fábrica de extracto. Ya no se precisaba ningún instrumento óptico para vislumbrar la causa de la sorpresa del boticario: al principio solo era una mancha roja encima de la paja de arroz que protegía la carga de alfarería del *Carlota*; pero el acercamiento progresivo del laúd iba añadiendo detalles a la masa de color. En los muelles resonó una aclamación. No obstante, era imposible discernir qué parte de las ovaciones correspondía al viejo Arquímedes y a la tripulación por el éxito del viaje y cuál a la figura –magnífico resplandor de plumas coloradas y de cabellos rubios– de la bella Françoise Herzog, la nueva y rutilante estrella de las noches de El Edén, a quien la villa había de llamar para siempre jamás Madamfransuà.

En medio del frenesí de las primeras actuaciones de la nueva artista de El Edén, los parroquianos fueron enterándose de las incidencias del viaje. Averiguaron que el viejo Arquímedes, después de un descenso sin historia hasta Tortosa y una vez descargado el carbón, se lavó, fue a la barbería a afeitarse y, bien trajeado, con los cuatro peones también limpios como patenas, se dirigió a un hotel de la ciudad. En las tertulias, entre pestilencias de cigarros y aromas de ron, los parroquianos recibieron de labios del peón zaguero información con pelos y señales del encuentro con la *madame*, que ya les esperaba, confabulada como estaba la cosa entre ella, el propietario de El Edén y Arquímedes Quintana, los únicos que conocían el secreto aparte de Aleix de Segarra. La parroquia se agitaba con el mismo estremecimiento de los tripulantes del *Carlota* cuando vieron a aquella belleza que los contemplaba con una mezcla de humor, de admiración y un poco de temor en los ojos. El zaguero también contó con todo tipo de detalles el traslado del equipaje de la artista al barco: el sirgador delantero y el segundo peón iban cargados con una enorme bañera de cinc; los seguían el zaguero y un mozo del hotel con dos baúles mientras la *madame* cerraba la comitiva colgada del brazo de Arquímedes Quintana. En opinión del zaguero, la beldad parecía ilusionada con el gigante de apariencia terrorífica y risa estentórea que saludaba con ironía bondadosa a los tortosinos boquiabiertos ante el estrafalario grupo.

Hacer hablar al sirgador resultó una tarea más complicada. Según el carpintero de ribera del Arenal, que le conocía el punto flaco y quería ablandarlo con la bebida, el pillo no soltó ni media palabra hasta la octava copa de ron, pero, cuando se animó, no había quien le parara. ¿El macho Trèvol? ¡Rediós, el macho Trèvol! Un animal muy fino; parecía que no hubiera hecho otra cosa en su vida que sirgar. ¿Asustado por el Ebro? ¿Qué imbécil o qué hijo de mala madre difundía esa calumnia? Fuera quien fuese, no sabía de lo que hablaba. ¿Que no había sido llegar y besar al santo? ¡Claro que no! En caso contrario, ¿qué mérito habría tenido? Además, desde que habían cargado loza en Benissanet, la tarea resultó más pesada para el animal. No era lo mismo remolcar el laúd vacío que lleno de botijos, cántaros, barreños y platos. Al fin y al cabo, todo había ido bastante bien, a excepción de alguna bronca del viejo Arquímedes al peón zaguero, quien fanfarroneaba un poco para darse importancia ante la señora venida de Francia. Habrían llegado a la villa en dos días. Pero, de repente, Arquímedes Quintana había callado en seco mientras hablaba al peón de la orilla y se había quedado quieto, igual que un santo de iglesia...

El relato del sirgador quedó interrumpido a causa de la polémica que siempre encendía la misteriosa capacidad del veterano de África para adivinar las traiciones del río. Según unos, eso le venía de la sabiduría de generaciones de antepasados, lo llevaba en la sangre antes de nacer; según otros –una minoría, azuzada por Aleix de Segarra, que lo convertía a veces en una broma afectuosa–, el don de Arquímedes Quintana arrancaba de la cuchillada del moro en la batalla de Tetuán: el tajo de la gumía le había abierto un camino secreto en la oreja por el cual oía la voz del río. Durante la discusión, el sirgador no paró de trasegar alcohol como si fuera agua y, cuando le dejaron proseguir la historia, lo hizo con voz titubeante para contar cómo el viejo, inquieto, había apresurado al máximo la marcha de Trèvol para refugiarse en un brazo del río, cerca de una masía deshabitada de la ribera. Al cabo de poco rato, el aire se hizo pesado, el cielo se oscureció, un aguacero fortísimo comenzó a acribillar la piel del Ebro y el río se veteó con hilachas terrosas. Cuando estaba contando el comienzo la tormenta y la riada, el ron ya atascaba demasiado el cerebro del narrador. A partir de entonces, el relato de los días en la masía, a la espera de que el tiempo se calmara y las aguas bajaran, se convirtió en un balbuceo del que los parroquianos no entendían ni media palabra. De manera que nadie pudo confirmar la certeza de los rumores divulgados desde el mismo momento en que Madamfransuà puso los pies en la villa sobre unos amores con Arquímedes Quintana durante la riada.

Gracias al éxito del viaje, el sistema de sirga con animales de tiro fue adoptado de inmediato en todas las minas de la cuenca. Cada una de ellas instaló sus propios establos en los callejones de los muelles, se reorganizaron las tripulaciones, y los antiguos sirgadores, sustituidos por los machos, pasaron como peones a los nuevos laúdes que salían de las atarazanas y se sumaban al tráfico de los ríos.

No fue la única novedad en un sistema de navegación más viejo que el agua. Unos meses después del viaje del *Carlota*, se supo que la viuda Salleres hacía construir una nave portentosa, de tonelaje muy superior al del mayor laúd, que navegaría como una flecha y podría remolcar pontones y chalanas cargados de lignito. La noticia provocó iras secretas en el Salón de las Vírgenes Mártires y una expectación enorme en todas partes, desde el Casino de la Rueda a la tertulia de la taberna más miserable. Nadie conocía los detalles. El señor Jaume de Torres hizo espiar las actividades de la competencia, intentó sobornar a gente que trabajaba en el proyecto, procuró tirar de la lengua a Aleix de Segarra, colaborador artístico del plan, pero no consiguió enterarse de nada.

Los contertulios de los jueves en el taller de los carpinteros de ribera de la calle de la Barca dejaron de lado unas encarnizadas discusiones en torno al movimiento continuo, que llevaban meses arrastrando, y se aventuraron en cábalas sobre las características de la nave misteriosa que iba a revolucionar el transporte por el río, aunque Pere Metges manifestaba con escepticismo y displicencia serias dudas sobre la invención de algo realmente renovador si la idea no se le consultaba previamente.

–Zapatero a tus zapatos –sentenciaba el inventor, aludiendo a quien parecía ser el alma del proyecto, el administrador de la viuda.

Él, Pere Metges, había diseñado todos los artefactos posibles relacionados con el río, desde la caña de pescar automática y el laúd anfibio equipado con patas articuladas a la excavadora subacuática de la que solo quedaban por resolver cuatro detalles sin importancia antes de ponerla a explotar las vetas de lignito situadas bajo los lechos del Segre y del Ebro, inventos que afortunadamente para Pere Metges –decía en privado el carpintero de ribera, que había visto los planos– nunca habían sido puestos en práctica por ninguna persona.

La expectación en torno a la nave de la viuda Salleres consiguió mitigar incluso la resonancia de la gran ofensiva alemana de finales de marzo de 1918 que llegó a amenazar París, inspirada seguramente al Estado Mayor germánico por las incansables plegarias de la señora Adelina de Camps (según una interpretación muy posterior, debida a Honorat del Rom, que fue rechazada arbitrariamente por la historia oficial del conflicto). La dama, acompañada de Carlota, iba todas las tardes a arrodillarse en su reclinatorio privado, ante el altar ofrecido a la iglesia parroquial por sus bisabuelos y enriquecido generosamente por ella con nuevas imágenes, lámparas, cuadros y candelabros desde el comienzo de la guerra, para rezar devotamente por la continuación de la matanza.

Finalmente, al cabo de semanas de conjeturas y misterio, la presentación de la nave se anunció para el último domingo de mayo. El día señalado, una riada de gente bajó a los muelles: balcones, ventanas y terrados con vistas al río se llenaron de personal. Sobre los grupos de señoras florecían las sombrillas, que pintaban de rojo, de azul y de rosa la mañana de primavera. Las damas encorsetadas se manifestaban emocionadísimas por el acontecimiento, charlaban por los codos haciendo especulaciones sobre la extraordinaria nave y aprovechaban la ocasión para escandalizarse a propósito de las aventuras amorosas de la viuda. La charla cambió de objetivo a las once en punto, cuando llegó a la plaza el grupo jovial de El Edén: el guitarrista Silveri Tona, de azul marino y con canotier, Aleix de Segarra, con un sombrero de alas anchísimas y una blusa negra sobre la que flameaba el lazo rojo del cuello, y Arquímedes Quintana, con la gorra de los domingos, el chaleco de vestir y alpargatas nuevas, todavía perfumado por el reciente remojón en la bañera de la francesa, rodeaban a Madamfransuà, emperifollada con un vestido rosa y una sombrilla del mismo color. Detrás iban camareras y coristas, jugadores y parroquianos en masa. La presencia de la caterva provocó la indiferencia ostentosa de las señoras y las furtivas miradas de reojo de los maridos, a los que se les hacía la boca agua solo de pensar en la extranjera. Pese a que les costaba digerir que una mujer tan encantadora tuviera la colcha de la cama con los colores de la bandera francesa, ni los señores germanófilos escapaban a su hechizo. La mirada reprobadora de la abuela Camps al escote de la cantante, donde tropezó con la del yerno, coincidió con la llegada de las autoridades – negrura sudorosa, asfixiada por cuellos postizos y corbatas, de donde emergían las chimeneas de las chisteras– que acompañaban a la viuda de Salleres. Les seguía el estrépito ensordecedor de L'Harmonia Fluvial, atareadísima en la interpretación de una marcha dirigida con brío por el carpintero de ribera Forques.

Un cohete ascendió de la mina de la viuda, a un kilómetro aguas arriba de la villa, estalló sobre el verde de los huertos de la ribera derecha del Ebro y manchó el azul del cielo con una nubecita efímera. La multitud congregada en la plaza, en los balcones y en los muelles enmudeció de repente. Comenzó a sonar un rumor lejano, compacto, en el cual se percibían, a medida que se acercaba, una serie de estallidos encadenados como los de una traca. El estruendo fue creciendo hasta que un grito unánime de la multitud saludó la aparición de la nave en medio del Ebro, en un recodo del río. Mientras el *Polifemo* –ese era su nombre– surcaba el agua verde, tranquila y se acercaba al muelle de la Plaza dejando una estela de espuma, los espectadores atónitos iban descubriendo los detalles del prodigio. El río reflejaba con un repentino temblor los colores alegres y brillantes con que Aleix había pintado el casco del gran laúd dotado de ruedas de pala, como un vapor. En la proa, un mascarón pavoroso, tallado en madera por un escultor de Lleida, representaba al gigante mitológico cuyo nombre llevaba el barco; su único ojo, plantado en la frente, parecía escudriñar con desconfianza la muchedumbre de los muelles. En la proa, las letras pintadas de escarlata destacaban entre unas guirnaldas sostenidas por sirenas de cabelleras rubias y pechos opulentos, copia de los de Olga Sagristà, cupletista de mucho empuje de El Edén y amor secreto del hombre de confianza de la viuda Salleres. La borda presentaba otra guirnalda floral y la especie de guardabarros de las ruedas de palas eran una colección enciclopédica de plantas acuáticas estilizadas entre las cuales pululaba un delirio piscícola de carpas, barbos, bagres y sábalos perseguidos por sinuosas anguilas de plata.

–¡Viva el progreso! –gritó el administrador de la viuda, con una voz menos estentórea de la que habría querido lucir en aquella ocasión.

El antiguo oficinista, ascendido a administrador por méritos de cama, todavía arrastraba la flojera derivada de la noche: la viuda, estimulada sin duda por el histórico acontecimiento del día siguiente, le había exprimido hasta tal punto que la visita posterior de incógnito al camerino de la cupletista resultó desesperadamente platónica.

–¡Viva el progreso! –colaboró, generoso, el secretario del juzgado.

–¡Viva! ¡Viva! –corearon los próceres sin conseguir sofocar el temible contrapunto que estallaba entre los grupos de menestrales, navegantes y mineros:

–¡Viva el progreso y la maturranga de la viuda! –vociferó un carpintero de ribera.

–¡Y los cuernos del difunto! –exclamó un patrón de la casa Torres y Camps.

–Ese renacuajo alude a la cornamenta póstuma del finado –puntualizó Claudi Campells, el sereno, autor de los libretos de las funciones de El Edén y tremendamente meticuloso en materia de lengua.

–¡Viva el progreso! –insistía, desentonado, el señorío.

–¡Viva el socialismo!

–¡Vivan las anguilas!

–¡Y las ranas!

–¡Y a los alemanes, que les den por el culo!

–¡Silencio, cabrones!

–¡Chusma!

–¡Mariquitas!

–*Vive la France!* –colaboró Madamfransuà mientras agitaba la sombrilla con entusiasmo y provocaba las iras de los germanófilos, poco versados en idiomas, a los que un malévolo sabihondo tradujo las palabras de la cantante.

La banda, azuzada por el cura, atacó una marcha muy airosa. La corporación municipal se acercó al palco levantado en el embarcadero, desde donde el alcalde tenía que leer un discurso triunfal, canto ardiente a la nueva etapa abierta con la botadura del *Polifemo* y al futuro esplendoroso de la villa, tendida en la ribera de los viejos ríos. Sin embargo, el discurso nunca llegó a ser pronunciado; cuando el alcalde, después de carraspear para aclararse la garganta, abría los brazos en un gesto ampuloso y se disponía a comenzarlo, se produjo el desastre.

VI

La demolición de la casa de Llorenç de Veriu, de la que el vecindario en cuanto colectividad se dio cuenta mientras pasaba junto a las ruinas durante el entierro de Pasqual de Serafí, la mañana del 13 de abril de 1970, fue seguida de otras. Ahora bien, en un primer momento el carácter esporádico de las destrucciones, su distribución irregular en el cuerpo de la villa y el hecho de que las casas abatidas se hallaran deshabitadas porque los propietarios –herederos lejanos, brumosos, solo unos nombres en la frialdad del catastro– no vivían en la población, diluyeron considerablemente su efecto; la gente, preocupada por asuntos más urgentes, solo reparó en ello de una manera superficial y distraída pese a las posteriores afirmaciones en sentido contrario de las crónicas y alguna excepción como la de Honorat del Rom. Así, avanzado el otoño de aquel año, sin duelos y por obra y gracia de un heredero desconocido que jamás había puesto los pies allí, El Edén desapareció.

Fue preciso demolerlo en tres fases porque el café-concierto, donde no había entrado un alma desde 1919, era enorme. Ocupaba casi toda una manzana entre la calle de la Rectoría y el muelle de las Viudas, pero la instalación de un barbero en el antiguo vestíbulo y la de los establos de una mina en el patio que daba al Ebro habían sellado las entradas del recinto de modo que la inmensa tumba, visitada únicamente por los gatos que iban de caza por el laberinto vegetal en que se había convertido el jardín con el paso del tiempo, permaneció inviolada en el justo centro de la villa hasta que los destructores la invadieron cincuenta años después por la trastienda de la barbería.

Lo primero en caer fue el café, Después de segar el reino polvoriento de las arañas, osario aéreo en el que se balanceaban los esqueletos de las víctimas —moscas, abejorros, mariposas— enganchados en la trampa mortal de las telarañas, el derrumbamiento de vigas y tejas desmenuzó la cerámica valenciana del mostrador. Hasta que el polvo no se depositó, la luz pálida de la mañana de noviembre no pudo penetrar en las ruinas, entre las que se encontraba la botella de ron que Ramir d'Anglesola, el fundador de El Edén, había apurado mientras miraba con desesperación el establecimiento vacío, antes de cerrarlo definitivamente un día que casi nadie recordaba.

La caída del teatro, comunicado con el café a través de una gran puerta con cortinas de terciopelo, fue más dramática. Por un cálculo erróneo de los puntos exactos donde había que atar los cables de acero, el primer tirón de las máquinas resultó insuficiente; solo provocó una sacudida del techo y el estrépito de un vuelo imprevisto de murciélagos; hasta el tercer intento, después de un coro de blasfemias de los obreros, un poco nerviosos por el vuelo de los murciélagos, no consiguieron derribarlo. La moldura del escenario, fantasía barroca de yeso policromado que acogía las actuaciones de Madamfransuà, «la gran *vedette* de los teatros del París de Francia», como la anunciaba siempre Ramir d'Anglesola, cayó sobre las bambalinas estrenadas con motivo de la primera función de la artista, recibida con un bramido terrorífico y un estruendo que habían ahogado las notas del piano de un Aleix de Segarra sonriente y feliz, vestido de etiqueta para celebrar el acontecimiento.

Cuando la demolición entregó al aire gris de la mañana los últimos ecos que podían quedar entre las paredes de El Edén, de las incitantes melodías de la *madame*, del piano de Aleix, de la guitarra del gran Silveri Tona o del guirigay provocador de las coristas, uno de los obreros blasfemó de miedo al tiempo que señalaba el punto donde habían estado los camerinos. Después de un instante de desconcierto general, un trabajador más sereno que los demás se acercó con cautela al punto indicado por el compañero y comprobó que la cabeza que sobresalía de las ruinas no era un resto humano sino una pieza escultórica. El aspecto insólito y un poco aterrador del hallazgo a causa de la mirada del único ojo engastado en el centro de la frente de aquella cabeza, junto con las magulladuras que presentaba, algunas antiguas y otras producidas por el derribo, fueron la causa de que la estrambótica invención quedara abandonada entre las ruinas. Así el pobre mascarón de proa del *Polifemo* vio frustrada para siempre su ambición de ser el orgullo del Ebro concebida en los días esplendorosos de El Edén y mantenida desde entonces pese al desastre del día de la presentación del gran barco de la viuda de Salleres, cuando el motor de avión instalado en la nave para mover sus ruedas de palas estalló con un estruendo formidable y la destrozó frente al muelle de la Plaza. Después de la desgracia, saldada por milagro solo con la fractura de la pierna de uno de los tripulantes, aparte de los trajes desgarrados y de los rasguños durante las carreras y caídas del aterrado público que escapaba en medio de un vuelo de sombreros, gorras y sombrillas, el mascarón fue recogido por Aleix durante las tareas de rescate y permaneció en el camerino de Madamfransuà mientras esperaba la construcción de otro barco de motor. Por lo menos, así lo había anunciado la viuda de Salleres, férrea y guapa mientras abandonaba al hombre de confianza desmayado debajo del bombardino de la banda, entre una niña horrorizada y la chistera apolillada del juez.

Desde el rincón donde lo guardó el artista, el pobre gigante fue testigo de las noches de amor de la francesa encima y debajo de la colcha tricolor. Su inmovilidad de madera de olivo se estremecía diariamente ante el espectáculo de la cama y el ritual del baño; según Arquímedes Quintana y Aleix de Segarra, espectadores habituales del enjabonamiento cotidiano de la cantante en la bañera que el veterano de África había subido con el *Carlota*, la lozana madurez de aquel cuerpo espléndido hacía parpadear el ojo estupefacto y ávido del hijo de Poseidón. Sin embargo, la espera del mascarón resultó inútil: el futuro glorioso del río y de la villa, proclamado por el alcalde unos segundos antes de que la onda expansiva de la explosión le arrojara por los aires y le hiciera aterrizar encima del juez de paz, nunca habría de llegar. Al cabo de pocos meses, en noviembre, Alemania, vencida, firmaba el armisticio en Compiègne. La demanda de carbón, tan febril hasta el momento, bajó bruscamente. Los embarcaderos de las minas se llenaron rápidamente del lignito rechazado por la industria; los laúdes, sin carga para transportar, quedaron amarrados en los muelles y llegó el desastre.

Los tahúres fueron los primeros en irse. Nadie se acercaba ya a las mesas del tapete verde y los jugadores profesionales que se habían precipitado sobre la villa durante los tiempos prósperos se largaron inmediatamente. Nelson todavía conservaba el recuerdo de aquellos rostros enfermizos con amarilleces nocturnas de luz de petróleo, cuando los perdularios embarcaban en los contados barcos que reanudaban el mortecino tráfico fluvial de antes de la guerra. Les siguieron los obreros forasteros, llegados de todas partes a trabajar en las minas. Cafés y tiendas comenzaron a cerrar puertas. Durante las largas siestas del Casino de la Rueda, entre apagadas partidas de ajedrez y de cartas, el rector desgranaba rosarios de quejas por la disminución de dádivas y limosnas, cremaciones de cera y ofrecimientos de misas. Incluso –aquí el cura soltaba siempre un suspiro gemebundo con la pretensión de atraer el interés de los socios del casino–, incluso aquella santa de Adelina Camps, antes tan generosa, había abandonado las prácticas caritativas y –ay, Señor– apenas se acercaba a la iglesia desde el fin de la guerra. Las indirectas insidiosas no conseguían hacer mella en los próceres, la mayoría tan arruinados como antes, después del paréntesis próspero pero fugaz del conflicto europeo. Las cuentas del cura nunca pasaban de las magras ofrendas y dádivas de la esquemática feligresía de siempre, y de otras, más bien heterodoxas, entre las que se mantenía la del demonio de Arquímedes Quintana. Cada año, el rector tenía los mismos escrúpulos, y cada año se desembarazaba de ellos con la misma reflexión mientras se embolsaba el dinero del navegante: ¿quién era él, pobre ministro de Dios, para rechazar una limosna aunque viniera de un republicano descreído a cambio de una misa, que no celebraba jamás, por el eterno descanso del moro que el patrón había enviado al otro mundo en la batalla de Tetuán?

En noviembre de 1970 abundaron las nieblas densas y las lluvias frías; unas y otras reblandecieron la policromía del gigante encallado en las ruinas de los camerinos; el barro cubrió la cabeza de madera, y el ojo de Polifemo, mascarón de navegación efímera una mañana muy lejana por un Ebro tranquilo y luminoso, se cerró para siempre, llevándose consigo la visión de los últimos días de El Edén en 1919.

La pupila, de un azul tierno, había contemplado el rápido descenso de la clientela. A partir de la crisis, solo los baños de la *madame* interrumpían su sueño de madera. Cesaron el guirigay de las funciones de variedades, el sonido del piano de Aleix de Segarra, los gritos y las peleas entre grupos rivales de navegantes y mineros. Apenas subían tripulaciones forasteras. Sin la presencia de los jugadores profesionales, las grandes timbas que duraban días no pasaban ya de partidas mortecinas, miserables, sin nervio. Acabaron también las visitas secretas de los señores a los camerinos, donde acudían a disfrutar de lo que criticaban con ferocidad. La luna inmensa de la calva del señor Eugeni Salses –Carbones La Margarita– ya no se incrustaba entre los muslos estremecidos de Candelària Llançà, ampurdanesa menuda y enloquecedora. Los miércoles, a excepción del de Ceniza, no resonaban las llamadas de Romuald Rodera –Lignitos Rodera y Cía.–, que ya llegaba con la locura del pecado en los ojos y se iba después, angustiado por la culpa, con las mejillas manchadas de carmín y polvos de arroz, y el perfume dulzón de la Tamburini pegado al bigote, a despertar al rector para implorarle la absolución. Seguía apareciendo el boticario de la plaza de las Murallas, de quien Victòria Planes exigía la purificación previa en la bañera a fin de limpiarle con un meticuloso restregón de esponja de la peste a medicina que siempre le impregnaba la piel. Pero ya eran escasísimas las repentinas visitas del hombre del antifaz que quería la colaboración de dos y hasta tres coristas, a quien Arquímedes Quintana había ido a devolver una vez al despacho del Ayuntamiento, con una seriedad exasperante, la medalla de plata con unas iniciales grabadas aparecida entre las sábanas de la ampurdanesa.

La pupila del mascarón contempló también el desenlace de la entrevista del señor Jaume de Torres con Madamfransuà. El propietario suspiraba por la cantante pero no encontraba el procedimiento para conseguirla. A raíz del caso del escopetazo, la suegra vigilaba al yerno con la colaboración de una red de cómplices para evitar nuevos resbalones con faldas, disgustos a la hija –ignorante de la verdad del otro asunto, del que se tragó sin suspicacias la versión del anarquista sin entrañas– y una nueva sangría económica tan dolorosa para la señora viuda de Camps como la humillación de ir a implorar al padre de la pelandusca (¡qué falsa actitud, a pesar de las lágrimas, de doncella seducida!), a fin de evitar el escándalo. El señor Jaume de Torres tuvo que limitarse a las esporádicas noches de burdel con motivo de algún viaje a la capital, única alternativa a las soserías del lecho conyugal, que alcanzaban el desenfreno más osado –según el testimonio de Verònica– cuando la señora, en lo que consideraba el colmo de la desvergüenza, accedía, después de muchos aspavientos y con la sensación excitante y pecaminosa de encanallarse como una pelandusca de El Edén, a que el marido le hiciera cosquillas en el ombligo con una guía rizada del bigote engominado.

La oportuna torcedura de un tobillo durante una inspección de las galerías de la mina, que le impidió participar en un viaje familiar a Barcelona para asistir a la boda de un primo de su mujer, ofreció al señor Jaume de Torres la oportunidad esperada con tanta ansia. Mientras agitaba el sombrero desde el balcón del Salón de las Vírgenes Mártires para despedirse de la familia, embarcada en el *Carlota* para tomar el tren en la estación de Faió, estaba más nervioso que un flan. Apenas zarparon, el señor Jaume envió a Graells a El Edén, mientras él rumiaba la manera de desembarazarse aquella noche de las criadas. Con gran sorpresa por su parte, la respuesta no llegó de boca del mensajero; fue Camil·la quien le comunicó la aquiescencia de la *madame*, quien se ocupó de deshacerse de las restantes criadas y de preparar la cena del encuentro durante el cual la cantante, que no tenía

82

un duro, confiaba en conseguir dinero suficiente para regresar a Francia.

La fiesta terminó antes de lo previsto. El mascarón, que presenció un baño más prolongado y un acicalamiento más cuidado que otras veces, vio de repente, cuando aún no había pasado una hora desde que la *vedette* se había ido, cómo se abría de un empujón la puerta del camerino y Madamfransuà entraba, se arrojaba de bruces a la cama y comenzaba a llorar a lágrima viva encima de la franja blanca de la colcha con los colores nacionales de Francia. La cantante, inconsolable, no contestaba a las preguntas angustiadas de las camareras y del guitarrista. Habían acudido al verla cruzar el local como enloquecida pero no conseguían sacarle ni media palabra. La llegada de Camil·la, cuando la francesa, después de empapar de lágrimas la franja blanca de la colcha, acababa de pasar a la azul, no aclaró en absoluto las cosas. Lo único que la sirvienta sabía era que mientras el amo, poco favorecido por la cojera en el papel de galán, se iba con la dama al dormitorio después de la cena, ella había lanzado un gran chillido y, tras soltarse del brazo del señor, había huido de la casa como una posesa. La repetición de un nombre entre los sollozos se asoció en el cerebro de Camil·la con el punto exacto del grito. La criada vislumbró la verdad pero fue la propia Madamfransuà quien le confirmó la exactitud de su intuición: ella era la mujer en cuyos brazos había muerto en París de Francia el hermano mayor de la señora Adelina Camps, el amadísimo calavera que la artista, ignorante de que el destino la había conducido a la villa natal del antiguo amor, acababa de identificar entre los retratos de familia colgados en el pasillo de la casa.

Antes de que los escombros de El Edén lo cubrieran para siempre, la melancolía de las despedidas de finales del otoño de 1919 retornó al ojo del mascarón. Se le pintaron de nuevo en la pupila azul los adioses del guitarrista Silveri Tona, que se despidió en verso de los amigos –Arquímedes Quintana, Aleix de Segarra, Ramir d'Anglesola, Claudi Campells y otras sombras desvanecidas–, reunidos en una amarga fiesta. Vio de nuevo a la *madame* cuando abandonaba para siempre el camerino dejando una pluma colorada del vestido de gala perdida sobre la cama deshecha. El resto –el embarco en el muelle de las Viudas de la extranjera, acompañada de Camil·la, que se iba con el guitarrista, de quien esperaba un hijo, así como los adioses de Arquímedes Quintana y del pintor después de cargar en el laúd de Ascó la enorme bañera de la cantante– no pertenecía a los recuerdos del pobre mascarón olvidado en el camerino sino a la memoria de un Ebro otoñal que ya remontaban las primeras gaviotas.

Segunda parte
La Isla de los Trece Santos

I

Un año después de la destrucción de la casa de la bajada de la Herradura, las demoliciones se habían convertido en un espectáculo habitual, con prolongadas pausas seguidas de frenéticos rebrotes, como sacudidas de una peste amortiguada que recuperaba de repente la virulencia de los primeros momentos. En las calles, donde la gente procuraba aparentar una normalidad ficticia entre tanta llaga, se oía de nuevo entonces el siniestro ruido de las máquinas: durante unos días, nubes de polvo acre lo invadían todo hasta que una ventolera se las llevaba o alguna de las escasas lluvias que suavizan aquella tierra áspera las convertía en mortajas de fango.

Cada derrocamiento iba precedido del duro trance de vaciar la casa elegida para entregarla desnuda a las máquinas. Esto sacaba a la luz cosas insospechadas; los mismos propietarios, que habían convivido con ellas años y años sin percibirlas a fuerza de verlas, las descubrían entonces con estupor. Ahora bien, si los descubrimientos provocaron al principio curiosidad y especulaciones, aunque solo fuera por el trozo de vida de la villa que con frecuencia llevaban adherido, acabaron por dejar impasibles a los más curiosos, agotados por la retahíla inacabable de rarezas.

Cuando la familia Vidal sacó el *Mortífero* de la bodega entre chirridos y chasquidos, la gente ya se mostró indiferente. El cañón, que habría provocado la admiración de los ciudadanos en otras circunstancias, era una reliquia de la guerra de la Independencia abandonada en un olivar después del sitio y conquista de la villa por las tropas de Suchet. En 1814 lo recogió el tatarabuelo de los Vidal, barbero y cirujano además de polígamo, expertísimo en sanguijuelas, ventosas, destilaciones de esencias, afrodisíacos misteriosos, cataplasmas de harina de linaza y emplastes de sebo de serpiente. Hombre habilidoso, restauró la cureña estropeada de la pieza y dejó el arma como nueva. Durante las guerras carlistas sacó el cañón de la trastienda donde lo guardaba y lo emplazó en la batería del muelle de las Viudas con la intención de colaborar en la defensa de la villa, baluarte liberal contra las fuerzas del general Cabrera que operaban al otro lado del Ebro.

Una noche más negra que el hollín, el alpargatero de guardia en la batería creyó oír chapoteo de remos en el río y dio la alarma sin encomendarse a Dios ni al diablo.

–¡Los carlistas! –gritó mientras se llevaba el trabuco a la cara.

El aviso de peligro fue repetido a lo largo de los muelles del Ebro, del fortín del Segre y de las murallas. Los centinelas imitaron al alpargatero y dispararon a la buena de Dios. Los vecinos saltaron de la cama, se vistieron a toda prisa, empuñaron las armas, se precipitaron a las defensas donde parecía concentrarse el ataque y abrieron fuego graneado contra las sombras. El cañón tronó siete veces, servido por el cirujano y sus tres mujeres –la legal y las dos por mérito de entrepierna–, a quienes el valeroso artillero soltó una arenga previa exhortándolas a dejar a un lado el antagonismo amoroso para concentrarse en aquel combate que pasaría a la Historia, palabra que el barbero, según cuentan las crónicas, pronunciaba siempre con mayúscula. En una pausa fortuita del tiroteo, los pobladores descubrieron que no llegaba ningún ruido del lado del río.

–¡Victoria! –exclamó el alpargatero blandiendo el trabuco al cabo de unos momentos de tensión expectante–. ¡Victoria!

–Una escabechina gloriosa, no hemos dejado ni uno vivo –decidió el barbero, orgulloso, apoyándose contra el cañón, rodeado de sus mujeres, las tres con las caras tiznadas de humo de pólvora, mientras el grito de triunfo saltaba de baluarte en baluarte.

Al apuntar el día, un sol legañoso despertó a los ciudadanos dormidos en las fortificaciones, de donde no se habían movido después de la fiebre de la lucha victoriosa ante la posibilidad de otro ataque. Entumecidos por el relente, desperezándose con desgana, espiaron por las troneras y la estupefacción les dejó mudos: ¿dónde estaban las docenas de cadáveres de carlistas, los restos de las barcas enemigas que confiaban en ver flotando en los muelles y en los remansos? La aurora, amortiguada por una bruma morada, iluminaba un Ebro calmoso sin indicios de los enemigos. El desengaño fue mitigado por la afirmación del barbero, apoyada con entusiasmo por el vendedor de alpargatas, según la cual las descargas de los defensores, certeras y mortíferas, habían pillado al enemigo exactamente en medio del río y la corriente se había llevado los restos de la matanza. Seguro que la riada fúnebre de cadáveres carlistas provocaba en aquel momento admiración y terror en los pueblos de la ribera. Oyendo las palabras del cirujano, más de un héroe recordó los gritos de agonía o los siniestros silbidos de las balas que venían de la oscuridad, desapercibidos la noche antes. Las cosas comenzaron a encajar, como, por ejemplo, el arañazo en una mejilla del propietario de la Fonda del Viejo Jabalí, atribuido sin escrúpulos al sablazo de un carlista que había conseguido superar los baluartes. El enemigo, un oficial –afirmación rotunda de un carpintero de ribera que lo recordaba perfectamente, ya que él se hallaba junto al fondista durante el ataque–, permaneció más de una semana en lo alto del parapeto blandiendo el sable en ristre y dispuesto a rematar a Alexandre Molina, cabeza de la dinastía de propietarios de la fonda. Y allí se quedó hasta que el boticario, bisabuelo de Honorat del Cafè y tatarabuelo por tanto de Honorat del Rom, escéptico pero, por si acaso, compadecido del carlista a quien la reconstrucción de la batalla olvidaba en aquella postura tan incómoda, decidió refrescar su memoria y recordar que el médico había resuelto la situación liquidando al oficial enemigo de un disparo. Mientras la imagen del carlista, librada por la muerte de la fatigosa situación, caía del baluarte con la cal, perforada por la bala piadosa, y se dejaba llevar por la corriente del Ebro con la boina roja flotando a su lado, en el Café de la Plaza, precursor del Casino de la Rueda, el médico, que en realidad se había ocultado detrás de un parapeto temblando de miedo, se esponjaba por la explicación del boticario. Colmado de gratitud, ampliaba por su cuenta la proeza y decidía mentalmente rechazar los infundios de ciertas cartas anónimas en las que algún mozo malintencionado le aseguraba que el farmacéutico, a fin de cuentas un caballero irreprochable, rondaba a su mujer.

El *Mortífero*, héroe de la terrible lucha, siguió en la batería hasta el final de la guerra envuelto con un lienzo de recoger aceitunas. Después lo encerraron de nuevo en la trastienda, donde el barbero lo abrillantaba frecuentemente, ceremonia íntima, continuada por los descendientes, en la que tenían el privilegio de participar tanto los hijos de la mujer legal como los de las concubinas, artilleras abnegadas de la noche gloriosa. Era, pues, un cañón reluciente, bien engrasado, el que la familia Vidal sacó de la trastienda de la barbería el verano de 1971 y dejó en la calle para llevárselo al día siguiente con las restantes pertenencias familiares.

Quizá fue un intento de reclamar la atención que se le debía por su pasado y no, como se dijo, la obra de algún gamberro, el hecho de que la pieza, cargada desde el tiempo de las guerras carlistas, se disparara. En la oscuridad de la noche de julio cosquilleada por los grillos, la llamarada debió de ser aterradora pese a que jamás apareciera ningún testimonio, ni siquiera falso, para dar fe de ello; en cambio, la detonación alarmó a toda la villa y, a excepción de los que saltaron de la cama para ocultarse debajo, pensando que el cohete lanzado el día antes al espacio por los americanos había caído a reculones después de perder fuerza y acababa de estrellarse en medio de la plaza de Armas, todo el mundo salió a curiosear la causa del estallido. Aparte del sereno y de la señora Carlota de Torres, que no podía dormir por culpa del calor y estaba asomada desnuda en una ventana del segundo piso de la casona esperando un soplo de viento, nadie tuvo tiempo de oír el siniestro silbido del proyectil. La bala trazó una parábola sobre los tejados y cayó en el corral del cuartel de la guardia civil, justamente en las jaulas del comandante del puesto, donde ocasionó una estreme-cedora matanza de gallinas.

La aparición del formidable ataúd lleno de cebollas, casi todas grilladas, delante del número 6 de la plaza de los Ino-centes, todavía despertó menos expectación que el *Mortífero*, que, al fin y al cabo, a causa del exterminio (con nocturnidad y menosprecio del escalafón) de la volatería cuartelera había provocado un cierto alboroto y una infructuosa investigación por terrorismo instigada por la mujer del comandante del puesto. Escalofríos repentinos, sustos de viandantes que casi tropezaron con el macabro envase y un par de meteduras de pata de gente que preguntaba el nombre del difunto o la hora del entierro fue toda la atención reclamada por la caja, justo al revés de muchos años atrás cuando dio que hablar durante largo tiempo, ya que costó bastante olvidar los acontecimientos del primer martes de septiembre de 1920.

Atanasi Costa era un espectáculo con sus dos metros largos de altura y una corpulencia fenomenal, más bien sorprendente en un linaje de ejemplares bastante escuálidos, privados invariablemente por el ejército a causa de su desmedro del honor de defender a patria. Pero la gente ya estaba acostumbrada, no reparaba en el coloso, ni en sus hazañas. Que Atanasi, cuando le daba la gana, plantara sin ayuda el mástil del laúd de Nelson, con quien navegaba de peón; que subiera a solas un barril de jabón blando por la palanca del barco o que arrojara a la calle a trompazos al suboficial de Marina que hacía de macarra en un prostíbulo de Tortosa si le apetecía tirarse gratis a todas las pelanduscas formaba parte del orden natural de las cosas. De todos modos, verle cargado con un ataúd tan enorme que solo podía haber sido construido para contener la muerte desmesurada de quien lo llevaba al cuello era algo que se salía de lo normal y el vecindario se alteró. Ahora bien, pasado el primer susto –fue preciso recuperar a fuerza de coñac a un viajante de Reus que perdió el conocimiento al tropezarse de repente con la macabra escena–, la gente comenzó a seguir a Atanasi. En el extremo de la calle Mayor, ya llevaba detrás a un grupo considerable de ociosos y de mujeres con las canastas y los cestos de la compra al brazo. El rumor de lo que pasaba se difundió enseguida: cuando el gigante llegó a la carpintería de Serafí de Llosa, ya le esperaba una multitud cotilla, metida en el taller pese a la oposición del carpintero.

92

En el Café del Muelle, uno de los pocos que había sobrevivido a la crisis de la cuenca minera de 1919 y donde se refugió la parroquia de El Edén, cerrado desde hacía más de un año, hicieron un análisis muy minucioso de los acontecimientos posteriores a la llegada de Atanasi a la carpintería. Repasaron las pretensiones del gigante y la réplica del carpintero. El menestral, un rubio muy temperamental con secreta vocación de torero, había aducido que se alegraba sinceramente (fineza bien acogida por el personal presente en la carpintería y aprobada también en la tertulia del Café del Muelle) de la recuperación del otro cuando le daba por muerto a consecuencia de una extraña enfermedad, que, por lo menos de acuerdo con el certificado del doctor Beltran, le había enviado al otro mundo. De todos modos –había proseguido después de una pausa y de un carraspeo–, él no tenía la culpa ni conseguía entender la devolución del ataúd por más vueltas que le daba. ¿Acaso no había hecho un buen trabajo? ¿Le había tomado mal las medidas? ¿El ataúd tenía algún defecto? No, ¿verdad? Él había cumplido el encargo, lo había entregado y cobrado; el resto, o sea los imprevisibles designios del destino, entre los que había que incluir, por lo visto, la resurrección inesperada de un navegante, no era de la incumbencia de un pobre artesano. ¿Quién podía hablar de mala voluntad? Si se hubiera tratado de un ataúd para una corpulencia normal, ni alta ni baja, ni gruesa ni delgada, el asunto podía haberse discutido pese a que habría costado Dios y ayuda revenderlo. Quieras o no, se trataba de un féretro de segunda mano –de segunda muerte, puntualizó Honorat del Cafè– aunque los despojos de Atanasi no hubieran llegado a reposar en él gracias a la recuperación del difunto mientras le amortajaban. Pero ¿quién podía querer aquella caja desmesurada que ningún cristiano de la comarca era capaz de llenar? Solo podía sentarle bien, y estaba por ver, al viejo Arquímedes Quintana. Pero el veterano de África, pasada ya la mala temporada a consecuencia de la crisis, del cierre de El Edén y de la marcha de Madamfransuà, volvía a disfrutar de una salud de hierro y parecía tener cuerda para años... El público de la carpintería, y también los contertulios del Café del Muelle, estimaron razonables las palabras del carpintero y alabaron también la reacción del exdifunto. Este, después de rumiar la cosa, cuando mucha gente temía, o esperaba, que pondría al otro de vuelta y media, movió la cabeza afirmativamente, se colgó de nuevo el ataúd al hombro y emprendió el retorno a casa. La multitud le siguió. Antes de abrir la puerta, Atanasi –conocido a partir de entonces como Atanasi Resurrecció–, confuso y agradecido por el acompañamiento, tendió la mano al primero del grupo. En presencia del ataúd y ante el gesto repetido secularmente en los sepelios, la gente formó automáticamente una cola. El desfile se hizo en silencio hasta que –más o menos al séptimo estrechón de manos– algún atolondrado balbuceó la fórmula tradicional del pésame: todo el mundo adoptó sin darse cuenta una compungida actitud de circunstancias y estalló la llantina incontenible de las mujeres...

El ataúd acabó sepultado en el desván y la familia fue perdiéndole el respeto del principio. Al cabo de un tiempo ya guardaban ropa en él; más adelante aprovecharon la tapa para hacer unos estantes hasta que el féretro acabó convirtiéndose, olvidado su carácter macabro, en un accesorio más de la casa. En 1971 quince años después de la segunda y definitiva muerte de Atanasi Resurrecció en Francia, donde vivía exiliado a consecuencia de la guerra civil de 1936, cuando los nietos sacaron a la calle la caja llena de cebollas mientras vaciaban el edificio, ya nadie recordaba la historia.

El gran espejo era lo único que quedaba junto con media docena de cachivaches del esplendor del caserón de los barones de Sàssola. Se trataba del final de la decadencia iniciada con el segundo barón y cerrada con la muerte en el asilo de Aitona, en 1920, del último miembro del linaje que había ostentado el título nobiliario: el carca apolillado y patético que la señora Carlota de Torres recordaba de las fiestas de su infancia en el Salón de las Vírgenes Mártires. Tierras y casas habían acabado por esfumarse en manos de acreedores y entonces, un año después del comienzo de la destrucción de la villa, el último propietario de la casona, que no tenía ningún parentesco con la vieja familia, acababa de vaciarla antes de demolerla. Pero estaba escrito que el espejo, una pieza magnífica codiciada por los anticuarios, no saldría de la villa.

La señora Carlota de Torres recibió de boca de Carmela información detallada sobre el estropicio: la rotura de la cuerda, seca como un latigazo, cuando los mozos de las mudanzas bajaban el espejo por el balcón; las blasfemias de los que sostenían la cuerda en la calle mientras daban con sus espaldas en el suelo; los gritos de los demás operarios en el balcón; el desportillado del escudo nobiliario de la fachada al tropezar con él una esquina del espejo durante la caída, y el desastre final. De algo, sin embargo, no se enteró: en el tiempo brevísimo de la caída, una multitud de imágenes se aglomeraron en la superficie polvorienta del espejo, pugnando por salir de aquella niebla de cristal. A partir de entonces, uno de los antiguos patrones de la viuda de Salleres, Jordi Ventura, que curioseaba por la plaza y fue el único en presenciar de cara la rotura del espejo contra las losas de la acera, comenzó a padecer unas pesadillas terroríficas de las cuales, después de muchos potingues inútiles, solo fue capaz de librarle una bruja de Lleida pasándolas del cerebro del enfermo al del perro perdiguero del sastre de la plaza del Bagre. Apenas la vieja terminaba de recitar los encantamientos, el perro comenzó a gruñir, a dar saltos descompasados, a poner los ojos en blanco y a mostrar los dientes. Desgarró pantalones y chalecos, atacó el maniquí de la sastrería y rasgó las faldas de la sastresa antes de lanzarse como una centella por el callejón de San Francisco y arrojarse al Ebro. En su cerebro enloquecido se llevó las escenas retenidas en el espejo durante casi dos siglos y liberadas por la fractura. Sin embargo, el perro no enloqueció a causa de las imágenes de las noches apasionadas del fundador del linaje, el flamante barón de Sàssola, quien, después de hacer fortuna en las Américas y de ser ennoblecido por Su Majestad Carlos IV, rey de las Españas, se retiró a su villa natal con su joven esposa, hija de una familia barcelonesa tan aristocrática como arruinada. Tampoco le alteraron los interminables rosarios vespertinos presididos por el rector ni, muchísimos años después, las lúbricas siestas de la señorita Nicanora de Camps, futura generala viuda de un héroe de la batalla de Tetuán, con un descendiente del aristócrata. El enloquecimiento del perro se debía a la agonía y muerte del primer barón de Sàssola, grabada desde hacía más de cien años en los fondos brumosos del cristal.

—La agonía de un cristiano ejemplar —había musitado el cura tembloroso, esforzándose en mantener secreta la desesperación del barón.

Ni la absolución al término de una confesión espantosa ni el óleo de los enfermos consiguieron suavizar el sufrimiento del aristócrata. Los ojos desorbitados del moribundo contemplaban el espejo barroco colgado en el dormitorio. Invisibles a la mirada del sacerdote, que conocía su presencia por las palabras del barón, desprendiendo un hedor pestilente, mezcla de agrores de sudores febriles, de fetidez de excrementos y de podredumbre, los esclavos aterrorizados, arrojados despiadadamente al Atlántico a causa de la epidemia que acababa de manifestarse entre la negrada hacinada en las bodegas del bergantín, entraban por el espejo. Querían asistir a la muerte del antiguo capitán negrero, enriquecido con el tráfico de esclavos y no con el cultivo del tabaco y de la caña de azúcar como siempre había afirmado. Imágenes de hombres, de mujeres, de criaturas sacrificadas, habían permanecido cuarenta años ocultas en el alma del esclavista; liberadas en la hora final por el debilitamiento del barón, regresaban a través del espejo, donde la luz gris reflejada en el interior del dormitorio por un Ebro invernal se transformaba en bruma atlántica. Del espejo llegaban los pistoletazos, el sonido de los tajos de los machetes de la marinería dando muerte en medio de la cubierta a un grupo de esclavos recalcitrantes; en las pupilas febriles del barón se pintaba de nuevo el rostro desesperado del mandinga agarrado al cuello del contramaestre cuando este le empujaba por la borda para arrojarle al océano.

Las imágenes de la matanza, enquistadas en el espejo con motivo de la muerte del primer barón de Sàssola y liberadas por la rotura del día que vaciaban la casa, se perdieron definitivamente con el pobre perdiguero ahogado en el Ebro.

Encontraron el viejo Ford en los establos de casa Nasi. Entusiasmada con el coche abandonado por los propietarios, que no se preocuparon lo más mínimo por vaciar el edificio, la chiquillería consiguió a fuerza de ingenio y de paciencia sacar el trasto a la calle, donde llegó acompañado de ladridos de perros en medio de una nube de polvo y cubierto de telarañas. De noche, alguien comentó en el Café del Muelle que el cacharro era seguramente el primer automóvil que habían visto en la villa pero la hipótesis era falsa. El primero no fue el fósil oxidado del establo de casa Nasi, sino un

Ford T que atravesó resoplante la calle Mayor a principios de 1920. El chófer, un ingeniero de minas de la capital, consciente de la admiración que provocaba, le hizo dar tres vueltas a la plaza de Armas, antes de detenerlo a la puerta de la casa de los Torres, donde acogían y festejaban al personaje oficial para que hiciera la vista gorda durante los viajes de inspección a la cuenca. El fantasmón siempre había llegado en laúd y muchas veces su presencia pasaba desapercibida salvo para los mineros: los viejos capataces escuchaban atentamente las instrucciones del especialista, prolijas y repletas de pedantes tecnicismos, para perforar galerías, descubrir vetas, contener encofrados, colocar vías y apuntalar techos; se guardaban de seguirlas tanto como de caer al río, y el señor ingeniero, satisfecho de transmitir una brizna de ciencia a aquellos miserables ignorantes, regresaba a pensar en las musarañas en su despacho oficial de la ciudad. Pero en aquella ocasión la llegada del ingeniero en coche provocó un cierto alboroto.

Cuando bajaba del automóvil, retumbó la voz estentórea de la señora Feliça de Roderes, centinela permanente en su balcón predilecto, en el lado de poniente de la plaza. El ingeniero, todavía con un pie en el estribo del Ford, se quedó estupefacto ante la figura vestida de negro asomada a la reja; la enlutada proclamaba la presencia del monstruo con ruedas como un signo infalible de la proximidad del fin del mundo. El señorito de la capital –según él mismo confesó al señor Jaume mientras cenaban– no pudo evitar un escalofrío en la espina dorsal. Por el contrario, el anuncio dejó indiferentes a los habitantes de la villa, tan acostumbrados a la terrible profecía, proferida sin mayores variantes con motivo de eclipses, tormentas, carnavales o riadas, y renovada más adelante con la inauguración del cinematógrafo y del teléfono, que tanto les daba una maldición divina como un cataclismo planetario. Habían llegado a bautizar la tribuna habitual de la señora Feliça de Roderes con el nombre de Balcón del Apocalipsis. Así pues, los curiosos continuaron examinando uno de aquellos artefactos que la mayoría solo conocía de verlos en las revistas ilustradas, mientras el señor Jaume de Torres, avergonzado por la escena de la vecina, bajaba apresuradamente a la plaza para rescatar al invitado entre una retahíla confusa y preocupada de excusas.

La sibila ribereña volvió a salirse de madre y a insistir en predicciones calamitosas al cabo de unos meses con motivo del primer automóvil adquirido por un vecino, tío por parte de padre de Carlota de Torres. A falta del fin del mundo, Feliça adivinó entonces el del automóvil: durante uno de los paseos de exhibición del automovilista por la villa, el freno se rompió cuando el coche se encontraba en el extremo del callejón de San Francisco. Nelson y sus peones, especialmente el gigante Atanasi, muerto y resucitado quince días atrás, ocupados en descargar sacos de arroz en el muelle de la Plaza, rescataron del Ebro al chófer y a su novia, inconscientes y medio ahogados a causa de la zambullida en que acabó el vertiginoso descenso por la pendiente.

Pese a que tenían al ama al corriente de las incidencias locales, ni Sofia ni Teresa creyeron interesante informarla de la aparición del automóvil. Apenas se fijaron en el montón de chatarra que la chiquillería acababa de sacar a la calle. Y aunque se lo hubieran contado, la señora, después de tantos años, seguramente no habría relacionado el desecho cubierto de telarañas con el espléndido vehículo, regalo de su padre con motivo de la boda de la hija con Hipòlit de Móra. Vestida de novia, sentada al lado de su madre en los asientos traseros, en él había recorrido el centenar de metros que separaba la casona de los Torres de la escalinata de la iglesia.

Es posible que Francesc, el hijo pequeño de Sadurní Romaguera, hubiera recordado el Ford metido en la cochera de casa Nasi desde la guerra civil, pero cuando llegó a la villa, al día siguiente del hallazgo, el coche ya no estaba. Aquella misma noche, alguien, probablemente uno de los traperos que estaban al acecho durante las destrucciones, lo había hecho desaparecer.

II

Bajo el retrato del señor Jaume de Torres, en el que la enérgica limpieza del año anterior provocada por la invasión de polvo de la casa de Llorenç de Veriu había vuelto a abrir el agujero de bala de 1914, las señoras solían destilar el veneno del chismorreo local o maquinaban con fruición interminables, intrincadas y malignas confabulaciones entre una y otra zambullida de melindre en los tazones de chocolate.

Al día siguiente del encuentro del viejo Ford, algo pesaba en el ambiente. La reunión cotidiana resultó bastante aburrida hasta llegar al momento del último sorbo de la copita de anís, muy seco, que la anfitriona siempre hacía servir con limonada fresca después del chocolate, entre cuya pastosidad empalagosa se percibía muchas veces el siniestro crujido de la tierra de los derribos como una insidiosa predicción de muerte y de sepultura.

Habían disimulado todo el rato. Fingían interés por tonterías, se descolgaban con insulsos comentarios sobre la angustiosa situación de la villa porque no se atrevían a abordar el tema del que tenían ganas de hablar, con excepción de Carlota de Torres, que lo desconocía y asistía, cada vez más exasperada, al parloteo. Comentaron con un alivio hipócrita la vuelta de Arcadi de Sàssola, sobrino del último barón. Adusto y gruñón, el descendiente del esclavista se pasaba la vida metido en el Café de la Esquina, donde trabajaba de camarero y del que solo salía una vez al año. Cuando llegaba el día, Arcadi se vestía de punta en blanco, de acuerdo con la moda de su juventud, se dirigía con parsimonia a la parada de los coches de línea, provocando la admiración general con el traje de los años veinte, un canotier impecable y un bastón con puño de marfil, reliquia de la desvanecida prosperidad del linaje, subía al autocar de Lleida, se iba a la ciudad y desaparecía. Cuando se le terminaban los ahorros del año, que jamás superaban los siete u ocho días, un Arcadi sucio, con barba, ojeroso, agotado por la juerga, tambaleante y sin un duro llegaba a la estación de autocares. Se tumbaba en un asiento del coche de línea, se cubría la cara con el canotier y dormía como un tronco todo el viaje hasta que, gracias a un pacto inmemorial con el chófer, este modificaba el trayecto del vehículo al llegar a la villa y descargaba al pasajero en la puerta del Café de la Esquina. De allí, entre las risas de la parroquia que saludaba con afectuoso jolgorio el regreso del camarero pródigo, el dueño le enviaba invariablemente al lavadero mientras no paraba de insultarle a gritos —«¡cerdo, degenerado, asqueroso, putero, ve a lavarte con estropajo y lejía; apestas a zorra!»—, sin permitirle tocar nada hasta que aparecía limpio como una patena. Aquel año, la desaparición de Arcadi se había alargado y en el café ya comenzaban a preocuparse cuando, por fin, más zarrapastroso que nunca, había aparecido el día antes después de doce de ausencia.

En el Salón de las Vírgenes Mártires liquidaron el asunto a toda prisa; no se entretuvieron en desentrañar la verdad de la historia, muy confusa, aliñada con policías corrompidos, rameras románticas y macarras patibularios con que Arcadi explicaba el retraso. Las señoras comentaron, también superficialmente, la rotura del espejo del barón y el vaciado de otras casas con pretensiones que, a la hora de la verdad, resultaron poco menos que almacenes de trastos. ¿Dónde estaban las supuestas riquezas de los caserones de los Plana, de los Vallcorna o de los Veriu? ¿Qué se había encontrado, en resumidas cuentas, en las misteriosas buhardillas de la casa de Ceferí de Valls, en la madriguera de aquel personaje extraño, hijo natural de un obispo según los rumores, y al que la señorita Estefania d'Albera, la más vieja de la tertulia, apenas recordaba? Nada de joyas, nada de ollas atestadas de monedas de oro en escondrijos secretos: solo papeles, pergaminos y cajas de libros viejos arrojados a la basura ante la incomprensible desesperación de Honorat del Rom, que pasó días enteros revolviendo porquería en los vertederos para rescatarlos. No era la primera vez –precisó Nàsia Palau con muecas de asco– que el boticario se descolgaba con chifladuras semejantes. Le venían de familia. Al comienzo de las destrucciones, cuando el vaciado de la casa de los Campells, iba como un loco en busca de las parroquianas de un tendero que envolvía las legumbres en cucuruchos hechos con unas láminas viejas y amarillentas llenas de mamarrachadas. Habían aparecido en un baúl del edificio y el comerciante las usaba como papel de estraza. Honorat parecía loco, Nàsia recordaba perfectamente haberlo oído murmurar: «¡Qué disparate! ¡Aguafuertes de Goya para envolver alubias!».

Cambiaron de conversación pero el asunto del ama del cura no consiguió añadir pimienta a la reunión pese a que Carlota de Torres, bien informada por las criadas, contó con pelos y señales cómo la mujer, atolondrada por las llamadas a altas horas de una gente que reclamaba la presencia del mosén para un agonizante, fue a abrirles vestida con la sotana del párroco. Con las prisas, el sueño y la oscuridad, la había confundido con su bata.

Se decidió a abordar el tema la señorita Estefania d'Albera, solterona marchita y lenguaraz, que, en el secreto de la alcoba, aún se ponía los hábitos de monja lúbrica y se dejaba empapar por la nostalgia del libertinaje de antaño con el secretario del juzgado, muerto en 1922 de fiebres tifoideas.

–Dicen...

–¿Qué? –exclamó Nàsia Palau, amojamada y bizca.

–¿Qué? –soltó Teresa Solanes, mantecosa y blanda.

–¿Qué? –preguntó Isadora Rubió, descolorida y sosa.

–Ya que queréis saberlo –prosiguió la señorita Estefania al terminar el anís y mirando de reojo a Carlota de Torres–, dicen que Francesc Romaguera llegó anoche a la villa.

–¡Oh! –se sorprendió Isadora Rubió.

–¡Oh! –se maravilló Teresa Solanes.

–¡Oh! –se admiró Nàsia Palau.

«¡Puta!», pensó Carmela, que dejaba en la mesa una jarra de cristal llena de limonada, mientras miraba a la antigua amante del secretario del juzgado. «¡Ojalá se te lleve una riada!»

La señora Carlota de Torres no abrió boca y aunque Estefania d'Albera, ante el ceñudo silencio de la anfitriona, comprendió que había puesto el dedo en la llaga, no se atrevió a hurgar más a fondo y optó por cambiar de tema. Ahora bien, su repentino interés por las aventuras nocturnas de Horaci, el sereno, no consiguió animar a Isadora ni a Teresa ni a Nàsia. Decepcionadas por la renuncia de la otra a continuar con el tema de Romaguera, comenzaron a aducir entre bostezo y bostezo vagas obligaciones de extrema urgencia y se despidieron a toda prisa.

Al quedarse sola, aún más irritada por los cumplidos hipócritas de la despedida, la señora permaneció de pie un rato junto a la mesa, cabizbaja, antes de agarrar la jarra y estrellarla contra la pared del salón. Después de insultar a

Carmela, Sofía y Teresa. mientras recogían los trozos de cristal y las rajas de limón que relucían como monedas de oro esparcidas por el suelo, recorrió la casa refunfuñando, dando portazos, atemorizando, con la excepción de la generala, a los antepasados de los cuadros colgados en dormitorios y pasillos. Cuando acabó de desahogarse, regresó al salón y se dejó caer sobre una butaca.

—Devanar y devanar la madeja; y luego, vuelta a empezar... —murmuraba la vieja Carmela pensando en el ama, mientras abría la llave de paso de la bombona de butano de la cocina.

No le quedaba más remedio que admitirlo: el gas resultaba más rápido y limpio que el carbón pero no acababa de acostumbrarse a él; añoraba los antiguos fogones, sustituidos —quién había de decirlo—, a poco de comenzar la desgracia de la villa, por estos, tan blancos, tan limpios, que le recordaban espeluznantes aparatos de hospital.

—Devanar y devanar la madeja aunque el hilo siempre es el mismo —dictaminó Sofía, atenta a las palabras de la otra.

—Hay cosas que jamás se borran.

—Jamás.

—Son como el Ebro y como el Segre —intervino Teresa—. El agua nunca acaba de pasar.

—Mira la sabihonda —pinchó Sofía—. ¿Dónde lo aprendiste? ¿En la cama del señor Jaume?

—¡No grites, condenada!

—¡No te preocupes, mujer! Los difuntos son duros de oído...

—Pero los vivos no.

—Si te refieres al ama, ahórrate el cuidado. ¿Crees que no sabe que su padre te buscaba a escondidas?

—Sé de alguien que ardía en deseos de que la encontrasen, pero ni la miraban...

—¡Marrana!

—¡Ya basta! —cortó Carmela.

Sabía el final de las peleas: un inventario de miserias en el que verdades, insinuaciones y mentiras podridas lo ensuciaban todo. No hacía falta revolver estercoleros y desenterrar historias antiguas; ya bastaba con las nuevas. ¿Qué sentido tenía hurgar en los asuntos de faldas del señor Jaume —«que en paz descanse», no dejó de añadir la criada—, eternamente a punto de dar caza a mujer siempre y cuando no fuera la suya, la sosa raquítica de quien costaba creerse que hubiera parido unos hijos, dos chicos y una chica, más altos que torres? Habían pasado muchos años de los pellizcos en las lozanas nalgas de Camil·la, a quien ella, después de la huida de la otra con el guitarrista de El Edén, sustituyó como sirvienta de confianza de la casa en 1919. Muchos también de las persecuciones de Teresa en la oscuridad de los pasillos a cargo de un señor Jaume ya viudo, viejo pero más cachondo qué nunca. Aquel tiempo se había esfumado; era preferible no recordarlo.

Atajada la pelea, el pensamiento de Carmela regresó al ama. ¿Por qué había tenido que aparecer Romaguera? La destrucción de la villa le devolvía del fondo de los años, de la misma manera que sacaba a la luz los armatostes de los edificios que esperaban la demolición. Quizá habría sido preferible derribar las casas con lo que había dentro, hacer tabla rasa, volver a empezar sin los viejos trastos impregnados de otros años y de otras vidas. Sin los Romaguera, espectros del tiempo pasado. Pero no eran las cosas. Lo sabía de sobras. Sentada en el centro de la gran cocina, envuelta por una luz pálida que manchaba ligeramente porcelanas, aluminios, plata y cobres con leves resplandores, la vieja sirvienta se dio cuenta de la locura de la idea, de la inutilidad de luchar contra un tiempo inmutable del que llevaban ocultas las simientes que a veces germinaban en cólera. Había sido inútil ir a buscar la noche anterior al antiguo administrador de la casa Torres, Ramon Graells, para que enviara a alguien a llevarse el Ford desenterrado de la cochera de casa Nasi por la chiquillería. Ahora el automóvil era un montón de hierro chamuscado en un barranco de la Vall Seca, según había venido a contarle el joven Graells, vivo retrato de su padre, tan adulador y rastrero como él. Satisfecho de su eficacia, no había percibido el estremecimiento de la mujer al oír el lugar donde había incendiado el cacharro. Las llamas se habían comido el coche, pero no era en la carrocería oxidada ni en la polvorienta tapicería llena de telarañas donde habían quedado marcadas unas horas de alegría incierta junto con la huella nauseabunda de la muerte. Había sido inútil quemar el Ford, casi tanto como procurar que el ama no se enterara de que el hijo pequeño de Sadurní Romaguera estaba en la villa: siempre habría una Estefania, una Nàsia, una Isadora u otra bruja cualquiera dispuesta a hurgar sin compasión en la antigua herida.

El hilo a que aludía Carmela estaba anudado a una mañana de 1925. En medio de la oscuridad del salón, negrura viscosa que comenzaba a subir de los muelles del Ebro llenos de barcos podridos, a la señora Carlota de Torres le pareció revivir el sol que la deslumbró en la estación de ferrocarril de Faió, cuando ella e Hipòlit de Móra, de vuelta del viaje de bodas, bajaban del tren de Barcelona. En la población, situada aguas abajo de la villa, tenía que esperarlos alguno de sus laúdes, que allí descargaban el carbón de sus minas, las más importantes de las pocas que se habían salvado después de la crisis de 1919 y que seguían prácticamente a plena producción. Pero no apareció ningún navegante a recibirlos, recoger el equipaje y acompañarlos hasta la nave.

—Supongo que enviaste el telegrama —dijo, irritada, al ver el andén desierto.

—Sí, mujer, claro. Puede que el jefe de estación sepa algo o tenga algún recado para nosotros.

No hubo modo de encontrar al ferroviario. Después de dar con el banderín rojo la salida al tren, había desaparecido.

—Esto es muy extraño. Mira...

A través de una atmósfera de fuego aserrada por las cigarras con enervante insistencia, más allá de los montones de lignito destinados a las fábricas de Barcelona, veían dos laúdes amarrados a los muelles pero no divisaban peones en las naves ni paleando la negrura reluciente del mineral, agrisada por el velo blanquecino de la calina.

Desconcertado y perplejo, Hipòlit formulaba una hipótesis tras otra. Un retraso del telegrama, dificultades de última hora en el viaje de los laúdes, incluso un embarrancamiento, más que probable por el escaso caudal del Ebro en verano, causa de peligro en roquedales y tramos de poca profundidad donde no era raro que encallasen naves pilotadas por patrones de segunda fila. La confusa explicación, además de no solucionar nada, aumentaba la exasperación de la mujer, a punto de perder los estribos. Se sentía ofendida, humillada. ¿Quién podía concebir que Carlota de Torres y Camps —jamás utilizó el apellido del marido— tuviera que esperar, rodeada de maletas, perdida en la estación del ferrocarril donde cargaban su lignito, en la ribera de un río surcado por sus barcos y sus navegantes y sobre el cual se consideraba con derechos de propietaria? ¿Dónde estaban los empleados de la casa Torres y Camps de Faió? Espoleada por la ira, inició un paseo furioso de una punta a otra del andén. Abría la sombrilla, la cerraba. Miraba el camino, rezongaba, abría de nuevo la sombrilla, mientras Hipòlit, retirando entre resoplidos las maletas del embate del sol y colocándolas a la sombra de la marquesina, hablaba de telegrafiar a la villa.

La noche sombreaba los rincones del salón despúes de despintar los geranios del balcón; en el calmoso Ebro ya flotaban estrellas. Pero la señora Carlota de Torres no se levantó de la butaca para encender las luces. Oía los rumores mortecinos de una villa que asistía, a veces con angustia y otras enloquecida por una excitación extraña, a su propia agonía. En cualquier otro momento, eso habría reavivado su cólera, cada día más fuerte, que debía llevarla en el futuro a una situación crítica. Sin embargo, aquel crepúsculo la corroía otra preocupación: por las calles llenas de llagas debía caminar Francesc Romaguera, anclado en un odio antiguo, sin una rendija para el olvido, fingiendo no conocer a nadie, esquivando a la gente como las pocas veces que había puesto los pies en la población desde 1939, cuando terminó la guerra civil. Ahora tampoco llamaría a la puerta de los Torres. Pese a todo, bastaba la mención de su nombre —como muy bien sabía la mala pécora de Estefania d'Albera— para zarandearla secretamente con la misma fuerza que aquel día de 1925 en la estación de ferrocarril de Faió.

Cuando vio el Ford en una curva, dando tumbos en las roderas del camino, Carlota de Torres, aliviada por el final de la ridícula situación, se dispuso a disparar la artillería contra la familia. El automóvil se paró en la estación pero, en lugar de su padre o del inseparable Ramon Graells, salió del Ford la figura alta, corpulenta, de Francesc, el hijo menor de Sadurní Romaguera. Él y Carlota eran amigos de la infancia, aunque, desde que los dos habían ido al colegio, ella a un internado de monjas de Lleida, él a Madrid, donde vivía en casa de unos tíos y estudiaba para abogado, apenas se vieran. El chico solo iba a la villa en agosto, cuando Carlota veraneaba con la familia en algún balneario. Francesc había cambiado tanto que la joven Torres apenas relacionaba su imagen con la que conservaba de casi diez años atrás. Se saludaron y la cólera de Carlota se desvaneció de repente. Francesc cargó rápidamente el equipaje en la baca y no pudo reprimir una sonrisa viendo que Carlota ocupaba el asiento contiguo al chófer y relegaba a Hipòlit a los traseros, junto con dos maletas que no cabían encima del vehículo. Abandonaron la estación. Francesc, serio de repente, comenzó a explicar el porqué de la inactividad en el río y de la ausencia de la familia en la estación. Mientras remontaban el Ebro por la carretera pedregosa, paralela al camino de sirga trillado a lo largo de los siglos por los pies de los sirgadores y, a partir del famoso viaje de Arquímedes Quintana, por los cascos de las bestias, Carlota se fue enterando con sorpresa, transformada súbitamente en furia, de lo que ocurría: una huelga paralizaba la cuenca minera. Sí, habían recibido el telegrama de Barcelona anunciando la llegada y pensaban ir a recibirlos a Faió pero a última hora habían creído preferible que ni el señor Jaume ni Graells se arriesgaran a hacer el viaje. Era mejor que no se dejaran ver. El padre de Francesc, alcalde de la villa desde el golpe de Estado del general Primo de Rivera, en 1923, lo había recomendado a los burgueses por lo menos hasta la llegada de las fuerzas solicitadas a la capital para asegurar el orden público. Por eso Francesc, de vacaciones en la villa desde la marcha de Carlota en viaje de novios, había ido a recoger a la viajera (ahora fue él quien olvidó al pobre infeliz del asiento trasero, medio aplastado por las maletas con cada sacudida del vehículo).

¿Huelga? ¿Huelga los mineros de la casa Torres? Era algo que no le entraba en la cabeza a Carlota pese a que las palabras de Francesc no dejaban lugar a dudas: picadores, carreteros, barreneros, herreros, mozos de cuadra, se habían plantado, se negaban a trabajar si no se les concedía un aumento de jornal y mejores condiciones de trabajo. Contaban también con la gente del río. Los laúdes no zarpaban: vacíos o cargados de mineral, permanecían en los muelles esperando el resultado de las negociaciones entre propietarios y trabajadores pero las conversaciones no llevaban buen camino. Y en la fábrica –quiso averiguar–, ¿qué actitud habían tomado los trabajadores? Mientras el chófer, más serio a medida que relataba los hechos, decía que la gente de la fábrica había seguido el ejemplo de los demás, Carlota creía estar oyendo a Romaguera padre. En las reuniones del Salón de las Vírgenes Mártires, en la tertulia del casino de los señores, el terrateniente se salía de sus casillas si llegaban noticias de agitación obrera en algún lugar y exigía mano dura, implacable, para atajar situaciones que podían desembocar en desastres como el de Rusia, donde las masas proletarias –«¡piojosos sin Dios, carne de horca!»– habían destronado al zar para instaurar el comunismo. Desde 1918, a partir de la crisis y de la desaparición de los forasteros, la cuenca había sido una balsa de aceite pero de un tiempo a esta parte bullía y no podían permitirlo. Había que deshacerse inmediatamente de la purria. Socialistas, bolcheviques, anarquistas, republicanos: todos en el mismo saco y al Ebro con una piedra bien grande. La actitud del terrateniente, que provocaba las tímidas protestas del señor Jaume de Torres, temeroso de la violencia, siempre asustado por las manifestaciones cada vez más duras de Sadurní Romaguera, era compartida por Francesc, verificación que agradó a Carlota. Nunca le habían dado voz ni voto en los conflictos de las minas o de la fábrica, de los que por otra parte siempre tuvo un concepto muy elemental, arraigado peligrosamente y de manera exclusiva en el orgullo de casta, pero la moderación del padre le parecía blanda, casi pusilánime y no podía evitar un cierto menosprecio hacia él cuando le oía discutir de cuestiones obreras con Sadurní Romaguera.

Carlota de Torres y Camps se sentía impresionada por Francesc. La presencia y las palabras del amigo la alteraban de manera extraña y desconocida. Un tenaz cosquilleo le estremecía el espinazo empapado de sudor, pegado al respaldo de piel del asiento; el corazón le latía más deprisa mientras Hipòlit, cuya única aportación al matrimonio –aparte de dos minas, tierras y valores en acciones seguras que justificaron a los ojos de Carlota la boda pactada desde hacía muchos años entre los Torres y los Móra– debían ser los espermatozoides indispensables para tres embarazos, se defendía a duras penas de los embates de las maletas.

Tropezaron con los primeros mineros junto a los cargaderos de la mina Amat y hubo que reducir la marcha. El grupo ocupaba la carretera y el parabrisas enmarcó una masa de facciones sombrías que se iba abriendo mientras el coche se movía lentamente, casi a paso de persona. Francesc Romaguera había palidecido, Carlota fingía no darse cuenta de los ojos que la observaban por las ventanillas y le provocaban un malestar casi insoportable. Nunca había sentido tan cerca a aquella gente. Siempre les había considerado seres lejanos, curiosos. Los enseñaba casi como una rareza zoológica a las amigas de la ciudad, antiguas condiscípulas del internado de religiosas de Lleida a las que invitaba con frecuencia a la villa. Visita obligada, además de la fábrica, era una mina de la familia. Acompañada frecuentemente del padre, petulante y charlatán, galante con las señoritas, o bajo la tutela empalagosa del solícito Graells, le gustaba asustar a las amigas con el espectáculo. Las llevaba a la boca de la galería principal para impresionarlas con la aparición de las vagonetas llenas de lignito, tiradas por los animales cubiertos de una mezcla de sudor y de polvo; las hacía entrar en la herrería siempre misteriosa, salpicada por chispas de fuego; las llevaba a las cuadras y las bajaba a los muelles para contemplar la carga del mineral en los laúdes. Al anochecer salían a los grandes balcones del salón para ver a los grupos de mineros, negros como tizones, que regresaban del trabajo con las luces de carburo encendidas. Entre ella y aquel mundo siempre había habido un filtro, la realidad permanecía al otro lado. Ahora, de repente, los mineros dejaban de ser siluetas anónimas, se convertían en presencias vivas, amenazadoras, osadas hasta el punto de cerrar el paso del coche de Carlota de Torres. Al final la masa de trabajadores se aclaró y el automóvil recuperó velocidad. La escena se repitió antes de llegar al paso de barca de la villa y un par de piedras golpearon el capó del Ford mientras pasaban entre unos olivares. La travesía en el transbordador acabó de exasperarlos. El barquero ni siquiera los saludó; unos payeses se retiraron al lado opuesto de la plataforma, distanciándose ostensiblemente del coche, temerosos –explicó Francesc Romaguera a Carlota– de posibles fricciones con los huelguistas si mostraban alguna deferencia hacia los viajeros.

Fue un regreso extraño, muy diferente del que Carlota imaginaba como final de su viaje de novios a París: encontró una villa desconocida, la cara amarga, oculta hasta entonces, de un mundo feliz. Después de una cena animada a duras penas por la distribución de los regalos de París, mientras contemplaba por los balcones del salón a los grupos de mineros camino de una asamblea, otra imagen, la de Francesc Romaguera, le llenaba la mente con una fuerza insospechada, desconocida y turbadora. Su cuerpo, que la torpeza de Hipòlit no había sabido despertar, se agitaba. La obsesión no la dejó descansar. Al cabo de dos días tuvo un buen pretexto para convocar a Francesc a la casa. Llamó a Carmela, la criada que habían tomado cuando Camil·la escapó con el guitarrista de El Edén. La chica, un poco mayor que ella, había sabido ganarse la confianza de los señores a fuerza de fidelidad y sumisión. Sombra de la abuela Camps hasta la muerte de la mujer poco más de un año antes, se había convertido luego en la confidente de Carlota. Escuchó las instrucciones de la dueña, asintió con la cabeza y salió de la casa para ir a preguntar a Francesc Romaguera si era suyo el revólver que acababan de encontrar en la guantera del coche.

–Devanar y devanar la madeja... –murmuraba la vieja Carmela, sola en la cocina.

Podía seguir el hilo de la memoria de la dueña, sentada en el salón al otro lado de la casa; podía unir al mismo su propio recuerdo de la misma manera que el Segre se anudaba con el Ebro, cuando la oscuridad de la noche lejana la envolvió mientras salía de la casona de los Torres para ir a preguntar a Francesc Romaguera acerca del arma que el señor Hipòlit, muerto de miedo, no se había atrevido a sacar del Ford, donde la había encontrado al revisar el automóvil. Al enfilar la cuesta del Horno, se tropezó con una multitud de mineros. Iban al Ayuntamiento después de celebrar una asamblea en la mina del Puente. Impresionada por la masa negra, que parecía una excrecencia de la misma noche, se pegó a la pared. Los hombres no repararon en ella. Reconoció a algunos, entre ellos a Terrer, a quien los propietarios, según las conversaciones entre el señor Jaume y otros burgueses escuchadas disimuladamente contra la puerta del despacho, consideraban el instigador de las reivindicaciones obreras, el organizador de la caja de resistencia y el principal responsable de la huelga de la cuenca. A partir de su llegada dos años antes, el forastero, de quien nunca se supo gran cosa pese a que se le atribuía un pasado misterioso y revolucionario, se había convertido en un líder.

Vivía en la Taberna de las Anguilas, donde cada día, después del trabajo, enseñaba a leer gratis a todo el que quisiera ir. Eso convirtió el local en un lugar de reunión donde los trabajadores tramaron las primeras reivindicaciones organizadas de la cuenca. Inevitablemente el forastero era el punto de mira del odio de los burgueses, la bestia negra de los capitostes del Casino de la Rueda. Carmela le había visto pocas veces; le identificó por su pronunciación barcelonesa cuando dirigía unas palabras al viejo Arquímedes Quintana, inconfundible a causa de su gigantesca corpulencia, que caminaba a su lado. Le pareció vislumbrar también a su propio hermano, con quien Carmela batallaba continuamente para que no se mezclara en aquellos asuntos, lo que le facilitaría un puesto mejor remunerado en las minas o en la fábrica de los Torres. El resto era una masa apenas rota por el resplandor de alguna luz de carburo, en la que resultaba imposible desentrañar caras.

–¡La guardia civil!

La fuerza, llegada por la tarde en laúdes requisados en Faió, salió de una calle lateral y cargó contra los huelguistas. Sonaron golpes y gemidos. La criada, muerta de miedo, se deslizó hacia la panadería de la cuesta del Horno y se pegó a los haces de romero amontonados junto a la puerta.

–¡Hijos de puta!

–¡Adelante!

–¡Cabrones!

–¡Vayamos por el callejón del Sol!

Carmela oyó un gemido cerca de ella; un minero apareció en la zona iluminada por el farol de la puerta de la panadería. Se agarraba la cabeza y caminaba a trompicones. Un guardia civil se abalanzó sobre él, pero una figura enorme, Atanasi Resurrecció, le cerró el paso y el guardia, impulsado por un golpe estremecedor, se incrustó contra la puerta de la panadería.

Sonaron disparos. Carmela notó que la agarraban del brazo.

—¿Qué coño haces aquí? —le dijo el viejo Arquímedes mientras Llorenç de Veriu se llevaba al compañero herido—. ¿Quieres que te maten? ¡Lárgate!

La masa de los mineros consiguió abrirse paso por el callejón del Sol, perseguida por los civiles. En el suelo yacían figuras gimientes. Carmela se deslizó pegada a la pared en dirección a la casona de los Romaguera. Cuando pasaba por delante de la Fonda del Viejo Jabalí, vio asomado en un balcón a aquel inglés de quien nunca recordaba el nombre; el extranjero miraba ansiosamente hacia los muelles, donde resonaba entonces el griterío de los huelguistas.

Unas nubes ocultaron la luna y acabaron de espesar la noche sobre la villa. Ni la señora Carlota de Torres en el salón ni la vieja Carmela en la cocina se dieron cuenta. El hilo de la memoria llevaba a dueña y criada al día en que, cuarenta y cinco años atrás, a raíz del fracaso de la huelga de los mineros después de dos meses de lucha, apareció en la orilla del Ebro el cadáver de Arnau Terrer con el corazón atravesado por una rama de sabina.

III

Mientras subía por el callejón del Sol, el viejo Nelson no se dio cuenta de que estaba atravesando los recuerdos de Carmela, proyectados entonces por la sirvienta en aquel punto preciso de la villa donde, en 1925, la guardia civil acababa de cargar contra la manifestación de huelguistas. Si la bocanada de amarga memoria le hubiera envuelto, si le hubiera hecho revivir aquel momento, el viejo habría movido instintivamente la cabeza como entonces, justo a tiempo de esquivar la culata del fusil, que solo le rozó el hombro izquierdo. Inmediatamente después, con la fuerza recuperada de la juventud, habría soltado un puñetazo a la figura que le arrinconaba contra la pared: el guardia civil habría caído como un saco, un segundo antes de que el fogonazo de un disparo rasgara la oscuridad sobre la masa humana que se debatía entre golpes y gritos. Habría notado el empujón de alguien que tropezaba con él mientras corría como un galgo y, al retroceder hacia la panadería, habría tropezado con Arquímedes Quintana y Llorenç de Veriu, que socorrían a un herido. El veterano de África increpaba a una mujer:

–¿Qué coño haces aquí? ¿Quieres que te maten? ¡Lárgate!

Si Nelson se hubiera encontrado en medio del remolino

de recuerdos, quizá habría reconocido a Carmela en la figura huidiza que se escurría de allí pegada a la pared y le habría pasado por la mente preguntarse qué hacía en aquel avispero la mosquita muerta a quien los chismorreos locales no se privaban de pintar eternamente espatarrada debajo del señor Jaume de Torres. Si el viejo Nelson se hubiera encontrado en el recuerdo de Carmela, se habría visto a sí mismo a los veinticinco años, un hombre de río hecho y derecho, patrón del *Neptuno*; el laúd más fino de la viuda de Salleres, y con fama de navegante excepcional, consagrada por el inglés hospedado en la Fonda del Viejo Jabalí cuando le dijo en el Café del Muelle:

–¡Robert Ibars, es usted un navegante más grande que nuestro almirante Nelson!

Míster Oliver Wilson llegó a la villa en octubre de 1922. Bajó del tren en la estación de Faió y remontó el Ebro en el laúd de un navegante de Ascó apodado el Obispo a causa de su beatería, pregonada por la copiosa colección de medallas que siempre llevaba colgadas del cuello: desde una Virgen del Carmen, patrona de navegantes, encargada de protegerle de naufragios y demás desgracias del río, a la de una beata italiana muy milagrera. Esta disfrutaba de la devoción ciega del de Ascó porque, a medias con un desinfectante abrasador que le despellejaba vivo, acababa de librarle de unos animalejos acérrimos y rabiosos contagiados por una pelandusca tortosina en el lecho del pecado («*Phthirus pubis*, vulgarmente ladillas», había murmurado, malévolo, Honorat del Cafè, agnóstico de toda la vida, mientras le ofrecía el frasco con el remedio por encima del mostrador de la botica sin darse cuenta de que la denominación latina, interpretada por el navegante como una fórmula litúrgica, aumentaba las virtudes de la medicina). Una semana después del milagro, cuando el de Ascó comenzaba a olvidar el prurito enloquecedor, el señor Wilson desembarcó en el muelle de la Plaza ante el interés de todo dios. El Obispo, seguido de la tripulación cargada con el equipaje del forastero, le acompañó a la Fonda del Viejo Jabalí.

Más adelante, cuando ya sabía bastante catalán, míster Wilson confesó a Aleix de Segarra y al viejo Arquímedes Quintana que la primera vez que entró en la fonda nada le permitía sospechar el cambio radical de rumbo, el golpe de timón irreversible que su vida iba a experimentar en aquel caserón. Solía atribuir la pérdida momentánea de las facultades premonitorias que tenía desde la cuna a las alteraciones en su campo magnético cerebral provocadas por la milagrosa chatarra del Obispo. En la tertulia del Café del Muelle, donde todo pasaba por la criba de una crítica demoledora, se concluyó que una pizca de verdad debía haber en la afirmación del inglés: desde su llegada, el señor Wilson había detectado con notable antelación las riadas del Segre y del Ebro, la excepcionalidad de una nevada, el naufragio de un patrón de Miravet, tres derrumbamientos de mina, los cuernos de un soguero, un ataque de riñón del sereno y el parto prematuro de la jueza. Ahora bien, tanto si la disminución transitoria del don se debía a la influencia negativa del metal como a la fatiga del viaje, es indudable que el forastero entró inerme y desprevenido en la Fonda del Viejo Jabalí.

Míster Oliver Wilson se ajustaba siempre a la imagen tópica del inglés flemático cuando viajaba por el mundo. Se había mostrado frío e impasible ante todo tipo de mujeres (valquirias formidables, italianas fogosas, indígenas de la Polinesia, mulatas indolentes de las Antillas, japonesas de porcelana), pero se halló indefenso en presencia de Agatòclia Malina, la espléndida viuda propietaria de la fonda. Impresionado hasta la médula por la belleza ribereña, el súbdito de Su Majestad Jorge V no pegó ojo pese al cansancio. Tres noches después, mientras míster Wilson se esforzaba en sacarse del cerebro la figura de Agatòclia y concentrarse en lo que le había llevado a la villa (un estudio geológico de la cuenca del Ebro), la fondista entró en la habitación sin llamar.

Justo entonces, por culpa del inglés, el Obispo pasaba las de Caín. Pernoctaba en la villa y había entrado solo en el Café del Muelle para redondear la cena con una copa de ron sin sospechar lo que allí le esperaba. Apenas se sentó, los clientes de la mesa vecina iniciaron una conversación sobre un navegante de río abajo, un granuja de lo más ingrato. Afortunadamente los de la tertulia no parecían saber su nombre, lo que tranquilizó un poco al Obispo. Encogido en la mesa, sin atreverse a levantarse y largarse para no llamar la atención, ya que era el único parroquiano además de los contertulios, tuvo que tragarse el caso del canalla que pagaba favores con agravios. Sin ir más lejos —decía Honorat del Cafè, confirmaba Aleix de Segarra y remachaba el viejo Arquímedes Quintana guiñando el ojo a Estanislau entre dos pipadas— hacía menos de cuatro días que una beata italiana acababa de librar al sinvergüenza de una invasión de ladillas que le desollaban el timón, cuando el desaprensivo correspondía a la gracia admitiendo de pasajero en su laúd a un hereje protestante. ¡Sí, protestante además de inglés! Y no solo eso: para acabar de rematarlo (míster aquí, excelencia allá), le llevaba el equipaje, le buscaba fonda en la villa... Si eso llegaba a oídos del Vaticano, y llegaría porque Feliça Roderes, lechuza perpetua del Balcón del Apocalipsis, ya debía estar redactando uno de los anónimos corrosivos que enviaba mensualmente a Roma, el patrón no se salvaría de la excomunión en esta vida ni de las ladillas infernales y eternas en la otra. ¡Cómo debía de reírse de la jugada el malvado inglés, el hereje del diablo, el súbdito de la pérfida Albión!

120

En aquel preciso instante, pese a las suposiciones de los clientes del Café del Muelle, el inglés no reía; más bien se derretía bajo los encantos de la Venus ribereña, que acababa de desbaratarle el proyecto de meditación geológica y que no parecía tener la más mínima intención de dejarle malgastar energía en elucubraciones metafísicas sobre el alma de un navegante del Ebro. Por la mañana, mientras se vestía, el señor Oliver Wilson, lánguido a más no poder y todavía atónito, miró por el balcón del dormitorio justo cuando un cortejo muy curioso bajaba a los muelles por el callejón de San Francisco. Reconoció a los tripulantes del barco en que había viajado desde Faió, encabezados por el estrafalario pirata cargado de medallas. Los acompañaba un sacerdote revestido de ceremonia, flanqueado por dos monaguillos con candelabros encendidos. Sin embargo, el inglés no podía imaginar que él era la causa de la procesión. Tuvieron que pasar un par de meses, los que el míster tardó en trasladarse de la aburrida tertulia del casino a la del Café del Muelle, donde hizo amistad con Aleix de Segarra, Honorat del Cafè y Arquímedes Quintana, antes de enterarse entre carcajadas de su responsabilidad en una noche penitencial del Obispo, rematada con la ceremonia de la mañana, cuando el rector, después de sacar una bonita limosna al navegante, accedió a exorcizar el laúd para purificarlo de cualquier vestigio del hereje protestante embarcado en Faió.

Cuando le expulsaron de la villa a causa del alboroto suscitado por la muerte de Arnau Terrer, el inglés se llevó consigo a Agatòclia Molina, quien, dos meses más tarde, en Liverpool, debía convertirse en la señora Wilson. Se llevó asimismo un estudio a medio hacer de la cuenca minera y el manuscrito de un libro secreto de poemas de amor en los que comparaba las caderas de la fondista con la belleza de los geosinclinales del Paleozoico y su vello púbico con la delicadeza de algunos helechos fósiles, junto, con otros hallazgos aún más íntimos de tipo erótico-geológico-paleontológico. La pareja se fue en el *Neptuno*, que zarpaba con una carga de trigo hacia Tortosa. Una multitud amarga, vencida por la gran huelga, acudió a despedirlos a los muelles; los pañuelos flamearon desde que Nelson dio la orden de partida hasta que la nave se perdió Ebro abajo entre los resplandores todavía indecisos de una madrugada de agosto. Pero no fue Nelson quien recordó aquel día casi medio siglo después, sino la vieja Carmela en la cocina de la casa de los Torres. De haberlo recordado él, le habría seguido llegando el hálito de gratitud y de simpatía que acompañó la marcha del geólogo; los sollozos de un Estanislau Corbera propenso a la lágrima; la grave contención de Honorat del Cafè; la tristeza de Aleix de Segarra y la desolación de Arquímedes Quintana en el puerto manchado de oros brumosos a punto de cuajar en un sol deslumbrador. Nelson habría vuelto a ver cómo las guías del bigote rubio de míster Oliver Wilson delataban el temblor de los labios mientras saludaba a la multitud con el sombrero en la mano, de pie encima de los sacos de trigo y al lado de Agatòclia.

Pero no era el viejo Nelson quien recordaba la escena sino la criada de la casa de Torres. Y a Carmela, la imagen de aquel inglés le seguía llegando envuelta del mismo odio con que contempló su marcha aquel verano –tan lejano– de 1925, escondida tras las cortinas de los balcones del Salón de las Vírgenes Mártires.

Cuando doblaba la esquina del callejón del Sol, donde había atravesado sin reparar en ello los recuerdos de Carmela, la figura del viejo Nelson, ahora patrón de una nave que se pudría sin remedio en los muelles silenciosos de la villa, se pintó en las pupilas verdes de Júlia Quintana. La mujer llevaba un rato esperando su aparición. Mientras el antiguo navegante emprendía lentamente la subida de la calle de la Muralla, Júlia se sintió aliviada. Durante la espera en la ventana se le había ocurrido que Robert —ella, a diferencia de todos, no sabía llamarle Nelson— quizá no había ido al Café del Muelle y Estanislau Corbera no había podido darle el mensaje. Si quería hablar con el navegante al margen de los encuentros casuales en la calle, que tanto él como ella procuraban abreviar al máximo cuando se producían, Júlia acudía al cafetero; ir a casa de Nelson o simplemente enviar un recado suponía una escena de celos por parte de su mujer. Esta, una belleza en sus años juveniles, nunca había digerido el vínculo de infancia entre Robert y ella, la única hija de Arquímedes Quintana, el cual se moría de ganas de tener una niña, pero que con las dos primeras mujeres solo tuvo chicos.

—Mi semilla es demasiado basta —solía comentar con un humor impregnado de melancolía—, siempre me salen varones, todo lo sanos y fuertes que quieras, pero chicos. Puede que debiera endulzármela con miel antes de dar caza a mi mujer.

Ni la miel, si es que llegó a probarla alguna vez, porque nadie logró sacar nada en claro, ni ninguna de las fórmulas mágicas que ensayaron a escondidas Carme y después Joana, dieron ningún resultado: cada embarazo significaba otro chiquillo en el mundo. Poco después de la tercera boda, cuando Marina Torrents, a quien nadie le conocía dones de adivinación, le paró en el muelle de la Plaza para decirle que la mujer se quedaría embarazada y tendría una hija, el veterano de África, a punto de cumplir sesenta años, se mostró escéptico. Sin embargo, la predicción se cumplió. Júlia nació el mismo día que Carlota de Torres y unos meses después que Robert Ibars, en el otoño de 1900. Eso le valió a Marina Torrents fama de bruja y unos pendientes oro por parte del navegante.

A partir del naufragio del *Rápido* en la Lliberola, cuando Arquímedes Quintana se hizo cargo de Robert, hijo del patrón desaparecido, y comenzó a trabajarlo hasta convertirlo en el mejor navegante del Ebro, el chico pasaba mucho tiempo en casa del viejo. Había encontrado en Júlia una amiga, la única capaz de suavizarle las asperezas de carácter y de encaminarle con inteligencia y ternura. Ella le aconsejó, con el consentimiento rezongón de su padre, que acabó dándole la razón aunque aquello significara perder a Robert como tripulante del *Carlota*, irse de la casa Torres. Estaba más claro que el agua que allí el chico, pese a la protección del viejo, no prosperaría ni pasaría jamás de peón. Quien controlaba realmente los negocios de los Torres era Ramon Graells; en la fábrica y en las minas solo medraban los de su camarilla. La única excepción era Arquímedes Quintana, intocable desde los tiempos de la generala y demasiado prestigioso como patrón para que el hombre de confianza se atreviera a buscarle las cosquillas. Pero le quedaban pocos años de navegación y, cuando se retirara, Robert pagaría el resentimiento acumulado por Graells contra el héroe de Tetuán. Tenía que irse con la viuda de Salleres –sentenció Júlia–; la propietaria necesitaba gente nueva para sustituir a los dos patrones despedidos junto con el administrador con motivo del desastre del *Polifemo*, que la había dejado en ridículo a los ojos de la villa.

El día de la entrevista de Robert con la viuda, la criada hizo pasar al navegante a un salón enorme. En el fondo, una galería encristalada daba sobre el muelle donde atracaban los laúdes de la casa, cerca de la confluencia del Segre y del Ebro. La viuda, vestida con un kimono de seda, hundida en un sofá, no contestó a sus buenos días. Le observó largo rato sin despegar la boca mientras jugaba con un tití, regalo exótico de un capitán de la marina mercante que iba a visitarla de vez en cuando y a quien Robert recordaba paseando con la señora por el muro del Ebro vestido con uniforme blanco.

–El hijo de Ibars... –murmuró la mujer casi para sus adentros, y añadió enseguida en voz alta–: Eres muy joven, pero todo dios se hace lenguas de tu habilidad en el río. ¿Es cierto que eres tan bueno? ¿No dices nada? Ya veo que las anguilas se te han comido la lengua. Espero que conserves el trozo suficiente para decirle al sinvergüenza de Jaume de Torres que, a partir de la semana próxima, navegarás como patrón para la casa Salleres. Ya puedes irte.

Cuando se encontraba en la puerta del salón, le frenó en seco la voz de la viuda:

–¡Robert! –La mujer había dejado de jugar con el tití, el animalito trepaba entonces por el respaldo de una tumbona verde–: Este año, las carreras de septiembre tiene que ganarlas un laúd de la casa Salleres.

El señor Jaume de Torres no era especialmente rencoroso; no tardó en olvidar la marcha de Robert con la viuda. Llegó incluso a comprender que Arquímedes Quintana renunciara a participar en la fiesta del río en septiembre. El viejo pirata aducía los achaques de los años, aunque se veía a la legua que no quería enfrentarse con su discípulo. Pero Carlota de Torres no le perdonó jamás. Si se tropezaba con Nelson por la calle o le vislumbraba en el Ebro desde los balcones, no podía evitar el recuerdo de la humillación de la casa de Torres, vencida por vez primera en muchos años en las carreras de laúdes a manos de aquel piojoso que había aprendido a navegar en una nave que llevaba su nombre. El mazazo fue aún más duro porque el día de la fiesta del río se celebraba un gran banquete para festejar su compromiso matrimonial con Hipòlit de Móra y la señorita tuvo que tragarse la derrota, consciente de la alegría disimulada de los invitados; pese a las compungidas caras de circunstancias, disfrutaron de la humillación de los anfitriones.

La victoria consolidó a Robert como patrón de la viuda Salleres; no le afectaron los despidos de personal ocasionados por la crisis posterior a la guerra europea. La amistad con Júlia continuó; pero, cuando Robert se buscó novia después del servicio militar y ella se apercibió de los celos de la prometida, se alejó discretamente de él aunque seguía de cerca la vida, milagros y locuras del patrón. En la iconografía nostálgica de aquellos años eran abundantes las aventuras coloreadas por los chismorreos locales con interrogantes sin respuesta. ¿Qué le ocurría al *Neptuno* –la viuda sentía debilidad por los nombres mitológicos a la hora de bautizar naves– cuando desaparecía con la tripulación? ¿Era cierto que la cuadrilla de diablos de Nelson bajaba hasta el delta, eludía la vigilancia de la Marina, salía a la mar y se dedicaba al contrabando? ¿Podía darse crédito a las palabras de unos de Miravet que juraban por sus muertos haber visto participar a la viuda en aquellas audaces expediciones con las que también parecía relacionado el capitán mercante? ¿No ligaba eso con la historia del oficial de Marina a quien los superiores consideraban chiflado porque en un informe aseguraba haber vislumbrado con el catalejo un laúd de contrabandistas en cuya proa iba una dama elegantísima con un sombrero de plumas azules y una sombrilla blanca?

Júlia conocía bien a Robert: era tan capaz de hacer estas locuras como incapaz de jactarse de ellas. También sabía otra cosa por las criadas de la viuda: no calentaba la cama de la Salleres y, tanto si las historias del contrabando eran ciertas como si eran falsas, el patrón, a quien el inglés de la Fonda del Viejo Jabalí ya había bautizado con el apodo de Nelson, no se había dejado deslumbrar por las deferencias de la señora. Eso se hizo evidente con motivo de la gran huelga de la cuenca. Robert se sumó a ella sin pensárselo dos veces, exponiéndose a la cólera de la viuda. La Salleres no paraba de echar pestes por la boca de los obreros pero fue la única en oponerse a la intervención de la guardia civil solicitada por el alcalde Romaguera con el apoyo de los restantes burgueses y solo ella se preocupó de sus mineros heridos durante los alborotos y les pagó médicos y medicinas.

A partir de su propio matrimonio, Júlia no volvió a hablar con Nelson hasta la noche de la manifestación, cuando el viejo Arquímedes, después de la dispersión de los huelguistas, obligó a Robert a quedarse en su casa sin permitirle volver a la propia por las calles llenas de guardias civiles. La presencia de otros mineros y navegantes les había impedido hablar privadamente sin dar pie a murmuraciones. Cuando la muerte de Arnau Terrer y la expulsión del geólogo británico, la primera hija de Robert enfermó. Al cabo de una semana, el patrón se presentó repentinamente en casa de los Quintana, se sentó al lado de Júlia y se fue al cabo de tres horas sin haber abierto la boca. La pequeña murió aquella misma noche.

Júlia no faltó al velorio. Conservaba la imagen de Robert, ojeroso y pálido, presidiendo en el pequeño comedor el duelo de los hombres, asociada al olor de trementina que salía del dormitorio donde Aleix de Segarra, muy a desgana pero compadecido de la desesperación de la madre, pintaba a petición del navegante el retrato de la niña difunta. Robert, parecido a una estatua, solo pronunciaba las palabras imprescindibles para corresponder a las fórmulas de pésame. Cuando regresó del cementerio, en lugar de subir a casa, se dirigió a los muelles, embarcó en un pontón de la viuda, colocó los remos en los toletes y se lanzó Ebro abajo ante el estupor de la gente, horrorizada por aquella increíble ruptura de las costumbres funerarias. Le descubrieron cerca de Miravet, de bruces sobre una glera, desmayado y cubierto de barro; tenía las palmas en carne viva, despellejadas por la brutal boga; su cuerpo parecía el de un muñeco roto.

Los ojos verdes le miraron con melancolía; de vez en cuando recuperaban el brillo y la ternura irónica de la juventud. Entonces el viejo Nelson intuía un recuerdo agradable en la memoria de Júlia. No se habían dicho nada. De pie en medio de la habitación vacía, no hacían más que mirarse, perdidos entre las cuatro paredes donde persistían tenazmente las huellas que los muebles y el retrato del veterano de África, pintado por Aleix de Segarra en unas memorables sesiones en la sala de billar de El Edén, habían dejado a fuerza de los años. Él desvió la mirada hacia la ventana, la dejó perderse en la noche de julio, espesada por el bochorno. Un grillo instalado en la parra del patio dejaba notar su presencia.

–Quería decirte adiós –murmuró Júlia–. Nos vamos mañana...

Nelson se estremeció. Sabía que aquello debía ocurrir: los hijos de Júlia pensaban abrirse camino en otro lugar, al igual que tantos habitantes cansados de la incertidumbre del futuro que ya habían emprendido el éxodo antes incluso del comienzo de las destrucciones, sin esperar a que cuajara la villa nueva que la tenacidad de la gente había comenzado a erigir muy cerca de la vieja y en la que estaba previsto que no tardarían en instalarse las primeras familias. Había oído hablar de todo ello pero prefería creer que no sucedería nunca. Cuando Estanislau le había dado el recado de que Júlia quería verle sin falta, se le había caído el alma a los pies.

Probablemente –por lo menos así lo mantuvo Honorat del Rom en una de las últimas tertulias del Café del Muelle– la villa no había muerto el mismo día para todos sus habitantes. Cada uno de ellos la sintió morir en un momento diferente a lo largo de los años de desastre y tal vez fuera el adiós de Júlia lo que marcó este punto para el viejo Nelson. Nunca se había roto el hilo misterioso que le unía a la mujer.

En medio de las más duras tribulaciones, era ella quien realmente le había sostenido, incluso sin decirle nada, como el día que él desembarcó del laúd de Miravet después de la locura de la muerte de su hija y encontró a Júlia en el muelle. Sus sentimientos cristalizaron entonces: tuvo que escapar sin mirarla para poder contener el impulso que le forzaba a abrazarla y sentir que cada partícula de su cuerpo y de su alma se fundía con las de ella. Descubrió que la quería con los ojos, con la piel, con el miembro, con la memoria, con el corazón, con los huesos, con los músculos. Esa emoción, presentida por su mujer antes de que él mismo la percibiera, le empapó sin remedio de pies a cabeza. Duró siempre: le bastaba con vislumbrarla por la calle para sentirse alterado. Ahora Júlia se iba, desaparecía de la villa deshecha con los muelles llenos de barcos muertos, y él intuía que no volvería a verla.

—Toma esto, Robert. He creído que te gustaría tenerlas.

Viejas fotografías, tiempo muerto pintado sobre un papel amarillento. En la primera aparecía el viejo Arquímedes en la puerta de El Edén, con Aleix de Segarra y Madamfransuà, en los últimos tiempos de la guerra del 14. La otra había sido sacada en una cena, en 1928, cuando el veterano de África, a los ochenta y ocho años, recibía el homenaje de los amigos y de los supervivientes de las diecisiete tripulaciones con las que había navegado hasta el momento de su retiro, producido inmediatamente después de la gran huelga de la cuenca, cuando la muerte de Arnau Terrer y la expulsión del inglés. Las fuerzas comenzaron a fallarle, el bajón de la impresionante vitalidad que le había convertido en un caso único en el Ebro sobrevino de repente. Inútil para el trabajo, viudo y sin ningún tipo de recursos, fue a vivir con Júlia, casada recientemente con un sindicalista de la mina de los Masos. El relato de la batalla de Tetuán evidenciaba el progresivo debilitamiento de su cerebro: lo que al principio de la decadencia eran errores casi imperceptibles en la situación de los regimientos o confusiones en los nombres de los generales, se hizo cada vez más grave. Contaba cargas falsas, multiplicaba los golpes de gumía con que el moro le había cortado la oreja, se ascendía de repente a capitán o se destinaba a artillería, alteraba los movimientos de las tropas. La cabeza cortada del general de caballería adoptaba fisonomías imprevisibles y diversas: unas veces se trataba de Alfonso XIII, otras del señor Jaume de Torres. En abril de 1931, al día siguiente de confundir la cabeza del militar con la de su padre, el viejo embarcó sin decírselo a nadie en un laúd de Ascó. Desembarcó en Tortosa, se hizo una fotografía con un antiguo compañero y comenzó de nuevo a remontar el Ebro. Todos los patrones le conocían y hallaba acogida en las naves. En Benissanet, habló pestes del rey con un antiguo sirgador, ciego desde hacía muchos años y autor de romances de amor; en Xerta, visitó a un cuñado, hermano de su primera mujer, que le había aconsejado en confianza no casarse con aquella furia, advertencia que el viejo siempre le agradeció aunque no le hiciera caso; en García, preguntó por una maestra de escuela con la que había tenido relaciones entre el luto por su segunda mujer y las bodas con la tercera, pero la maestra llevaba más de veinte años muerta y él mismo había ido frecuentemente a llevarle flores en secreto al cementerio, como intentó hacerle entender, compadecido, un amigo tabernero; en Flix, comenzó a sentir mareos y se perdió por las calles sin darse cuenta de la efervescencia electoral que las llenaba. Un antiguo carpintero de ribera de la casa Torres le encontró mientras vagaba perdido entre una multitud congregada en un mitin, lo recogió y mandó un telegrama a la familia. Mirando, sin verla, la fotografía amarillenta, Nelson rememoraba la desesperada navegación nocturna por un Ebro sin luna, que la tripulación del *Neptuno*, reunida aprisa y

130

corriendo por los cafés encendidos con el ambiente de las elecciones, no olvidaría jamás. ¿Quién era capaz de entender –solía preguntarse Atanasi Resurrecció– cómo diablos no se partieron los huesos contra un roquedal o no se clavaron en una mejana hasta la popa? Al propio Nelson, como siempre que hacía algo excepcional en el río, le habría costado dar una explicación. Llegaron a Flix destrozados. Al verles, el enfermo no les reconoció. Mientras la tripulación descansaba un rato, Nelson se quedó a cuidarlo. Cuando emprendieron el regreso, soplaba el viento. Izaron el treo y la gavia y subieron a vela. Tendido sobre un jergón, a popa, el viejo Arquímedes alternaba largos ratos de silencio durante los cuales miraba boquiabierto el cielo o las velas tensas, con otros de delirio o de verborrea. En la Roca del Merro, llamó a la segunda mujer; en la Embrolla de Riba-roja, tarareaba un cuplé de Madamfransuà; después mantuvo una larga conversación con el general Prim y con su primera mujer. Cerca de Faió intentó levantarse mientras señalaba con el brazo estirado un punto del cielo. Nelson y los peones se volvieron: los rayos del sol de la tarde teñían de oro la esfera de un globo. Impelido por el viento, el aerostato subía detrás del barco por el cauce del río.

–¡Es Ponç! –gritó Atanasi Resurrecció.

El globo, que había provocado la excitación del vecindario y los inevitables anuncios de catástrofes planetarias a cargo de Feliça Roderes las primeras veces que pasó sobre la villa, aumentaba rápidamente de volumen. Los navegantes comenzaban a distinguir a los tripulantes asomados a la barquilla; eran, en efecto, el ingeniero Ponç, director de una industria química de Flix, y su mujer. El matrimonio aprovechaba frecuentemente el viento de mar para ascender con el aerostato y remontar el Ebro. Cuando el globo se hallaba sobre el mástil del laúd, oyeron la voz del aeronauta:

–¡Nelson, Nelson! ¿Me oyes, pirata del demonio?

—¡Sí, señor ingeniero! ¿Qué pasa?

—Os veo muy tranquilos. ¿No lo sabéis?

—¿Qué hemos de saber?

—¡Hemos ganado! ¡El rey se ha largado al extranjero y acaban de proclamar la República! ¡Viva!

—¡Viva! —había coreado la tripulación del *Neptuno*.

El viento alejaba rápidamente el globo. Todavía oyeron otro grito de victoria del ingeniero y vieron ondear el pañuelo de su mujer. Pero Arquímedes Quintana, que tantas veces había proclamado la República en las añoradas noches de El Edén, no se dio cuenta de nada. Entre él y las cosas había pasado la guadaña invisible de la muerte.

IV

Recordaba con nitidez el sonido del trombón, aislado de los restantes instrumentos de la banda, como fondo de aquella noche. A veces lo evocaba lejano, apenas audible, por la parte alta de la población, donde los callejones recuperaban su identidad primigenia de barrancos por los cuales la sierra del Castillo lanzaba al Ebro las aguas de las lluvias. Después, lo oía seguir, alternando bajadas con subidas, los vericuetos del laberinto medieval y una vez, en el itinerario imprevisible del pasacalles, le pareció que se ensanchaba en la explanada de la plaza de la Iglesia. Pese a la exactitud con que la señora Carlota de Torres creía situarlo en el espacio y en el tiempo, era sin duda un recuerdo traspapelado, procedente tal vez de los conciertos anuales con que la banda, contratada por el padre, celebraba aniversarios y onomásticas de la familia Torres al pie de los balcones del salón, porque, la noche evocada por la señora, no sonaba ningún trombón en la banda. La gran crisis minera del final de la guerra del 14 había diezmado también los músicos de L'Harmonia Fluvial. El primero en sumarse a la larga hilera de vecinos que emigraron a Barcelona a buscar trabajo, dejando calles enteras deshabitadas, fue el helicón, albañil de oficio; le siguieron un saxo tenor, el bombo y dos clarinetes.

133

El trombón fue el último junto con el fagot. Este regresó a la villa enloquecido por el bullicio insoportable de la capital pero no le quedó más remedio que vender el instrumento para cubrir necesidades más perentorias que las musicales. Por todo ello la banda quedó muy raída y los ensayos en las atarazanas del Arenal resultaban patéticos. Cuando el director, arrebatado por la inspiración, exigía en un momento de fuerza de la pieza la entrada ensordecedora del bombo o reclamaba mayor vigor del saxo tenor, había que hacerle volver a la realidad, recordarle que el primero llevaba dos años trabajando en el puerto de Barcelona y que el segundo había ingresado en una fábrica de cerveza de la misma capital. Ni la normalidad mortecina de antes de 1914, recuperada después del momento más grave de la gran crisis, ni el breve reavivamiento laboral provocado por la construcción del puente del Ebro, del grupo escolar y del muro que bordeaba los muelles —obras conseguidas gracias a una señora de la villa afincada en Madrid y con influencia entre los ministros de la dictadura de Primo de Rivera— repercutieron de manera importante en la banda. Surgieron dos nuevas vocaciones, una de violinista, otra de tambor, y el ingeniero responsable de las obras del puente aportó temporalmente la dulzura de una flauta travesera. Pero el trombón no fue sustituido, no había ninguno entre los músicos reunidos aprisa y corriendo la noche del 14 de abril de 1931 para celebrar el advenimiento de la República.

La parte del trombón era pues un recuerdo intruso en la riada de memoria que la presencia de Francesc Romaguera en la villa, el verano de 1971, había desencadenado en la señora Carlota de Torres y la había llevado en largas horas de insomnio del encuentro en la estación de ferrocarril de Faió, los días de la gran huelga de 1925, a la noche de entusiasmo popular en que había de reaparecer por las calles de la villa un viejo espectro sangriento.

Apenas el globo del ingeniero Ponç acabó de sobrevolar los muelles y perderse más allá del puente entre los resplandores de un crepúsculo de fuego, L'Harmonia Fluvial, al compás de la *Marsellesa*, comenzó a recorrer la villa ya enterada de la noticia antes del paso de los aeronautas que la proclamaban desde el cielo. Sin embargo, al cabo de una hora los instrumentos enmudecieron de repente y cuando sonaron de nuevo, mucho más tarde, las notas del himno revolucionario habían sido sustituidas por las de una marcha fúnebre ejecutada en el muelle de las Viudas. Una de las criadas, Verònica –que se guardó como de caer al río de confesar que había aprovechado la oportunidad de un recado para sumarse a la gresca republicana–, contó el caso con pelos y señales a la familia Torres y Camps, reunida en el salón y preocupada por los acontecimientos. Júlia Quintana había recibido un telegrama desde Faió en el que Nelson le comunicaba la muerte de su padre y le anunciaba la llegada del *Neptuno* con los despojos. Ante la emoción del señor Jaume, consternado por la muerte del antiguo navegante de la casa, la indiferencia de Carlota y el horror de los demás, Verònica, todavía muy impresionada, siguió contando la aparición, cuando se encendían las farolas de las calles, del laúd esperado en el muelle por la multitud que celebraba la marcha del rey y la proclamación de la República. Verònica informó de la presencia de los hijos del difunto, uno de la primera mujer, dos de la segunda, y no olvidó ningún miembro de la cáfila de cuñados, cuñadas, sobrinos y sobrinas, nietos y nietas generados por la vocación matrimonial del navegante. La familia Torres fue informada asimismo del relincho del macho, que ya debía presentir la proximidad del establo desde el *Neptuno* mientras la nave se acercaba al muelle, y de la serenidad de la hija de Arquímedes Quintana, que no chillaba ni hacía ninguna otra demostración de dolor mientras desembarcaban al difunto envuelto en una manta (aquí, la voz de la criada adoptó un tono reticente para dar a entender la desaprobación que le inspiraba tanto silencio). Como punto final, Verònica habló de la formación espontánea del cortejo, de la marcha fúnebre que había sustituido a la *Marsellesa* para acompañar al difunto a casa, y de la continuación de la fiesta una vez despejada la sombra de la muerte. Terminado el informe, la criada se fue a la cocina, donde ella y Adelaida se perdieron en una maraña de cavilaciones, incapaces de entender por qué tenía que irse el Bigotes, como llamaban al rey en la villa, y por qué regla de tres ponían en su lugar una reina con aquel nombre tan estrafalario de República.

La obsesionaba el falso recuerdo del trombón. La música había empapado las horas nocturnas de fronteras borrosas, que parecían encabalgarse en una confusión inextricable, roídas por la preocupación de las primeras noticias sobre la caída de la monarquía. Su padre, angustiado, se quedó mucho rato en el despacho. Hasta pasada medianoche, no oyó que iba a acostarse. La discreta llamada de Carmela en la puerta la sorprendió mientras espiaba el pasacalles por la ventana del balcón. La multitud llenaba la plaza de Armas, lanzaba vivas a la República y a una serie de personajes de los que ella no había oído hablar en toda su vida. Las aclamaciones sofocaban las músicas de los componentes de L'Harmonia Fluvial, agotados hasta el punto de que el bombardino juró no volver a meterse en política si el entusiasmo republicano tenía que suponerle siempre un trabajo tan fatigoso.

Carlota de Torres temía malas noticias: seguramente la criada había esperado inútilmente en la puertecita posterior de la cochera. Se equivocó: a la luz de la linterna, tras las facciones de una Carmela atemorizada por el alboroto de la calle, apareció la figura de Francesc Romaguera.

Quería romper el día cuando la criada volvió a guiar a Francesc por el laberinto de pasadizos de la parte posterior de la casa. El grito estalló inmediatamente casi bajo el balcón del dormitorio. La primera vez pensó en una confusión propia ocasionada por la bulla de la turba y permaneció tendida en el lecho revuelto, todavía estremecida, disfrutando del olor del hombre que la impregnaba. Añoraba el peso del otro cuerpo encima del suyo, el roce áspero de la cara de Francesc sobre el vientre, la fuerza de las caderas que ella le atenazaba con los muslos mientras la penetraba, su jadeo ansioso, cada vez más sincopado hasta que, en el momento de vaciarse, mientras lo sentía tensarse como un arco, se transformaba en un gemido ronco en cuya raíz le parecía adivinar a Carlota de Torres la desesperación del aniquilamiento. Entonces se sentía arrastrada por el orgasmo del macho. Cuando surgía lentamente del vértigo, buscaba siempre el cuerpo del hombre sin fuerzas, como descoyuntado junto a ella. Lo acariciaba con desmañada ternura pero el amante tardaba muy poco en escapar de la cama, dejándole únicamente el olor pegado a las sábanas revueltas. Carlota prefería no formularse preguntas acerca de los sentimientos de Francesc Romaguera a partir del encuentro en la estación de ferrocarril de Faió seis años atrás, cuando la gran huelga. Entonces, también con la complicidad incondicional de Carmela y la colaboración involuntaria de Hipòlit, de viaje por cuestiones administrativas de las minas, se vieron con frecuencia. Hicieron el amor por vez primera dentro del Ford, en la cochera, donde ella llevó a Francesc con el pretexto del revólver. También por primera vez, Carlota de Torres, liberada, vulnerable, se fundió en un orgasmo enloquecedor, desconocido hasta entonces, al cual solo sería capaz de entregarse en brazos de Francesc. Cuando él regresó a Madrid, Carlota contempló la partida del laúd oculta detrás de las cortinas del balcón; luego se abandonó a uno de los accesos de ira que hacían temblar las paredes, asustaban a todo dios y obligaban al señor Jaume a irse de casa –a la mina, al casino, al infierno– para no oírla. Intuía que Francesc no la quería y que eso era algo sin remedio. Sus relaciones no pasarían de aquellos encuentros durante las espaciadas visitas del hijo del terrateniente a la villa. Las entrevistas nocturnas, abrazos siempre demasiado breves para saciar sus ansias, la dejaban dolorida; entonces buscaba el olor del hombre en las sábanas empapadas de sudor, en la propia piel, sobre la cual frotaba con fuerza las manos impregnadas de la savia de Francesc.

El grito que no había querido oír la primera vez resonó de nuevo ahora claro, inequívoco, aislado de la murga de la banda, cuyos componentes, comenzando por el bombardino, se habían ido desgajando del pasacalles hasta que lo dejaron sin música cuando el alba indecisa comenzaba a temblar en las aguas del Ebro. No pudo eludirlo: el fantasma supuestamente desvanecido cobraba vida en las calles, resquebrajada la costra del tiempo. Se estremeció, desasosegada. La villa que respiraba alrededor de la casona, el mundo que Carlota de Torres jamás había intentado conocer ni comprender, ni siquiera cuando la gran huelga, tenía la insolencia de vivir por cuenta propia, de conservar la propia memoria y de pregonarla por las calles como una amenaza. ¿Qué hacía la guardia civil encerrada en el cuartel? ¿Por qué no salía a dispersar a la chusma a tiros y a culatazos como en 1925? ¡La República! Francesc lo decía: bastaba con media docena de cañonazos para acojonar a la purria y devolver las cosas a su sitio. Después, una buena limpieza, comenzando por la pandilla de traidores que, además de renegar de su clase, apoyaban a los obreros. También existían en la villa. Y no solo Aleix de Segarra, a fin de cuentas un ingenuo incapaz de matar una mosca... Pero la guardia civil no salía, pese a que ya no había que reclamarla a la ciudad; a partir de la gran huelga, la fuerza tenía un puesto permanente, bien guarnecido, en la población. La llegada de los tricornios se produjo el mismo día que las religiosas del callejón de la Barca abandonaban el convento en busca de un sitio más acogedor que la villa descreída. Carlota de Torres lo recordaba con todo lujo de detalles: la comitiva blanquinegra de monjas acababa de embarcar en un laúd cargado con sus bienes, entre los que destacaban un viejo armonio y el crucifijo de la capilla, cuando la nave del Obispo, llena de números de la Benemérita, apareció en la confluencia del Segre con el Ebro. Las embarcaciones se cruzaron casi rozándose frente al muelle de las Viudas. Aterrado por el horrible pecado cometido por la villa al dejar marchar a las religiosas –opinión plenamente compartida desde el Balcón del Apocalipsis por Feliça Roderes, a quien las fuerzas vivas, refractarias a abrir el bolsillo para resolver los problemas de la orden, hicieron oídos sordos–, el Obispo se acercó al máximo a la otra nave para dejar constancia ante la superiora de su dolor. Al ver a las religiosas, el comandante de los guardias formó la tropa encima de los sacos de arroz que el laúd subía del delta y les hizo presentar armas. Rígidos como espantapájaros, los tricornios cumplieron la orden, a excepción de uno gordo que, desequilibrado por el movimiento del laúd, se cayó contra la borda ante la mirada irónica de las mujeres que lavaban en el Ebro y de los navegantes atareados en los muelles. A partir de entonces, la fuerza se integró en el paisaje de la villa, el brigada fue admitido inmediatamente en el Casino de la Rueda, donde su presencia uniformada, bigotuda y fachendosa constituía una garantía de orden para los señores, intranquilos ante las reivindicaciones cada vez más organizadas y vigorosas de los mineros,

Pero ¿dónde estaban entonces –se decía Carlota de Torres, la noche del 14 de abril de 1931–, por qué no salían y atajaban el desorden republicano? ¿Por qué no ahogaban el grito que lanzaban los últimos grupos, aterrador como un presagio de sangre?

–¡Recordad a Arnau Terrer!

En el año 1971, el paisaje no era el mismo. La mayoría de los lugares donde el grito resonaba la noche de abril de 1931 resultaban ahora irreconocibles. El tropel del recuerdo se perdía entre los escombros, sin las referencias de entonces. De la plaza de la Espuerta, el primer lugar donde estalló la voz que reavivaba la memoria de Arnau Terrer, solo quedaba una casa en pie. En el itinerario por donde avanzó el grito en dirección a la plaza de Armas, las llagas de los edificios muertos extraviaban la memoria. Los huesos de Llorenç de Veriu, el primero en gritar el nombre de Arnau Terrer, llevaban más de treinta años sepultados en un yermo de Teruel y su casa había sido la primera en caer al comienzo de las destrucciones. A Carlota de Torres le parecía que el grito, que solo resonaba en su cerebro, subía por el balcón del dormitorio y daba vida al silencio. Revivía la misma cólera sentida el 14 de abril de 1931 al comprobar, a través de unas voces que ya no tenían nada que ver con el alegre pasacalles de antes, que la muerte del líder de los mineros no había sido olvidada; seguía viva, seis años después del día de 1925 que encontraron el cadáver de Arnau en la orilla del Ebro. Comenzaba a cumplirse la predicción de la viuda de Salleres, la única entre los señores que había condenado sin paliativos la muerte del forastero y presentido sus secuelas.

–¡Recordad a Arnau Terrer!

La noche de la proclamación de la República, Carmela también lo oyó cerca de la puerta posterior de la cochera, justo cuando la criada se disponía a abrirla para que Romaguera saliera. No descorrió el cerrojo. Esperó a que el grupo se alejara y las voces se fundieran con las canciones de otra cuadrilla en la cuesta del Horno. Francesc no abrió la boca, pero Carmela adivinó cómo se tensaba: aquello le afectaba de lleno pese a que, al producirse los hechos, él estaba ausente de la villa y no había vivido el alboroto provocado por la muerte del líder de los mineros.

Encontraron el cuerpo cerca del camino del Riber, al pie de un risco cerca del Ebro. Estaba encima de una sabina y una rama le atravesaba el pecho. Tan pronto como el pescador que descubrió el cadáver llegó a la villa para anunciar el suceso, alguien difundió una versión que atribuía la muerte a un accidente. Pero la pregunta surgió inmediatamente: ¿qué había ido a hacer allí Arnau, a tres horas de distancia de la villa, por un camino utilizado únicamente por los escasos payeses que tenían bancales en aquella parte? Los últimos que le habían visto vivo eran los amigos que le acompañaron de vuelta a casa la noche antes hasta la esquina del callejón de San Francisco con la plaza de las Armas. Él había proseguido solo para ir a acostarse a la Taberna de las Anguilas. Pero Arnau –aseguró el tabernero– aún no había llegado a casa cuando él echó a los últimos parroquianos casi una hora después. Tampoco había dormido en su jergón, como comprobaron al saber la desgracia, ni había estado con su novia. ¿Qué había ocurrido entre la esquina del callejón de San Francisco y la taberna? ¿Quién podía tragarse, suponiendo que Arnau hubiera ido voluntariamente al lugar donde encontró la muerte, la absurda historia de la caída accidental desde el risco a la sabina ni la de la rama que le atravesaba el corazón? La sospecha de un crimen se convirtió en certidumbre a media tarde, cuando míster

Oliver Wilson regresaba de una de sus habituales excursiones geológicas y se enteró de los hechos. El inglés, rodeado de la agitación de un grupo concentrado delante de la fonda, aseguraba haber visto muy de mañana, mientras recogía muestras minerales al pie de los roquedales del valle del Ebro, a alguien que regresaba apresuradamente a la villa por el camino del Riber. De acuerdo con los detalles –gorra de plato, leve cojera en la pierna izquierda– dados por el extranjero, el personaje solo podía ser el alguacil de la villa, mano derecha del alcalde. Al caer la noche, ante la rabia impotente del personal, el sicario, acompañado de dos guardias civiles, se presentó en la Fonda del Viejo Jabalí y transmitió a míster Wilson la orden de expulsión inmediata de la villa. El geólogo, siempre educado y correcto hasta el extremo de que el día de la boda de Nelson, cuando Atanasi Resurrección lo devolvía a cuestas a la fonda porque se había empapado de ron en el convite y no se tenía en pie, no se olvidó de quitarse el sombrero para saludar a la gente, perdió aquella vez los estribos. Gritando palabras incomprensibles, se abalanzó contra el funcionario y la pareja de guardias se las vio y deseó para sujetarle. Mientras el geólogo y Agatòclia hacían el equipaje, la fuerza montaba guardia en la puerta de la fonda sin dejar entrar un alma. La calesa del juez de instrucción comarcal y el furgón con el cadáver esperaron hasta una hora avanzada en las afueras de la villa antes de cruzarla camino de la ciudad. Al día siguiente, al cabo de pocas horas de la partida de míster Wilson y de Agatòclia Molina, despedidos en los muelles por una multitud silenciosa, el personal comprendió la razón del hallazgo del cadáver en aquel punto preciso del camino del Riber. Yacía unos metros más allá del límite del término municipal; así pues, el asunto pertenecía a la jurisdicción de la ciudad de la que era juez titular el ilustre señor Damià de Penyalver, y médico forense el también ilustre señor Ricard Canota, cuñado y primo, respectivamente, de Sadurní Romaguera, alcalde de la villa. La conclusión oficial de las diligencias fue de muerte por accidente y las protestas, entre las que destacaron las de la tertulia del Café del Muelle, de nada sirvieron. Una vez apaciguada la rabia de los primeros tiempos, el asunto pareció olvidarse, pero la otra villa, la ignorada o menospreciada por Carlota de Torres, lo tuvo muy presente a lo largo de los años. Así lo evidenciaron la noche de la proclamación de la República aquellas voces repetidas días después en el cine de la Sociedad Recreativa, engalanado con banderas tricolores, durante el concierto de piano con que un Aleix de Segarra deprimido por la muerte de Arquímedes Quintana celebró a petición del Ayuntamiento republicano la instauración del nuevo régimen político.

–¡Recordad a Arnau Terrer!

Casi cuarenta años después, durante la evocación de la señora Carlota de Torres, el recuerdo del grito quiso resucitar. Pero, perdido en las calles desfiguradas por las destrucciones, antes de hacerse audible se desintegró sobre el muelle de las Viudas, casi al lado de los mástiles de los barcos muertos.

V

La despedida con Júlia Quintana desalentó profundamente al viejo Nelson. Mientras volvía al Café del Muelle, el hilo del recuerdo recuperado en las fotografías le hacía revivir otros días. A veces, las imágenes eran nítidas; otras, giraban en remolinos, se deshacían como copos de ceniza si intentaba detenerlas.

Arquímedes Quintana aparecía insistentemente en ellas: veía el cadáver tendido en el fondo del *Neptuno* mientras el globo del ingeniero Ponç sobrevolaba la nave en abril de 1931 y recordaba apesadumbrado su propia frialdad ante la desgracia. No entendió su alcance hasta el momento del sepelio en el cementerio. A veces se preguntaba con perplejidad por las causas de tanta sequedad. Ni el desembarco en el muelle de las Viudas, ni la multitud amontonada en la orilla ni el dolor silencioso de Júlia ante el cuerpo de su padre consiguieron alterar su indiferencia. Durante el velatorio estuvo como ausente, apenas oía las conversaciones. No participaba del entusiasmo que la nueva situación política encendía entre los presentes con la música de fondo del pasacalles. El rey, la República... ¿Qué era aquello? ¿Qué significaba? Las palabras del marido de Júlia, uno de los más ilusionados con los cambios que supondría la instauración del nuevo régimen, no le pasaban de la piel. El dolor le asaltó de repente en el cementerio, mientras el sepulturero Jeremies —caliqueño negro en la comisura de los labios, nariz de pimiento y mirada turbia de borracho perpetuo— cubría desmañadamente la boca del nicho bajo el azul luminoso del día de abril; sintió que se hundía, se encontró a solas en un vacío oscuro, infinito, gélido. De noche no durmió y cuando zarpó de nuevo con el *Neptuno* intuyó que también el Ebro se le había vuelto extraño. La unión entre él y el río se rompió, cosa que no pasó desapercibida a la tripulación, y tampoco —como aseguraba Atanasi Resurrecció— al propio laúd, que perdió durante un tiempo la finura de navegar. A los treinta y ocho años, Nelson daba por quemada su fuerza, se sentía viejo. El recuerdo de entonces era el de una pesadilla angustiosa que se terminó al cabo de tres semanas, un día afortunado pero también funesto, la única mancha negra en su historial de navegante.

—Hoy llevarás un pasajero —le anunció el mozo de cuadras, Simó de Figueres, cuando le vio entrar en los establos—. Acaba de bajar una de las criadas, la que está tan buena, a decirlo de parte del administrador.

Aquello le sorprendió; El movimiento de viajeros por el río era constante pero no preocupaba jamás a los propietarios: admitirlos o no solía ser incumbencia de los patrones. Si el administrador, el tercero que la viuda instalaba en su cama desde la catástrofe del *Polifemo*, había enviado a una criada al romper el día, debía tratarse de un caso especial.

—¿Quién es?

El viejo mozo de cuadras acarició la tibia lisura del lomo de un macho antes de ponerle el cabezal; un poderoso estremecimiento recorrió como una ola la piel de la bestia, impregnada de un olor cálido y agrio de paja y de estiércol.

–Mírale. Ya está en el muelle. Ha llegado casi al mismo tiempo que la chica. Tendrían que enviar aquí más veces a esa chiquilla... ¡Rediós, vaya caderas!

Se acercó a la ventana, echó una mirada a los embarcaderos. Cerca de las naves iluminadas por un sol desleído detrás de un horizonte pintado con tintas violetas, vio a Francesc Romaguera. A unos pasos del señorito, un criado vigilaba el equipaje.

–¿Por qué no aprovechas la ocasión y lo arrojas al río, Nelson? –murmuró el mozo de cuadra a sus espaldas–. Un hijo de puta menos... Llévate también al mozo, esos lameculos no se merecen otra cosa. Son capaces de vender a su madre por una mirada o una palabra del señor. ¿No le has oído presumir nunca, a esa rata de cloaca, de las consideraciones que el amo tiene con él? ¡Me saca de quicio! ¡Desgraciados! El señor les ofrece la petaca una vez al año para que se líen un cigarrillo y eso les hace olvidar la miseria en que viven... Si hace falta, dejan incluso que se les jodan la mujer o las hijas...

Nelson no tuvo ánimo ni de cabrearse; a fin de cuentas, sería peor para él: tendría que cabrearse primero y descabrearse después. El *Neptuno* no era suyo sino de la viuda de Salleres. Si el administrador ordenaba embarcar a Francesc Romaguera, no había nada que decir. Morderse la lengua y fastidiarse. Salió de los establos mientras el mozo, que estaba de mala leche, seguía soltando pestes de los señores; el viejo cascarrabias ya tenía pretexto para rezongar todo el día. No tardaría en encaramarse a un pesebre para dirigir a las bestias un incendiario discurso sobre las miserias del mundo, endulzadas aquella mañana por la gracia de las caderas de la criada.

Nelson bajó al muelle, saludó con un buenos días a todos, invitó al pasajero a subir a bordo e hizo cargar su equipaje a Atanasi Resurrecció. Desde su puesto de patrón, a popa, dominaba la nave. Las caras hoscas de los peones mostraban el malhumor por la presencia del señorito atildado. Romaguera, sentado encima de las maletas con sumo cuidado de no ensuciarse de carbón, encendió un cigarro antes de corresponder con displicencia al adiós del mozo cuando el *Neptuno*, una vez retirada la palanca, zarpaba lentamente del muelle.

En la villa, nadie podía tragar a Francesc Romaguera, sin que tuvieran nada que ver con la fobia las noches del picapleitos de la capital con Carlota de Torres, noches de dominio público de las que Adelaida y Verònica ofrecían información puntual y minuciosa sin dejarse en el saco un chirrido de somier, un gemido o un suspiro de la gresca que escuchaban desde la oscuridad del pasillo a escondidas de Carmela, centinela insobornable y celosa de la puerta del dormitorio. En asuntos de cama, la villa se inclinaba sin rodeos por el polvo jovial, y los amores de Carlota de Torres con el hijo de Sadurní Romaguera ya no tenían el aliciente de la novedad que los había hecho merecedores del chismorreo seis años atrás. Por otra parte, que la señora engañara a Hipòlit respondía a una fatalidad antigua y bien conocida. Honorat del Cafè, que por aquel entonces ya pensaba seriamente en retirarse y dedicar su tiempo a las colecciones familiares de botánica y de instrumentos de farmacia, y a su pasión por la lectura, afirmaba que sobre cada familia planeaba una especie de hado que, de manera más o menos evidente pero indefectible, afectaba a sus miembros a lo largo de generaciones. De acuerdo con eso, constataba solo a modo de ejemplo y como anticipo del estudio definitivo, que la Salleres era un caso clarísimo de familia de viudas en la que los maridos duraban el tiempo imprescindible (año más, año menos) para fecundar a las hembras, irse al otro barrio y dejar paso en la cama de matrimonio a los hombres de confianza. El boticario hacía resaltar asimismo la fiebre por los líos legales que enloquecía a la familia de los Sansa, siempre metida en pleitos interminables, transmitidos de una generación a otra sin el menor desfallecimiento, hasta el punto de que se decía que Juli Sansa se había ido al otro barrio por ganar en un abrir y cerrar de ojos un proceso embrolladísimo y frondoso con el que pensaba deleitarse como mínimo un lustro entero. ¿Quién podía negar que todos los Saboga, patrones de valía indiscutible, encallaban por lo menos una vez en la vida en la mejana de la Herradura, mala estrella aún más sorprendente si se tenía en cuenta que se trataba de un punto sin peligro donde jamás encallaba barco alguno? Los Quintana de Roca siempre morían un jueves; los Oliver disfrutaban del don de oler las vetas de lignito y de encontrar la mandrágora; las yeguas de los Castelló siempre eran estériles y un hado ineludible condenaba a los hombres de la familia Móra a que los engañaban por sus respectivas mujeres. La tradición de cornudos (pero no de cabrones –matizaba el boticario– porque los Móra no podían avenirse a lo que ignoraban ni les pasaba por la cabeza dudar de la virtud de las esposas) solo estuvo a punto de romperse cuando Gelabert de Móra, seis años después de la boda, todavía no había sido coronado por la mujer. Eso suscitó una cierta impaciencia entre el vecindario, y la gente no se sintió aliviada hasta enterarse del desliz de la señora con un concejal de Lleida. Cuando el hado se cumplió, la mujer, incapaz de entender, según confesó a una amiga, el impulso misterioso que la había metido en la cama de un hombre que ni siquiera le gustaba (y que, todo hay que decirlo, resultó un sosaina), se dedicó en cuerpo y alma a Desideri, de quien estaba realmente enamorada, sin faltarle nunca más ni con el pensamiento. Hipòlit de Móra padeció el destino familiar, pero, al contrario que la suegra, Carlota de Torres no se contentó con un desliz sin consecuencias. A partir de la gran huelga, si Francesc Romaguera debía aparecer en la villa, surgían problemas de papeleo de las minas, dificultades con la empresa farmacéutica de Marsella importadora del extracto de regaliz de la fábrica o asuntos relativos a las numerosas inversiones en valores de los Torres y Camps y de los Móra y Torres. Hipòlit tenía que ir de viaje a Madrid o a Francia. Cosa que, por otra parte, siempre le apetecía: aprovechaba la ocasión visitar los burdeles de lujo, donde siempre exigía –por ley de compensación, según Honorat del Cafè– señoritas rubias, delgadas y dulces.

La hostilidad de la villa contra Romaguera, una muestra de la cual eran los gruñidos con que la tripulación del *Neptuno* acogió al viajero a bordo, se remontaba también al verano de 1925, cuando el abogado se mostró aún más arrogante y duro con los mineros que su padre. Había llegado al punto de abofetear a Arnau Terrer mientras este le increpaba durante un alboroto en la puerta del Ayuntamiento, cuando los representantes de los huelguistas intentaban entrar en él para hablar con los propietarios reunidos con el alcalde. La memoria popular conservaba la imagen del señorito mientras escupía el veneno contra la «chusma roja» de los manifestantes, protegido por la guardia civil, después del incidente con el líder obrero. Cuando la muerte de Arnau, el joven Romaguera no se hallaba en la villa; había regresado a Madrid una semana antes, pero nadie, ni los conservadores más recalcitrantes en los conciliábulos del Casino de la Rueda, le absolvía de la responsabilidad en la inducción del crimen. Recordaban las amenazas proferidas por el señorito durante la trifulca y su papel en la represión de asambleas y manifestaciones. Sobre el autor de la orden de matar al minero, no había la menor duda. A poco más de un año del crimen, el alguacil visto por míster Wilson en el camino del Riber fue víctima de una extraña enfermedad que le consumió en una semana y dio mucho que hablar.

A un paso de la muerte, el esbirro, aterrorizado, roído por los remordimientos, comenzó a maldecir a Sadurní Romaguera, por cuya culpa –gritaba– llevaba las manos manchadas con la sangre de Arnau Terrer. La familia, asustada, expulsó del dormitorio al personal del velatorio e intentó ahogar los chillidos terroríficos del moribundo tapándole la boca con una toalla, pero ya no había remedio. Todos oyeron sus palabras y la villa se enteró de la historia: la detención del líder cuando iba a dormir a la Taberna de las Anguilas, el traslado del preso fuera del término municipal, el asesinato de un disparo de revólver, la rama de sabina clavada en la herida para simular un accidente... El alguacil, tragándose el estertor de la agonía que no podía exhalar a través de la mordaza, murió al cabo de dos días, al filo de una madrugada azotada por el cierzo. Sepultado el difunto –atardecer vinoso entre los cipreses del cementerio, envolviendo a los cuatro gatos ateridos de la comitiva–, pareció que las revelaciones del alguacil se desvanecerían junto con la imagen del asesino. Ahora bien, el silencio de la villa no significaba el olvido. Así se hizo evidente la noche de la proclamación de la República, cuando los grupos gritaron por las calles el nombre del líder liquidado en el camino del Riber.

Los últimos acontecimientos acababan de disipar cualquier duda sobre Francesc Romaguera. Nelson y la tripulación conocían las manifestaciones del señorito a propósito del cambio de régimen, calcadas de las de su padre, que también echaba fuego por los ojos desde su sustitución por un alcalde republicano. Padre e hijo despotricaban en el Casino de la Rueda, donde habían mantenido muchas peleas verbales con el médico más joven de la villa y otros socios de convicciones republicanas que acabaron por no volver a la sede de los señores. Por aquel entonces, los espejos del casino ya jugaban a menudo con el monóculo de Von Müller –«un nazi asqueroso», murmuraba Estanislau Corbera en el Café del Muelle–, el alemán que había comprado con la mediación de los Romaguera una gran finca en la orilla del Ebro. El extranjero había instalado en ella una potente emisora de radio además de un observatorio meteorológico. Por la villa, procedentes de Alemania y camino de la finca, desfilaban continuamente jóvenes arias esculturales, altísimas; según contaban navegantes y pescadores atónitos, nadaban en pleno invierno en las aguas heladas del Ebro.

Aquella mañana, a Nelson, todo aquello no le daba ni frío ni calor. Apenas zarparon, se encerró en el caparazón de la modorra mientras tripulaba rutinariamente el *Neptuno* río abajo. El sol aclaraba rápidamente los azules oscuros del agua; en las orillas, los vagones, remolcados por animales resignados, comenzaban a rodar por las vías de los cargaderos y de los terraplenes de ganga de las minas. La cadencia de la boga adormilaba al patrón. En su cerebro se amontonaban pensamientos sombríos: al recuerdo de la hija muerta, siempre presente, se sumaba la imagen del viejo Arquímedes y un cansancio espantoso le impulsaba a terminar de una vez: un balazo –la idea le obsesionaba– era la escapatoria de una situación insoportable.

Los navegantes más sensatos y ecuánimes no encontraron al suceso más explicación –a no ser una mala jugada del destino inescrutable, precisaba Honorat del Cafè– que el abatimiento que devoraba a Nelson a partir de la muerte de Arquímedes Quintana. Ni el propio patrón consiguió entender el error: el estruendo fue espantoso, como si la quilla acabara de hacerse astillas. Con un movimiento seco, la caña del timón golpeó los muslos de Nelson y lo arrojó por encima de la borda. Vio girar el cielo como un remolino mientras intentaba aferrarse a las bitas de popa antes de caer de espaldas al agua. Solo oyó media blasfemia de Atanasi, que siempre las soltaba larguísimas, y tuvo que tragarse la propia –un conciso «cojones de dios» heredado del veterano de Tetuán que le conocían en toda la ribera– junto con un buen trago de agua. Notó el choque con los guijarros del fondo y cuando, sin dejar de toser, consiguió ponerse en pie, se dio cuenta del desastre: acababan de embarrancar en una mejana. El choque había arrancado a los remeros de los bancos, el macho coceaba desesperadamente luchando por incorporarse entre la masa negra del carbón desplazado por el escoramiento de la nave a babor.

Casi cuarenta años después, mientras se dirigía al Café del Muelle, el viejo Nelson, lleno de los recuerdos avivados por la despedida de Júlia, revivía la vergüenza, nunca digerida del todo, del embarrancamiento. Afortunadamente el laúd no se había desventrado. Pese a todo hubo que arrojar muchas toneladas de lignito al agua para desencallarlo. A excepción de algún magullamiento, los peones se hallaban ilesos. Solo el señorito, medio inconsciente a consecuencia de un batacazo contra un tolete, sangraba de una manera escandalosa.

El peso de la vergüenza le hizo salir del marasmo en que le había hundido la muerte del viejo Arquímedes. El embarrancamiento y la pérdida del material se le hundieron en el alma pese a la defensa de la viuda –«Al infierno el carbón; Nelson es el mejor patrón del Ebro»– y a partir de entonces jamás consiguió pasar cerca de la mejana de la Herradura sin rememorar el hecho y sentir de nuevo el crujido del casco contra el fondo. La isla también tenía que quedarle grabada en la memoria, cinco años después, por un incidente más grave que la herida en el amor propio de un patrón de laúd del Ebro o la pérdida de unas toneladas de lignito de la viuda de Salleres.

No soplaba ni una pizca de bochorno. El mundo, golpeado por el implacable calor de julio, parecía a punto de resquebrajarse. Entre los riscos amarillos y rojos de las vertientes del valle graznaban los cuervos. El macho sirgaba lentamente por la orilla derecha remolcando el laúd. De vuelta de Tortosa, cerca ya de la villa, el *Neptuno* remontaba el Ebro con una pesada carga de arroz y de cachivaches de barro. Cerca de la mejana de la Herradura, Joanet del Pla, que hundía a proa el bichero a fin de aliviar el esfuerzo de la bestia, lanzó de pronto un grito mientras señalaba un punto de la isla cubierta de sauces.

Nelson no le hizo mucho caso. Tenía otras preocupaciones; le inquietaban las noticias todavía confusas sobre una rebelión militar en Marruecos, que corrían de madrugada por los muelles de Faió. Sí, África estaba lejos y el patrón de Miravet que comentaba los rumores aseguraba que aquello no sería nada, pura agua de borrajas, pero todos se morían por llegar a la villa, donde todavía bullía el entusiasmo despertado por la victoria del Frente Popular en las elecciones de febrero. La gente acababa de recuperar la esperanza después de las frustraciones acumuladas a partir de la proclamación de la República, alguna tan dolorosa y de tanta resonancia en la villa como la represión de la revolución de los mineros de Asturias. Volvía a haber ilusión y en todas partes –los socialistas en el Café del Muelle, los republicanos de izquierda en el Central y los comunistas en el de la Muralla, casi justo enfrente de la Taberna de las Anguilas, donde se reunían los libertarios– el personal confiaba en el fruto de la victoria. Pero Nelson no veía las cosas tan claras, no vislumbraba el desenlace de la situación ni cuál de los partidos con militantes en la villa tenía realmente la posibilidad de conseguir el paraíso prometido en cada mitin. Lo discursos le fatigaban, las teorías políticas le hacían bostezar y le cabreaban; no las entendía. El sentido común no le ofrecía más recurso para aclararse que deducir las garantías de cada una de las opciones políticas del talante de los respectivos dirigentes. Aquella actitud, llena de atolladeros esquivados con bastante lucidez, llevaba las cosas a un terreno comprensible, cotidiano, despojado de la faramalla de quienes querían hacer creer a la gente que todo el monte es orégano o prometían el oro y el moro. Reducía los líderes a gente de carne y hueso que tomaban café a su lado, arrancaban carbón en la mina o se deslomaban a fuerza de navegar por aquellos ríos de dios; gente que se casaba, que caía enferma, que iba al baile; gente a la que veía moverse por las peripecias de la vida, gente querida y también, quizá, detestada. Tampoco de ello sacaba agua clara, por lo menos no tanto como Atanasi Resurrecció. El peón veía en el comunismo la solución indiscutible y se consagraba al partido. ¿Dónde residía la verdad si las discrepancias entre los que debían solucionar los problemas del mundo estaban encrespadas hasta el punto de llevarles a olvidar al enemigo común para pelearse entre ellos? A fin de cuentas, ¿no cambiarían un amo por otro y tendrían que seguir trabajando como hasta entonces o más? ¿Era posible cambiar las cosas? Atanasi decía que en Rusia... Pero Rusia quedaba lejos y vete a saber lo que había de verdad en lo que decía la propaganda. A veces pensaba tener una conversación con Aleix de Segarra sobre las cuestiones que le traían de cabeza pero nunca se atrevía a hacerlo. A causa de la antigua relación de Aleix con el viejo Arquímedes Quintana, entre Nelson y el artista había una barrera de respeto. El pintor le cohibía. No compartía una cierta incomodidad, amasada oscuramente con un recelo secular, de mucha gente que desconfiaba de Aleix de Segarra y de los otros señores republicanos, incluso con simpatías manifiestas hacia los obreros. Renegar de la propia clase para defender los intereses de los que, al fin y al cabo, querían destruirla, ¿iba más allá de una travesura de niños caprichosos o –como afirmaban algunos abiertamente– era una manera de afianzar un pie en cada lado para hallarse al abrigo soplara de donde soplase el viento? Nada de eso le parecía probable en lo que se refería a Aleix, definitivamente marginado por los señorones. Si bien habían contemplado con una cierta indulgencia las locuras de los días de El Edén, los conservadores no le perdonaban su actitud con motivo de la muerte de Arnau Terrer y menos aún su decidido apoyo a la República primero y ahora al Frente Popular. En los últimos tiempos, además, Nelson le veía poco...

El patrón no tuvo tiempo de enzarzarse en especulaciones sobre la causa del aislamiento de Aleix, los supuestos amores del artista –terribles, ignominiosos, diabólicos, según Feliça Roderes, que muchas veces aludía veladamente a ellos desde el Balcón del Apocalipsis además de denunciarlos confidencialmente al obispo de Lleida–, porque los gritos de Joanet del Pla le ahuyentaron las preocupaciones.

–¿Qué pasa?

–¡Veo un cuerpo en la mejana, entre los sauces!

–¡La puta de oros! –soltó Atanasi Resurrecció–. Debe ser un ahogado.

A Nelson se le hizo un nudo en la garganta. Si Joanet no se equivocaba, y era casi imposible porque tenía la vista muy fina, habría dado un brazo por hallarse lejos de allí y no verse en el apuro de recoger el cadáver. Cumplir aquel deber, tan humanitario como legal, le enfermaba: si la imagen de la muerte siempre era estremecedora, en el río resultaba asquerosa y horrible. Siempre pensaba en su padre, desaparecido en la Lliberola, que había terminado seguramente como aquellos desgraciados, hinchados como odres, sucios de barro, mordisqueados por las anguilas. En cada ocasión, hasta que el tiempo le arrebataba las imágenes obsesivas, odiaba el río y lo maldecía.

–¿Dónde está?

–En la punta de la mejana.

Hizo parar al macho, largó sirga y puso proa a la isla. El Ebro, espejo chispeante, deslumbraba; un halo azulado y pegajoso temblaba sobre la mejana de la Herradura. Joanet saltó a tierra y se dirigió por una lengua de glera hacia la forma entrevista en medio de la vegetación. Nelson no quería ni mirar. ¿Quién debía ser? ¿Alguien del pueblo? Si no, ¿de dónde le habían arrastrado las aguas, en qué lugar le buscaban con angustia? Cuando se decidió a desembarcar, una carcajada estalló entre los sauces. Nelson se preguntó si el hallazgo habría trastornado al peón. Blasfemó.

–¡Nelson, ven! –gritaba el otro–. ¡En tu vida has visto algo semejante!

Saltó del laúd y se encaminó hacia los sauces. A través de las alpargatas percibía el ardor de los guijarros cubiertos de escamas de barro que se rompían como hojas secas bajo los pies. Vio un brazo alzado al aire, una mano con tres dedos mutilados. Cuando apartó las ramas de los sauces, aparecieron el cuerpo recubierto de costras de barro, la cara con una mejilla hundida en el agua y la otra medio deshecha. El blanco de un ojo brillaba entre dos capas de lodo negruzco, la pupila inmóvil contemplaba el cielo sin nubes.

–¡Una estatua! –exclamó Atanasi Resurrecció.

–¡Un santo! –afirmó Joanet del Pla con alivio mientras mojaba la figura para limpiarla–. ¡Un santo de misa!

El lodo se escurría por las mejillas de la imagen, dejaba ver su policromía: el rosa pálido de las mejillas daba paso a la oscuridad de la barba, larga y rizada, donde estallaba el bermellón de los labios.

–Parece un obispo –murmuró el tercer peón, que había dejado el animal atado a la orilla derecha y acababa de cruzar nadando el canal que la separaba de la isla.

Nelson pasó la mano por la nuca de la imagen.

–Ayudadme.

–Deja, deja...

Atanasi Resurrecció desatascó la gigantesca figura —el brazo se movió como si estuviera vivo— y la levantó. El pecho, donde la madera policromada representaba una dalmática, parecía una criba: estaba lleno de agujeros, como si se lo hubiera comido la carcoma.

—Parece un escopetazo —exclamó Joanet del Pla.

—Tienes razón —dijo Nelson mientras dejaban la talla apoyada en un sauce. El machero recorría la mejana y los llamaba.

El ala, también de madera, con la blancura manchada por el barro, era visible entre los juncos; el mancebo rubio los observaba con una mirada azul desde la cara desnarigada.

—¡Cojones, un ángel!

Le faltaba el ala izquierda, tenía solo una mano y el cuerpo estaba lleno de magulladuras.

—¡Pobre chico!

El segundo barbudo, casi desnudo y con una calavera en la mano derecha, apareció cerca del ángel y al lado también de una cuarta imagen, esta con barbas blancas, abrazada a una cruz en forma de aspa. La santa, rubia y con cara de arrobo, no había llegado a los sauces; estaba sumergida en el agua estancada a media docena de pasos de la orilla, junto con tres diablillos cornudos con horcas de hierro y un frontal de altar lleno de figuras pintadas. Más arriba, en la entrada de uno de los canales de la isla, la imagen mutilada de un santo yacía de bruces junto a una virgen vestida con una túnica azul. Un reclinatorio negro se había enredado en las raíces del álamo dejado en la isla muchos años atrás por una riada.

Sacaron el santerío del agua, lo reunieron en el punto más elevado de la mejana, entre unos sauces.

—Parecen muertos, ¿verdad, Nelson? —murmuró Joanet, algo perplejo ante la cantidad de imágenes.

—Por lo menos, es como si hubieran querido matarlos. Volvamos al laúd, rápido.

Una carpa rasgó la piel del agua: el brillo plateado del pez rodeado de gotas irisadas pareció inmovilizarse en el punto álgido del salto. El ruido que hizo al hundirse dio la medida exacta del pesado silencio que aplastaba el valle.

«Tendrías que oír las cribas de la mina Amat», se dijo Nelson mientras embarcaban. Pero la quietud era total. Reanudaron la navegación. En el camino de la ribera no se veía ni un alma. De repente cayeron en la cuenta de que no habían encontrado ningún laúd de bajada de la villa y un funesto presentimiento les atenazó el corazón. Nelson aguzó el oído: todavía no se oían las cribas. Casi a la vista de los muelles de la mina, apareció una mula al galope entre los olivos. En el horizonte, por el lado de las tierras del Segrià, ascendían al cielo columnas de humo.

Cuando bajaba de casa de Júlia al Café del Muelle, el viejo Nelson se detuvo ante el antiguo convento. Al día siguiente, el edificio sería derribado, una dentellada más en el implacable proceso de la destrucción de la villa. Por un momento pensó en el misterio oculto detrás de aquella puerta sobre el cual Honorat del Rom especulaba más de una vez, y evocó la figura de Aleix de Segarra una de las últimas veces que le había visto en los altos miradores. La imagen del pintor se esfumó, el patrón siguió lentamente callejón abajo: el hilo de los recuerdos retornó al día de julio de 1936, cuando el barco pasaba frente a la mina Amat. Mientras miraban con inquietud las instalaciones desiertas, sonó un golpe en la proa.

–¡Otro! –exclamó Atanasi Resurrecció–. ¡Este parece el san Blas de la iglesia de la villa!

Nelson sintió el roce en el lado de estribor: después, el barbudo de madera se perdió Ebro abajo entre la espuma de la estela del *Neptuno*.

VI

La vibración premonitoria de la ruina del convento asustó a las ratas. Chillando de terror, los animalejos se dispersaron por las salas vacías en busca de caminos de huida por agujeros y cloacas. Una de ellas cruzó el vestíbulo, donde ya se veían los cables tensos después del primer tirón de las máquinas, e intentó trepar por una pared: las uñas afiladas como navajas se clavaron en un zapato de la mujer antes de trepar por el vestido hasta el collar de perlas, encima del escote, donde terminaba la rojez de fuego de la ropa y comenzaba la suavidad rosada de la carne desnuda. Una vibración más vigorosa sacudió la pared; la rata cayó al suelo y se llevó de un arañazo unas cuantas perlas y un trozo de la fantasía de plumas de colores del sombrero. Pese a esto, la sonrisa no desapareció de la boca de la mujer ni se le marchitó el brillo malicioso de los ojos. Otra sacudida, más enérgica y duradera que las primeras, dotó de movimiento al pianista, sentado a su lado. Pareció como si los dedos del músico se deslizaran por el teclado del instrumento para tocar la melodía que bailaban las coristas de segundo término mientras la multitud de mineros, navegantes, payeses y menestrales, situada en la pared del otro lado del vestíbulo, estallaba en un grito inaudible de entusiasmo. Otro tirón, brutal, seguido de los siniestros chillidos de las ratas, privó de la sonrisa a la dama del sombrero emplumado: el desprendimiento de una costra de pintura le desfiguró los labios y dejó al descubierto la blancura del esponjoso revoque de yeso de la pared sobre el que Aleix de Segarra había plasmado en unos murales enormes las viejas imágenes de los días de El Edén con una nostalgia irónica.

Era el primer mural que pintó allí, cuando la marcha de las monjas, en 1925, le permitió recuperar el edificio del convento, prestado a la orden de religiosas por un tatarabuelo lúbrico como penitencia por sus pecados. Aunque no quedaba constancia de ello en los archivos familiares, por otra parte bastante descuidados por Aleix, poco entusiasta de los legajos polvorientos amontonados en los estantes más altos de la biblioteca, el rumor popular concretaba el extravío del señor Domènec de Segarra en la seducción y desfloración de una monja cuando la congregación, entonces pomposa y próspera, ocupaba un caserón de la calle del Anzuelo. La conquista, atribuida por las lenguas maliciosas de la época a una trampa urdida por la superiora y no al poder de seducción de Segarra, ya mayor y bastante maltrecho, decepcionó al calavera; la religiosa, despojada del misterio incitante de los hábitos debajo de los cuales el deseo del crápula imaginaba encantos enloquecedores, se reveló escurrida de caderas, blandorra de tetas, sosa sin remedio y, para remachar el clavo, le infundió pánico a las penas infernales. Manipulados por el capellán a instancias de la superiora, los temores y el ansia de perdón del pecador desembocaron en la cesión –solo temporal, gracias a oportunas intervenciones familiares que atajaron lo que iba a convertirse en una donación irrecuperable– del edificio a la comunidad pía. Si alguien hubiera podido anticiparle entonces las revelaciones de una sesión de espiritismo celebrada en 1930 en el Café del Muelle, las cosas habrían ido de otra manera: además de enterarse de que la abuela de Estanislau Corbera, reencarnada en una yegua italiana, acababa de ganar el Palio de Siena, lo que llenó al cafetero de legítimo orgullo familiar, y de otras cosas sorprendentes sobre diferentes vecinos de la villa (Honorat del Cafè había sido cantinera del ejército napoleónico durante la expedición a Egipto; la viuda Salleres, senador romano, y el estanquero, Garibaldi), el antepasado de Aleix de Segarra habría visto que su destino no debían ser las calderas del infierno sino la reencarnación como contramaestre de un barco holandés dedicado al tráfico de la copra en los mares del Sur. Pero eso no sucedió, el pánico del infeliz no disminuyó y el edificio fue cedido a las monjas. La familia Segarra no lo recuperó hasta cuarenta años después, cuando las religiosas abandonaron la población el día de la llegada del primer destacamento estable de guardias civiles en el barco del Obispo. La coincidencia nunca fue considerada casual y dio lugar a una sesión brillantísima en la tertulia del taller del carpintero de ribera, en la que los presentes analizaron de manera implacable, sin olvidar detalle, el simbolismo de aquel trueque de hábitos por uniformes, de cruces por fusiles y de tocas por tricornios.

Al día siguiente de la recuperación del convento, Aleix quemó azufre en las habitaciones, hizo fregar con lejía suelos, puertas y ventanas, y esparció por todas partes haces de tomillo y romero. Tan pronto como las esencias penetraron a fondo, comenzó a pintar en las paredes, iniciando con la plasmación de sus recuerdos de los días desvanecidos de El Edén un proceso que duraría años, hasta el momento en que al artista lo arrastró la negra ventolera que barrió la villa.

La rata rezagada acababa de encontrar el camino de la huida. Su cola pelada se deslizaba por un hueco de la cañería de la cocina cuando una nueva vibración sacudió la escalinata que unía el vestíbulo con el primer piso y estremeció el carnaval pintado en los muros que la rodeaban: era como si las máscaras desdentadas, los demonios cornudos, las brujas impúdicas con flores de trapo en el culo y los narigudos estrambóticos de cabellera enharinada quisieran despegarse de las paredes y comenzar a botar por los escalones al compás de la murga de cencerros y cazuelas. No era el carnaval almibarado y falso –arlequines ambiguos y marquesas de feria con antifaces– del Casino de la Rueda o del Salón de las Vírgenes Mártires. Era el viejo carnaval popular, la fuerza ancestral que empujaba a Honorat del Cafè a salir en secreto disfrazado de chivo y a embestir a la gente con la cabeza cornuda; la que desasosegaba a la pescadera de los Porches hasta que se ponía el uniforme del abuelo, el de la guerra de Cuba, y se cubría la cara para encontrarse con el cardenal –disfraz ignorado de Estanislau Corbera– y hacer al amor con él en el camarote de un laúd sin romper el mutuo anonimato; la misma fuerza que mantenía a una horrible figura negra inmóvil durante horas y horas ante la casa de los Romaguera.

Aquella figura trágica, en quien todos creían adivinar a la antigua compañera de Arnau Terrer, estaba pintada en el lado izquierdo de la escalinata, cerca de dos máscaras que ocultaban al artista y a Malena, su tía política, viuda desde hacía poco más de un año. Habían pasado las enojosas obligaciones del primer aniversario de la defunción y la repetición macabra de la misa de difuntos –túmulo al pie del altar, lúgubres responsos y tufo de cera–, así como las inevitables visitas de cumplido con las retahílas hipócritas de los pésames, y Malena se había dejado convencer fácilmente por las incitaciones del sobrino, solo un par de años más joven que ella, a comenzar a aventar, bajo el secreto de la máscara, la mediocridad del tiempo de casada. ¿Tenía que quedarse siempre así –insinuaba Aleix–, consumirse en memoria del tío Ignasi, de un marido con quien la había casado la familia? ¿Tenía que encerrarse en casa para siempre jamás sin haber disfrutado de la vida? ¿Por qué no se lanzaba a la calle, se dejaba arrastrar por la locura anónima del carnaval que la villa aprovechaba para desahogar represiones y disipar fantasmas?

Aquella mañana de 1971, en su silenciosa habitación de enferma, la vieja Malena volvía a oír la voz de Aleix como la tarde de 1926: sonaba tranquila, incitante. Las criadas habían ido a sumarse a la fiesta, disfrazadas con ropas que ella les había permitido elegir entre las guardadas dentro de los baúles de los desvanes, donde compartían polvo y telarañas con los inventos mecánicos del abuelo Hermes y las esculturas inacabadas y los autómatas de la tía Severina. Malena y el sobrino estaban solos en casa, oyendo la murga de las pandillas en la calle y ella intuyó que la trampa invisible que sentía crecer a su alrededor desde hacía un año, iba a envolverla definitivamente cuando el sobrino –la palabra, aplicada a Aleix, siempre había hecho reír en secreto a Malena– comenzara a hablar. Nunca le había hecho la corte a las claras; era tan discreto que ella llegó a dudar de su propia intuición, la cual, algo después de su instalación en la casona de los Segarra a partir de la boda con Ignasi, un poco antes de la guerra del 14, la hizo adivinar, a través de detalles ínfimos, casi imperceptibles, los sentimientos del sobrino político. Descubrió con preocupación que ella le correspondía al notar la dentellada de los celos durante los días de esplendor de El Edén, cuando las murmuraciones sobre Madamfransuà y las bacanales en el café-concierto

163

eran el tema predilecto en las chocolatadas de las señoras de la villa. Eso continuó pese a la marcha de la francesa siempre que Aleix embarcaba en el laúd de Arquímedes Quintana y desaparecía días y días en unas ausencias que Ignasi, sin darse cuenta de las reacciones de su mujer, atribuía a la existencia de una amante tortosina; había oído animados comentarios acerca de esta del señor Jaume de Torres, bien informado por sus navegantes de lo que ocurría de la villa hasta el delta. Cuando el sobrino reaparecía, el recibimiento era de una frialdad desconcertante, cuyas causas Aleix era incapaz de descubrir. La muerte repentina de Ignasi –un ataque al corazón, según uno de los pocos diagnósticos acertados del doctor Beltran– acentuó las muestras de ternura de Aleix. Se había sentido desprotegida al faltarle la presencia del difunto, más paternal que otra cosa; encontrarse a solas con Aleix la asustaba y la excitaba a un tiempo: la severidad del luto no conseguía mitigar los sentimientos que la trastornaban. Pensó en desaparecer una temporada, seguir los consejos de parientes que insistían en un cambio de aires hasta que se calmara el «dolorosísimo dolor» –decía la tía Assumpta desde Barcelona en una carta consoladora– que la ausencia del «queridísimo querido» le ocasionaba. Sin embargo, acabó renunciando a la huida, a la «tranquilísima tranquilidad» de Vichy que su tía proponía como lenitivo. No se movió de la villa, incapaz de alejarse del sobrino. Pero Aleix, entonces, casi nunca paraba en casa; solo le veía, y no siempre, a la hora de las comidas. De noche, mientras él estaba en el Café del Muelle después de haber trabajado todo el día en los murales del convento, permanecía despierta. Le oía llegar, cruzar el pasillo, camino de las habitaciones del segundo piso, y se tensaba, ansiosa y atemorizada. Cuando los pasos, después de lo que ella imaginaba una vacilación ante su puerta, se perdían escaleras arriba, se relajaba, pero el latido acelerado del corazón, como el profundo palpitar de una riada, tardaba en calmarse. El primer rechazo de la propuesta de Aleix de enmascararse y participar en el carnaval, más que una negativa, fue un débil intento de conjurar el terror, de justificarse ante el recuerdo del difunto, que las ceremonias tenebrosas del aniversario habían resucitado en la casa. Pero la voz incitante de Aleix, que, poco a poco y sin atreverse a creérselo, había acabado por adivinar los sentimientos de ella y ya no se engañaba acerca de su actitud, venció fácilmente la resistencia mantenida sin convicción.

Cuarenta años después, la voz de Aleix seguía viva en la memoria de Malena de Segarra. Se conservaba tan intensa como la sensación enloquecedora de excitación y de liberación con que se lanzaron de repente a preparar unos disfraces que les aseguraran el anonimato en medio del bullicio de las calles. En los frescos de la escalinata, detrás de dos máscaras venecianas, estaba la clave de aquellos momentos, el inicio de una historia que quedaría plasmada en los muros del primer piso del convento. La puerta permanecería sellada desde entonces, la vieja Malena quería que el secreto se hundiera con el edificio. Había encargado a Anna, la sirvienta discreta y fiel, que vigilara la demolición: que nadie subiera a las celdas ni entrase en la capilla. La sirvienta hizo cumplir estrictamente las órdenes. Los mismos obreros que ya se habían asustado ante la cabeza de Polifemo entre las ruinas de El Edén, impresionados por las otras paredes pintadas del vestíbulo, no osaron subir ni un solo peldaño de la escalera. Ataron los cables de acero en la base de las pilastras, en la planta baja, y pusieron en marcha las potentes máquinas cuyo primer tirón había hecho vibrar las paredes del edificio hasta provocar el pánico de las ratas.

En la celda donde sor Andrea solía flagelarse para ahuyentar los pensamientos impuros que la asaltaban con insistencia, sobre todo en verano, cuando veía, a través de la celosía de la ventana, los cuerpos casi desnudos de los navegantes atareados en el muelle de la Barca o los adolescentes que nadaban en el Ebro, el primer tirón de las máquinas dio vida a las desnudeces mitológicas con que Aleix había decorado las paredes en un desagravio inconsciente al cuerpo de la mujer que allí había sufrido humillaciones tan duras.

Era lo primero que Aleix le mostró poco después del carnaval cuando la llevó al primer piso del convento. Hasta entonces solo había visto los murales del vestíbulo con la imagen de Madamfransuà, que le reavivó antiguos celos. Agitada por una mezcla de pudor, excitación y complacencia, reconoció en la celda su propio cuerpo en el de la diosa desnuda rodeada de ninfas, bañándose en un río que el paisaje de la orilla permitía identificar sin ninguna duda con el Ebro; el cuerpo que, a partir de la noche del carnaval, recuperaba en brazos de Aleix un esplendor y una vitalidad que la sorprendieron. El arrobo del artista ante su desnudez quedó plasmado en las innumerables representaciones que de ella hizo a lo largo de los años en los muros del convento. Donde antaño resonaban himnos religiosos y murmullos de oraciones, la fiesta pagana hacía oír canciones báquicas; las paredes, antes oscurecidas por óleos con martirios de santos o heladas por el esquematismo horripilante de los crucificados, recuperaron la luz en una mitología jovial, fuertemente arraigada en la tierra. Las arquitecturas no eran palacios fabulosos sino las masías de las antiquísimas huertas árabes de la orilla del Ebro; el ciprés clásico quedaba desbancado por el álamo, el chopo o la higuera; el vino que enrojecía las copas era el zumo áspero y seco de la uva de la Terra Alta. No había que esforzarse demasiado para descubrir que los sátiros del pasadizo eran contertulios del Café del Muelle —Atanasi Resurrecció tocando la siringa, Honorat del Cafè coronado de pámpanos, Nelson con una copa en la mano—

y que las ninfas risueñas perseguidas en un paisaje de tomillo y romero contra un fondo de olivares eran Júlia Quintana y otras bellezas de la villa; Estanislau Corbera, majestuoso y solemne bajo la forma de un centauro bayo, presidía en la antesala del refectorio una clamorosa bacanal en la orilla del Segre, enfrente de una pared en la que otro desnudo de Malena, con un gorro frigio sobre la negra cabellera, encabezaba la alegría popular por la proclamación de la República.

El convento fue su mundo secreto, exclusivo. Aleix trabajaba encarnizadamente. Ella seguía, a veces con angustia, el duro proceso de los estudios previos de murales y de cuadros, la lenta elaboración de las obras, borradas y recomenzadas de nuevo mil veces con una tenacidad insospechada por los que veían únicamente en el pintor la engañosa bohemia de las viejas noches de juerga. Pero Aleix también salía. Necesitaba el contacto con la gente, el escándalo de los cafés, los viajes en laúd Ebro abajo y algún que otro desplazamiento a Barcelona. La vida de ella, por el contrario, solo era Aleix. Las cosas del exterior eran ecos mortecinos de un mundo del que se aislaba gracias a la negra barrera del luto. No faltaban, por supuesto, las emponzoñadas murmuraciones de los socios del Casino de la Rueda o de las señoras del Salón de las Vírgenes Mártires. Tanto en un sitio como en otro, consideraban motivo de escándalo que tía y sobrino vivieran bajo el mismo techo de la casona de los Segarra sin más compañía que las criadas, expuestos constantemente a las tentaciones de la carne, según la terminología clerical de la señorita Estefania d'Albera, y a ofender la sacrosanta memoria del difunto, de acuerdo con la elocuencia ampulosa, manida, fofa y panzuda como su usuario, del señor Gelabert de Móra, Lignitos del Ebro;

Sociedad Limitada. Como saludable antídoto, también le llegaban las andanadas de la viuda de Salleres. Sulfurada por los comentarios, de los cuales le llegaban rumores a través del administrador de turno en la penumbra de la alcoba, y con suficiente experiencia familiar en lo referente a sustituir difuntos, la viuda no se privaba de tildar de mariquitas y de cornudos a los socios en peso del casino ni de acusar de pelanduscas hipócritas a sus respectivas esposas. No vacilaba en sacarles los trapitos al sol. Así el vecindario de a pie, informado de los comentarios de la antigua contrabandista a través de sus criadas, que los divulgaban en el mercado y en las tiendas, se enteraba de que el señor Jaume de Torres perseguía criadas por los pasillos mientras la mujer estaba en el rosario, de que el clarinete (y a veces el bombo) de la desmedrada banda de la villa coronaba al dignísimo secretario del Ayuntamiento o de que los famosos éxtasis de la señora Sebastiana de Vidal, cuya beatificación había solicitado tres veces a Roma Feliça Roderes, no tenían nada que ver con visiones místicas y sí con la secreta devoción a la botella de anís...

Los comentarios no preocupaban en absoluto a Malena de Segarra. ¡Que la villa dijera lo que quisiera! A ella le bastaba con el mundo de la casa y del convento. Cuando hacía buen tiempo, pasaba muchos ratos con Aleix en el alto mirador que daba al Ebro. Ocultos por las celosías conventuales, contemplaban los muelles, el paso de los laúdes cargados con el lignito, el ir y venir de los vagones en la mina de la otra orilla del río, justo debajo del primer arco del puente. A menudo, encendidos por el deseo, acababan entrelazados sobre los almohadones de la galería o en la celda de la monja flagelante, muerta en olor de santidad a consecuencia de una paliza brutal con las disciplinas. De los inviernos de entonces le llegaba el recuerdo de las gaviotas sobre el agua gris, el calor de la chimenea en el antiguo refectorio, el silbido del cierzo en las ventanas de las celdas vacías, el grave sonido de las caracolas de mar con que los patrones anunciaban la posición de las naves para evitar encontronazos los días de niebla.

Pero los diez años de felicidad, que en la mañana de 1971, cuando las máquinas estaban a punto de derribar el convento, parecieron a la vieja Malena un golpe de viento, se acabaron bruscamente cuando el mundo en medio del cual vivían como en una isla se destrozó sin remedio.

Cuando el tirón sacudió el edificio, las ratas del refectorio fueron las únicas que no huyeron; permanecieron inmóviles, agarradas a las paredes donde Malena las vio por vez primera en enero de 1938. Entonces no había podido contener un chillido al entrar en el refectorio y tomar por animalejos reales las manchas de gris sucio con ojitos malignos y cola pelada esparcidas en la pared.

Fue un indicio de la angustia que había comenzado a agitar a Aleix. La rebelión militar iniciada en África contra el gobierno de la República en julio de 1936 había pasado de ser la llamarada efímera que muchos esperaban a convertirse en una larga guerra civil que consumía el país. Las ratas aparecieron en una esquina del gran mural comenzado poco antes del alzamiento fascista, cerca del esbozo de una ninfa que debía tener las formas y las facciones de la pescadera de la calle de la Luna. La ninfa se quedó a medio hacer: los ojos negros no llegaron a relucir con el brillo de la vida y el cuerpo magnífico, con pechos pequeños pero firmes y unas nalgas proclamadas por Honorat del Cafè las más incitantes y graciosas si no las más perfectas de la ribera del Ebro, no pasó de un borrador. Al igual que el resto de la composición, desapareció bajo nuevas pinturas dominadas por negros y carmines, evocaciones del luto y de la sangre que oscurecieron el ambiente de la villa a partir del comienzo de la guerra. La muerte del primer vecino en las trincheras en defensa de la República aún quedó suavizada a nivel público por la exaltación de los discursos y la faramalla de las ceremonias oficiales. Después menudearon demasiado las bajas en la riada de voluntarios que iban al frente y los líderes dejaron a un lado las palabras, inútiles ante el vacío infinito de la muerte.

En los murales del convento, sobre los esbozos donde comenzaban a latir los tiernos rosados de las carnaciones de ninfas o diosas y los ocres del paisaje del fondo, apareció, rodeado de plañideras, el cuerpo de Lluís, uno de los sobrinos de Aleix, muerto en el Carrascal; al lado yacían los dos hijos mayores del difunto Arquímedes Quintana, fusilados en Zaragoza, donde les había pillado la rebelión de los militares. Una escena pintada a la derecha del mirador del Ebro mostraba los cadáveres de los tripulantes del *Cristóbal Colón*, ametrallado por la aviación enemiga, entre los cuales el macho Carbó con los flancos agujereados por las balas, agonizando en la proa del laúd encallado en la orilla, abría desesperadamente la boca ensangrentada. En la pared de la izquierda, en una composición con la que Aleix había cubierto una espléndida escena de vendimia, la luz lívida del alba pintada no conseguía disipar la oscuridad nocturna: la sombra seguía tiñendo la figura de Sadurní Romaguera, acribillada a pistoletazos y tendida entre las matas de romero del barranco donde le llevaron a matar en un coche requisado, el mismo con que Carlota de Torres había acudido a la iglesia el día de su boda y en que hizo el amor con Francesc por vez primera.

En el recorrido mental por el interior del convento, la vieja Malena no consiguió rehuir las pinturas del refectorio.

Quería recordar únicamente las de los días alegres, sin cruzar la frontera de la pesadilla, pero le resultó imposible; la memoria no se detenía, la llevaba ante la crónica estremecedora. En el caso de la muerte de Romaguera, el recuerdo añadía a las imágenes los gritos desesperados de su mujer y de sus hijas la noche que se lo llevaron. Era el precio del asesinato de Arnau Terrer. Junto con la del cura –a quien dieron la oportunidad de abandonar la villa, proporcionándole incluso ropa seglar, pero que regresó, creando con su presencia y sus comentarios imprudentes una situación insostenible delante de las bandas forasteras que acudían a exigir la ejecución de los burgueses–, fue la única muerte en medio de los hechos que ensangrentaron las poblaciones de las cercanías. Cuando un grupo se presentó en la finca de los alemanes al día siguiente de la rebelión, Von Müller, su monóculo y su gente habían desaparecido sin dejar rastro. Desde el primer momento, las fuerzas de izquierda, absolutamente mayoritarias, controlaron la situación y evitaron la matanza de señores y de los contados elementos de derecha de la villa exigida por un puñado de extremistas, pero eso aisló a la población. Hasta que Caspe no cayó definitivamente en manos de la República, la villa estuvo amenazada del otro lado del Ebro por una posible incursión de los sublevados y, por la carretera de Lleida que bordeaba el Segre, por los libertarios del Cinca. Días largos, confusos en la memoria de la vieja Malena, con la cuesta de Caspe, más allá del puente, y el camino de Fraga minados con dinamita por los mineros a fin de proteger la villa. Los hombres, armados con escopetas, estaban siempre alerta. Después, la guerra: los jóvenes enviados al frente, la muerte, la efímera animación de la presencia de tropas descansando en la villa –el Batallón Rojo de Choque, le dijo Aleix en cierta ocasión mostrándole una hilera de camiones militares en el muro del Ebro– y él cada día más preocupado y sombrío. A partir

171

de la colectivización de la cuenca le habían dado trabajo en una de las minas de la viuda Salleres controlada por la UGT, pero la guerra no finalizaba, lo consumía todo. De repente, a finales de marzo de 1938, llegó el desastre. Primero fue una riada de soldados: una ofensiva fascista acababa de romper el frente de Aragón, las tropas republicanas se retiraban. El puente del Ebro era un desfile continuo de hombres y de vehículos, la villa hervía. El día 26 comenzaron a escuchar una especie de trueno apagado y lejano que aumentaba progresivamente de volumen.

–Están minando el puente –musitó Aleix, contemplando el río desde la galería del convento–. Los fascistas deben de estar cerca.

Casi acompañando esas palabras, comenzaron a escuchar por encima del estruendo de las calles las voces de los miembros del comité antifascista municipal aconsejando la evacuación de la villa. A partir de entonces, la memoria de Malena era un revoltijo: la colocación febril, con la ayuda de Anna, de ropa, joyas y dinero en una maleta; los atascos de gente transportando enseres, estorbados por la presencia de los vehículos militares en retirada. Volvía a ver el camión de la mina Segre en el que dirigentes de los partidos cargaban archivadores con documentación ante la sede del comité, la larga cola de gente que descendía a la orilla del Ebro. El personal se amontonaba en los muelles para embarcar en los escasos laúdes disponibles, los patrones intentaban introducir orden en el caos. No había sitio para todos; las naves eran insuficientes, solo podían embarcar en ellas viejos, enfermos, mujeres y niños. Uno a uno, los barcos se deslizaban Ebro abajo –con el agua casi al borde de la regala– con una sobrecarga de gente aterrada; los que no cabían en ellos tenían que emprender la huida por la carretera de Lleida o cruzar el Segre con el pontón del otro lado de la villa.

Aleix se abría paso hacia el muelle de la Plaza entre

grupos de milicianos. Nelson hizo sitio para ella y para Anna en su barco, el último en abandonar la villa cuando la noche quería cerrarse sobre el valle, donde ya estallaban obuses y sonaba el silbido de las balas. En el puente todavía se perfilaban a contraluz siluetas de soldados rezagados. Desesperada, contempló la figura de Aleix, que la miraba desde el muelle mientras el laúd zarpaba.

–Vete a Barcelona, a casa de la tía Assumpta –gritó él–. Iré a buscarte.

Alguien se echó a llorar a su lado pero un estrépito enorme, como un redoble de tambores, ahogó los lamentos: las bestias de las minas de la viuda de Salleres a las que el viejo mozo acababa de abrir las puertas de los establos antes de escapar, galopaban por el muro del Ebro enloquecidas por el alboroto y por el trueno de las explosiones cada vez más próximas.

El laúd se deslizaba por las aguas negruzcas, la figura de Aleix se desvanecía en la oscuridad. Cuando doblaban la confluencia del Ebro con el Segre, una llamarada disipó la noche y ensangrentó el valle como un alba descarriada y efímera. Volaban el puente. Al cabo de un momento, la ola provocada por el estallido estuvo a punto de hacer zozobrar el laúd. Pero Malena no oyó los gritos de terror de los fugitivos amontonados en la nave ni la blasfemia de Nelson. En medio de la confusión tuvo un presentimiento terrible: no volvería a ver a Aleix.

La vibración se hizo cada vez más poderosa y sostenida, los cables alcanzaron la tensión máxima y las pilastras cedieron: una grieta partió de arriba abajo las paredes del vestíbulo, la escalinata se rompió con un estruendo ensordecedor, las máscaras del carnaval saltaron a trozos. En las celdas y en el refectorio, diosas, sátiros, ninfas, plañideras y difuntos se hicieron añicos. Entonces se hundió la antigua capilla donde un Aleix con el corazón ya lleno de presagios lúgubres había comenzado a plasmar pocos días antes de la evacuación de la villa la premonición de la entrada de los rebeldes: esqueletos con uniformes de gala, en cuya fajas y entorchados el pintor gastó los últimos amarillos que le quedaban en la caja de pinturas, recibían el homenaje de los señores de la villa, entre los que resaltaba Carlota de Torres, muy ajada pero embutida en el mejor traje de su ropero y adornada con las joyas rescatadas de los escondrijos. Cuando la polvareda de la demolición se disipó, los obreros descubrieron que un lienzo de pared del altar mayor había quedado en pie. En la parte superior podían distinguir una calavera cubierta con una gorra militar. La pala dentada de una máquina golpeó la base del muro: la calavera cayó sobre un fragmento de tabique de la antigua celda de la monja santa en el cual el artista había modelado con tonalidades rosas la fresca turgencia de los pechos de una Afrodita.

Tercera parte
Ceniza de calendario

I

El transbordador, que había dejado de existir quince años atrás, se separó de la orilla derecha y comenzó a atravesar el río. Mientras tanto, las aguas se decoloraban, el aire iba perdiendo la dulzura otoñal de aquel octubre de 1971. Cuando la borda de la nave topó suavemente con el embarcadero del lado de la villa, desde el lugar donde Alfons Garrigues manejaba el timón con su memoria, el paisaje ya había quedado cubierto por la niebla helada del invierno de 1939. Ocres y verdes del Ebro acababan de convertirse en un gris sucio sobre el cual se deslizaban lentamente los témpanos de hielo como escamas desprendidas de un pez gigantesco.

Fueron a buscarle cuando el rumor de la guerra se alejaba Catalunya adentro después de la batalla del Ebro y se llevaba de la población a los soldados fascistas que la ocupaban desde la caída del frente de Aragón por marzo de 1938. La voladura del puente por los republicanos había cortado la carretera entre las dos orillas y las tropas rebeldes acababan de instalar un pontón en el antiguo paso de barca del Ebro abandonado quince años atrás. Pero los militares se iban, hacía falta un barquero para sustituirlos. Él, entonces un chico de dieciocho años que no había podido escapar durante la evacuación a causa de la abuela enferma y de la madre, resultaba el más idóneo para la tarea. Al fin y al cabo, ¿no era un Garrigues, un esqueje de los Garrigues de la calle Mayor, barqueros de la villa desde que existía el mundo?

La primera vez, un día de invierno en que el agua estancada entre el embarcadero y el pontón militar amaneció helada y los témpanos no paraban de chocar contra la embarcación haciendo sonar lúgubremente sus flotadores metálicos, le entristeció el recuerdo del abuelo, a quien la construcción del puente durante la dictadura de Primo de Rivera privó del trabajo de barquero, le amargó la vida y le obligó a trabajar en la mina. El hombre detestaba trabajar de minero pero se negó por amor propio a contratarse de peón en los laúdes y tragó polvo de lignito hasta el día de su muerte, poco antes de la guerra civil. ¿Cómo habría podido ocurrírsele al pobre viejo –se decía Alfons– que uno de sus nietos vería la destrucción del puente por el cual, aun admitiendo el progreso que significaba, siempre había sentido odio, y que el muchacho recuperaría el oficio secular de la familia Garrigues? Si la penuria familiar en aquel tiempo de hambre, mezclada con el miedo a las consecuencias de una negativa a aceptar el trabajo, cuando resultaba tan fácil acabar en la cárcel o frente a un pelotón de fusilamiento, no se lo hubieran impedido, Alfons habría renunciado inmediatamente a pilotar el transbordador con tal de escapar al trance angustioso de los retornos cuando, acabada la guerra con la derrota de la República, regresó a la villa la mayoría del personal que se había ido en 1938.

Algunos lo hicieron por la carretera de Lleida; a esos, Alfons Garrigues no los recordaba, pero llevaba grabados en el alma los que bajaban del tren en la estación de Faió y remontaban el Ebro a pie por el camino de la orilla. Así que una figura era vislumbrada en la lejanía, la noticia se divulgaba y los escasos habitantes, los que no habían podido o querido huir durante la evacuación o, en el desconcierto del momento, se refugiaron en minas y masías, donde se encontraron copados por la ofensiva fascista, se asomaban a balcones y ventanas, bajaban al muro de los muelles desiertos y escrutaban con ansia las siluetas intentando averiguar su identidad, lo que la distancia hacía imposible. Los que esperaban (¿y quién no esperaba a alguien en aquella villa muerta?, se preguntaba Garrigues), después de un esfuerzo inútil, se dirigían al muelle de la Barca. Allí, con las puntas de los pies en la misma orilla del agua o amontonados en el embarcadero de madera, intentaban de nuevo arrancar las facciones de las figuras todavía anónimas. El escrutinio febril y angustiado se hacía insoportable cuando el transbordador atravesaba el Ebro, recogía a los recién llegados y emprendía el regreso. Mientras la distancia disminuía lentamente, las manchas de sombra y de luz comenzaban a concretarse y configuraban rostros casi siempre demacrados por las privaciones, el cansancio y la angustia. En los últimos metros de la travesía, las figuras adquirían nombre y con frecuencia estallaban gritos y sollozos de alegría al lado de muchas decepciones silenciosas y amargas. Cuando había niebla no tenían noticia de su presencia hasta que las voces lejanas, atenuadas, llegaban desde la otra orilla a los oídos de Alfons pidiendo el paso del transbordador. Entonces la espera resultaba aún más cruel; el gris humeante de la niebla no desvelaba el secreto hasta la misma orilla del embarcadero.

Primero regresaron mujeres, ancianos y chiquillos. Mucho después comenzaron a hacerlo los soldados de los campos de concentración, de los batallones de trabajadores, de las cárceles. De la riada gris, mezcla de caras y de días, de sol y de niebla, porque los retornos no se acababan jamás, la memoria de Alfons Garrigues conservaba recuerdos indelebles. Del primo Ramon, que venía enfermo del campo de concentración, conservaba los ojos apagados, llenos del deseo de poder morir en la villa, donde le enterrarían cuatro semanas después. Como si no hubiera pasado el tiempo, Alfons veía a Jordi Blanques, el antiguo herrero de las minas de Torres y Camps que no llegó a desembarcar: un pariente encontrado en la otra orilla del río le dijo durante el trayecto del transbordador que la mujer, soñada noche y día durante la larga separación, se había ido tras un militar fascista de guarnición en la villa. Jordi Blanques no puso los pies en el muelle; se quedó debajo del cobertizo del barquero hasta que el pontón hizo otro viaje y su figura se perdió para siempre por el camino de la orilla del Ebro.

Los recuerdos afluían sin parar. ¿Cómo se le habría podido borrar de la memoria la figura de Antoni Canals, cuando, desde la mitad del río, al vislumbrar al hermano pequeño en el embarcadero, comenzó a preguntarle a gritos qué hacía ganduleando en la villa, siendo como era la época de la recogida de la aceituna? También habría podido dar fe del paso en el pontón del automóvil conducido por Francesc Romaguera con uniforme de alférez provisional del ejército de Franco, en compañía de Von Müller, vestido de comandante alemán.

De las nieblas del tiempo llegaba la imagen imborrable de Eduard Forques, carpintero de ribera por tradición familiar, saxofonista tenor por vocación irreprimible, hijo de Ramon Forques, el antiguo director de L'Harmonia Fluvial, que hizo el viaje en el transbordador sin dejar de ensayar una marcha fúnebre que no acababa de salirle. En la Estació de França de Barcelona se había hecho con un saxo magnífico, obtenido de un perdulario hambriento a cambio de unas latas de sardinas y unas pastillas de chocolate. Desde la estación de Faió hasta la villa, las notas vacilantes de la pieza inconclusa habían ido recorriendo el camino de sirga, resonando tristemente por el valle del Ebro todavía estremecido por la batalla, enlutado por la muerte. Cuando desembarcó, saludó a todos los presentes en el muelle, reanudó la música y se dirigió a su casa, seguido por la chiquillada curiosa.

Tampoco olvidó el regreso de Joanet del Pla, peón del *Neptuno* y hombre de confianza de Nelson. Cuando todo el mundo creía que el navegante saltaba al embarcadero antes de que el pontón llegara a él para atar las amarras, lo que hizo fue plantarse delante de Joaquim Mestre, ocioso como siempre, que esperaba con otra gente la llegada del transbordador, y le dijo con voz suave y tranquila:

–Devuélveme las botas, amigo.

En el Ebro, todos conocían el tono plácido de la voz de Joanet del Pla; solía ir acompañado de un temblor casi imperceptible del párpado izquierdo y cuando el navegante lo adoptaba en contraste con la vivacidad habitual de su habla, era siempre el preludio de hechos memorables, como por ejemplo la pelea horripilante en los muelles de Faió entre la tripulación del *Neptuno* y unos navegantes de Ascó, iniciada con un puñetazo de Joanet que ablandó las mandíbulas del patrón, o el escándalo del burdel de Tortosa donde el peón, después de unas fórmulas de cortesía muy bien dichas a unos pescadores del delta a propósito de una puta de quien se encapricharon cuando Joanet ya la había elegido, les midió las costillas con la colaboración entusiasta y desinteresada de Atanasi Resurrecció. Joaquim Mestre estaba al tanto del asunto y también descubrió que ni la guerra perdida ni las penalidades del batallón de trabajadores habían cambiado al navegante: su voz era tan cortés como antes, el párpado seguía temblándole de manera tan aparente como antaño.

De todos modos Joaquim Mestre intentó escurrir el bulto.

–¿De qué me hablas, Joanet? –consiguió musitar con

voz temblorosa mientras la gente les rodeaba.

–No te hagas el tonto. Hablo de las botas que llevas; son mías. Las he visto a un kilómetro de distancia.

–Ese ladrón te las habrá robado de tu casa –dijo una de las mujeres–. Mientras estábamos fuera, unos cuantos pillos han hecho de las suyas. Cuando regresé, mi casa estaba patas arriba.

La mujer decía la verdad y Alfons Garrigues recordaba el terror de Joaquim Mestre buscando inútilmente la manera de escabullirse.

–Descálzate.

–¡Pero, hombre, Joanet!

–Que te descalces...

Derritiéndose en protestas de inocencia entre las burlas de la gente, el ladrón tuvo que quitarse las botas y dárselas al peón, Descalzo, con los pies helados por el clima invernal, escapó como alma que lleva el diablo por la cuesta de los Muelles mientras el navegante limpiaba cuidadosamente con la manga de su andrajosa guerrera el magnífico par de botas, obsequio de Nelson, el cual las había recibido de Arquímedes Quintana, a quien se las había regalado míster Oliver Wilson.

Alfons Garrigues recordaba la emoción de Estanislau Corbera cuando desembarcó con su mujer y su hija pequeña, pero no le conocía las amargas lágrimas derramadas al descubrir el café saqueado, primero, según le dijeron, por unos milicianos rezagados el día de la evacuación y despés por las tropas franquistas. El local quedó abierto de par en par a ásperos cierzos y húmedos bochornos que fijaron el polvo en los espejos y cubrieron de pátina el desastre ocasionado por la soldadesca.

En el torrente de la memoria, a Garrigues no le faltaba la imagen de Nelson, buen amigo de su difunto padre, ni la de Berenguer de Serra. Este, sediento como siempre de hembra. Se llevó en volandas a su mujer del muelle. Incapaz de esperar a subir al dormitorio, al llegar a casa comenzó a desnudarla en el rellano de la escalera. También tenía presente la imagen de Pasqual de Pons, el jugador de cartas más fino de la villa. En una timba organizada en el tren de vuelta acababa de desplumar a cuatro requetés navarros que iban de permiso a su tierra. La llegada de la boticaria con su hijo, el futuro Honorat del Rom, reavivó en la memoria del joven barquero el galope de las caballerías de la viuda de Salleres el día de la evacuación: asustadas por el alboroto de la gente aterrada y por las explosiones, las bestias se lanzaron al galope por el muro del Ebro. Enfrente del muelle de las Viudas, de donde acababa de zarpar el laúd de Nelson, enloquecidas por el estallido y por la inmensa llamarada de las cargas de dinamita con que volaban el puente, giraron bruscamente por el callejón de los Guijarros. El grito de horror de Honorat del Cafè, aplastado por los cascos de las bestias en la esquina, aterrorizó al joven Garrigues, asomado al balcón desde donde contemplaba la confusión de la huida... Mezclados en el torbellino de los recuerdos de los que regresaban, acudieron también a la memoria del barquero los ciudadanos que se llevaban en los coches negros que le hacían pasar en el transbordador a altas horas de la noche o de madrugada, después de los interrogatorios en el Ayuntamiento y en el cuartel de la guardia civil.

Alfons Garrigues, de los Garrigues de la calle Mayor, barquero de la villa de 1938 a 1942, año en que dejó el trabajo para irse a navegar con los laúdes de la viuda de Salleres, se volvió de espaldas al muelle de la Barca y comenzó a caminar por la cuesta de los Muelles. Sin su presencia, el paisaje recuperó los colores del otoño de 1971 y el transbordador se esfumó en la dulce luz de septiembre. Pero el antiguo barquero no pudo dejar de revivir la mirada de Sebastià Noguera, el marido de Júlia Quintana: en los ojos del preso ya habitaba la sombra de la muerte que le esperaba en la ciudad ante el pelotón de fusilamiento. Las pupilas del líder obrero recogían con una tristeza sin fondo la última imagen de la villa enlutada y famélica donde unos vencedores implacables hacían jugar a la guerra con fusiles de madera, al compás de trompetas y tambores, a la chiquillería desnutrida y piojosa.

La evocación de Alfons Garrigues no encontró eco entre el vecindario. Estanislau Corbera apenas reparó en la visión fugaz de un Café del Muelle lejano y devastado por el saqueo que se pintó de improviso en el espejo de enfrente del mostrador. Mientras un cierzo otoñal todavía mitigado con tardías tibiezas de verano hacía vibrar los cristales de los ventanales con ásperos remolinos y estampaba contra ellos el color tostado de las primeras hojas caídas, el cafetero seguía atentamente la viva conversación de los presentes.

Si Eduard Forques hubiera prestado un poco de atención a las notas musicales que querían concretarse en algún punto de su memoria, seguramente habría encontrado la solución de la marcha fúnebre que en el año 1940 se le atascó en sus primeros compases mientras regresaba del campo de concentración y que nunca consiguió sacar adelante. Pero las notas, al cabo de un momento de latirle a flor de conciencia, volvieron a hundirse entre los olvidos del saxo tenor

Joanet del Pla no recordaba las botas de míster Wilson recuperadas de los pies de Joaquim Mestre. Nelson seguía la conversación de los contertulios sin darse cuenta de la imagen de la villa que pugnaba por retornar a su retina, y Honorat del Rom no reconoció en el estruendo que oyó en el callejón de los Guijarros el fragor de las caballerías que habían aplastado a su padre, evocado por el recuerdo del antiguo barquero durante la destrucción del muelle.

Al cabo de unas semanas de la demolición del convento de religiosas, del que Honorat del Rom, revolviendo entre las ruinas, consiguió recuperar un pedazo de tabique con un retrato de Estanislau Corbera coronado de pámpanos y una calavera con gorra militar, se produjo un viraje en la angustiosa situación de la población erosionada por las destrucciones: las primeras casas de la villa nueva habían sido terminadas. Comenzaba a fructificar la voluntad de supervivencia de la población después de años de lucha encarnizada. Hasta entonces, las casas derruidas significaban familias obligadas por las circunstancias –la falta de trabajo o de futuro para los hijos, como en el caso de Júlia Quintana– a emigrar a la ciudad. A partir de ese momento se acabarían las despedidas, cada demolición en la villa vieja significaría una casa terminada en la nueva, una realidad en la que hasta entonces había creído poca gente. El optimismo, la euforia, comenzaban a renacer entre las calles destrozadas.

Y era esa ilusión la que dominaba las conversaciones de la mayor parte de los parroquianos del Café del Muelle mientras Alfons Garrigues, antiguo barquero del transbordador del Ebro, los evocaba cuando regresaban de la guerra. Pero esa remembranza pasó desapercibida. Y lo mismo tenía que ocurrirles a la mayoría de los habitantes con el hecho que iba a producirse al cabo de pocas horas, situado equivocadamente por los futuros cronistas anónimos al comienzo de las destrucciones y considerado uno de los signos premonitorios del desastre.

II

En la casona de los Torres, la primera que tuvo conciencia de aquella ausencia indefinible fue Carmela cuando
preparaba las ropas de luto de la señora, guardadas desde el
año anterior en la cómoda de roble de la alcoba del general,
llamada así porque el retrato ecuestre del héroe decapitado
en la batalla de Tetuán había ido a parar allí al final de una
peregrinación aturdidora: a partir de la muerte de la generala, el militar y su caballo, sin olvidar a la morisma amontonada por el desconocido pintor alrededor del corcel, pasaron de una pared a otra por los cuartos de la casona antes
de ser olvidados en la pieza perdida del ala de poniente
donde las criadas solo entraban una vez al año a buscar la
ropa del funeral. Los lutos se conservaban impecables; la luz
sedosa de la alcoba, pincelada por la gama de ocres del día
de otoño filtrada por las cortinas del ventanal, atenuaba la
severidad evocadora de túmulos y exequias; a este respecto,
la criada estaba tranquila, aunque nunca debía descartar las
salidas imprevistas del alma. Lo que la preocupaba era imaginar el momento de vestir a la señora. A medida que pasaban los años, la operación se hacía más molesta, no solo a
causa de los problemas propiamente indumentarios plan-
teados ante el espejo del vestidor cuando el ama comproba-

ba la estrechez de la ropa cuyas costuras se tensaban al máximo para contener su formidable corpulencia. Aquello era el pretexto para montar en cólera e intentar disipar a fuerza de gritos el cortejo de fantasmas siempre presentes durante las celebraciones de los aniversarios. De acuerdo con las previsiones de la vieja criada, la ceremonia aún resultaría más fastidiosa en esa ocasión. Los síntomas precursores del aniversario habían sido mucho más inquietantes que cualquiera de las veces anteriores: la destrucción de las casas del muelle de la Barca acababa de rodear de escombros la fábrica de extracto de regaliz. Los escombros prefiguraban el destino del edificio cerrado desde hacía muchos años, cuando la caída de Francia a manos de los alemanes durante la Segunda Guerra Mundial ocasionó la ruina de los importadores del otro lado de la frontera y el final del negocio. A pesar de los casi treinta años transcurridos desde entonces, la fábrica, solitaria, inmensa en el silencio de las naves desiertas, en la desolación del enorme patio donde el tiempo corroía una pérgola rodeada de parras muertas, era uno de los símbolos del poder de la familia, y la proximidad de las demoliciones a sus paredes resultaba insoportable a la señora. Había que añadir al desasosiego la estancia de Francesc Romaguera en la villa. Había esperado inútilmente su visita aunque se guardaba mucho de confesarlo, especialmente a las brujas de las meriendas del salón, las cuales no se habían privado de recordarle continuamente con cualquier pretexto la presencia del antiguo amante. Nàsia Palau mentía entre dos sequillos, asegurando haberle visto en la plaza de la Iglesia. Teresa Solanes sumaba su mentira a la de Nàsia Palau: largaba sin escrúpulos que Francesc la había saludado en la calle Mayor. Y aunque Isadora Rubió se liaba más que las otras, no llegaba ni a la suela del zapato de Estefania d'Albera; esta añadía a la sarta de patrañas una supuesta conversación con Romaguera en la cuesta del

Horno. Carmela se mordía los puños. Tanta maldad afectaba mucho a la señora. Pese a la apariencia impasible y la fuerza de su genio, las referencias a Francesc la ablandaban. Durante la estancia del antiguo amante, un rumor cualquiera en la escalinata o una llamada a la puerta la dejaban en suspenso, la hacían seguir con impaciencia, el oído atento, los pasos de Sofia o de Teresa cuando iban a abrir. La figura de Romaguera no apareció jamás en el rellano bañado por la luz tamizada de la claraboya debajo de la cual se suavizaba el verde de las plantas de interior. Al final, cuando Carmela decidió comunicarle la marcha de Francesc después de solucionar el papeleo de la venta de la casa familiar, vacía desde el final de la guerra civil y a punto de ser derruida, estalló la tormenta. La casona se convirtió en un infierno, cualquier necedad provocaba altercados y cólera.

La sensación de que faltaba algo se hacía insistente, borraba la imagen de Romaguera del pensamiento de la vieja Carmela. Preocupada, repasó los lutos con cuidado pero estaban en orden. Cogió la ropa para llevarla al dormitorio de la señora y fue al cruzar el recibidor cuando el tictac del reloj de péndulo le hizo intuir la clave del desasosiego. Para confirmar la sospecha, se dirigió a uno de los balcones de la fachada norte de la casa, la que daba a la plaza de la Sabina, dominada por la mole del campanario de la iglesia. No se había equivocado: las agujas del reloj de la torre –el cuentakilómetros de la muerte, como lo llamaba Horaci Planes– estaban detenidas a las once y media; la sensación de falta se debía a la ausencia del toque de la sirena, sincronizada con el reloj para sonar a la una del mediodía. Entonces Carmela todavía no sabía que el artefacto ya no sería reparado jamás, que las agujas inmóviles presidirían a partir de entonces el tiempo de las destrucciones, pero una premonición fugaz le sacudió el alma mientras contemplaba el campanario en cuya cima la veleta señalaba la dirección de un cierzo que removía el polvo de las últimas demoliciones en los alrededores del muelle de la Barca.

La sirena había sido instalada al principio de la guerra para avisar la presencia de la aviación rebelde. Cuando la villa cayó en manos de los fascistas, sonaba para anunciar la llegada de los aparatos republicanos. Al final de la guerra, alguien tuvo la idea de aprovecharla para anunciar la una del mediodía, hora en que los mineros de la cuenca interrumpían el trabajo para comer. A partir de entonces, sincronizada con el reloj del campanario, sonaba puntualmente y provocaba el aullido lúgubre de los perros, que acompañaban su sonido levantando el hocico. Así –según una disertación de Honorat del Rom en el Café del Muelle muchos años después–, lo que originariamente era un aviso de muerte que empujaba al personal a los refugios de las minas, se transformó con el paso del tiempo en un estimulante del apetito del vecindario, al cual se le hacía la boca agua al asociar inconscientemente el lamento de la sirena con la comida del mediodía.

En la memoria de la señora, insensible al presentimiento de la criada sobre la detención definitiva del reloj, la sirena iba ligada al día del regreso de los Torres después de la guerra civil. Ese recuerdo desplazó por un rato las evocaciones despertadas por el aniversario de la muerte de su padre.

El automóvil militar tropezaba con todos los accidentes de la carretera, apenas un camino de tierra prensada sembrado de pedruscos. Tanto el conductor, un cabo andaluz con un tatuaje en el antebrazo derecho (el corazón atravesado por la flecha, goteando sangre sobre un nombre de mujer), como los pasajeros, el señor Jaume de Torres y su hija, rendidos y empapados de sudor, se tambaleaban cuando las ruedas se metían en un bache o topaban con un pedrusco y hacían chirriar las ballestas del coche. La camioneta, puesta también a disposición de la familia por un coronel de Infantería, compañero de colegio y camarada de las noches de burdel del señor Jaume de Torres en la capital, los seguía, cargada de baúles y de maletas. Carmela, con la hija pequeña del ama en el regazo, iba al lado del chófer, un barbilampiño amarillento acoquinado por el ceño de la criada, más altiva aún que los señores. Tan pronto como bajaron de las tierras altas y abandonaron la carretera general cerca de Fraga, apenas vislumbrada entre colinas arcillosas, más allá de los huertos tachonados de higueras, el paisaje se suavizó. La luz dura y seca del altiplano desértico de los Monegros que habían cruzado desde Zaragoza daba paso a las calinas del valle del Cinca. Velos sutiles de un gris azulado difuminaban las cosas. Los vehículos dejaron atrás el pueblo de Torrent de Cinca, silencioso entre los huertos; un poco más allá de la confluencia del Cinca y del Segre, siguiendo ya el curso de este último –mancha deslumbrante entre gleras blanquecinas y ardientes–, entraron en el término municipal de la villa. El paisaje, con el castillo elevado en la lejanía, parecía muerto. En la mina Soler no se movía un alma, la negrura del lignito casi estaba nuevamente cubierta por los ocres carnosos y los tostados de la tierra. En la mina Lluïsa, propiedad de la familia junto con otras dos situadas en la orilla del Ebro, el señor Jaume hizo parar el automóvil: los vagones descarrilados yacían sobre el pedregal, donde ya crecía la hierba; las bombas habían reventado las cuadras, de la herrería solo quedaba una confusión de ladrillos socarrados y un pedazo de pared en el que se aguantaba el marco de una ventana abierta a la desolación. En los bancales del otro lado del terraplén quemaban maleza; un soplo de viento envolvió los vehículos con una gasa de humo acre. Los viajeros co-

190

menzaron a toser y el señor Jaume dio orden de proseguir. Ahora el cierzo del Ebro ahuyentaba la calina, desnudaba el sol del mediodía, endurecía de nuevo el panorama. Un águila planeaba lentamente a mucha altura. Vieron los restos de un camión militar volcado en la siguiente curva: el montón de hierro quemado y retorcido parecía el esqueleto de una extraña bestia abandonada a la putrefacción sin enterrarla bajo la tierra abrasada.

A medida que se acercaban al final del viaje entre bancales de olivos y de almendros, la furia iba sustituyendo a la tristeza que había invadido a Carlota de Torres el día antes, cuando habían dejado a los dos chicos en el internado del colegio de los jesuitas de Zaragoza, donde el mayor ya estudiaba antes de 1936. El año largo de estancia en Valladolid, en casa de los suegros de su hermano Ramon, donde fueron a esperar el final de la guerra cuando las tropas de Franco entraron en la villa, había supuesto una nostalgia constante, aún más cruel en el momento desgarrador de la muerte de su madre, enferma desde hacía tiempo, que falleció poco después de la llegada a la capital castellana. La señora Adelina de Camps se fue al otro mundo angustiada por los hijos, alféreces provisionales del ejército fascista destinados al frente, y por el yerno, colocado por el coronel amigo, a instancias del señor Jaume, en un cuartel de intendencia de la retaguardia, que la pobre señora, profana en cuestiones militares, consideraba tan peligrosa como la primera línea a juzgar por las cartas heroicas de Hipòlit. ¡Qué diferente habría sido su agonía en la villa –se lamentaba con frecuencia la hija cuando se dejaba arrastrar secretamente a confidencias amargas con Carmela–, con la casa llena de familiares y amigos! ¡Qué diferente la pequeña comitiva que la acompañó al cementerio de la que habría tenido en la villa, casi siempre generosa en el luto, donde todo el mundo interrumpía el trabajo para acudir a los entierros!

191

Cerca de la villa, los vehículos pasaron al lado del albañil Bakunin de Planes y le cubrieron de polvo. El hombre soportó el blanqueado con resignación e incluso procuró no toser con excesiva fuerza. No había podido reconocer a los viajeros pero bastaba con que fueran en coche, y militar para colmo, para que la prudencia le aconsejara abstenerse de cualquier manifestación susceptible de ser interpretada como una protesta, necesariamente subversiva viniendo de alguien con un nombre tan sospechoso. Al albañil ya le bastaba con la pena que arrastraba aquella mañana. Si la República proclamada el 14 de abril de 1931 había dado alguna alegría a Bakunin de Planes, que no sabía ni quería saber ni jota de política porque le daba vértigo, fue el encargo del nuevo alcalde, el sucesor de Sadurní Romaguera: derrocar la pared que dividía los difuntos del cementerio municipal en dos categorías y arrinconaba los que la Iglesia consideraba indignos de la tierra sagrada en un recinto al que se accedía por una puertecita lateral de la pared del camposanto y que los habitantes denominaban con amargura el «corralito». A la mañana siguiente, al comenzar la tarea, a Bakunin de Planes se le puso piel de gallina. Bajo la mirada del sepulturero Jeremies, quien, apoyado en la puerta de mármol del panteón de la casa Salleres a la sombra mezquina de un ciprés, le daba conversación sin dejar de fumar una pipa requemada y apestosa, provista de una boquilla amarillenta que Honorat del Cafè aseguraba para asustar al personal que estaba hecha de un hueso de difunto, el albañil demolía a mazazos la pared del recinto de los condenados. Mientras tanto se liberaba de una angustia opresiva y tenaz. La sensación desapareció cuando pudo ver la lápida de la tumba de su padre a través de la brecha. Aparte de un Bakunin, el viejo anarquista había engendrado a un Germinal, a una Felicitat y a un Perfecte pero no se casó por la Iglesia y al morir, en 1928, el rector prohibió enterrarle en zona sagrada. Como pecador público, sus despojos fueron enterrados en el «corralito» entre Octavi Oliver, un médico romántico que se había levantado la tapa de los sesos de un tiro a causa de un desengaño amoroso, y Libori d'Escarp, antiguo patrono de la casa Camps y fundador de una nueva religión que en el momento de la defunción del iluminado ya contaba con tres discípulos –un tabernero de Miravet, un zapatero de Ascó y una ramera tortosina–, los cuales, sin la guía espiritual del maestro, se dividieron en sectas rivales, hundidas finalmente en la confusión. Otras lápidas sin cruz señalaban tumbas de criaturas sin bautizar, de un protestante, de algunos suicidas. En una esquina, un epitafio redactado por Madamfransuà y grabado en una plaquita de mármol fijada en la tapia presidía en francés (*Je m'en fous du Pape*) la fosa de una corista de El Edén que había muerto de fiebre tifoidea en 1917. Al acabar el derribo de la pared, el albañil se secó a escondidas una lágrima: su padre y el resto de los sepultados en el rincón ignominioso eran al fin difuntos como los demás.

Aquel mediodía de 1939, después de quedar rebozado por el polvo levantado por los vehículos en los que la familia Torres y Camps regresaba a la villa, Bakunin de Planes llevaba de nuevo clavada en el corazón la espina que se había sacado con motivo de la proclamación de la República. Bajaba del cementerio, encaramado sobre una colina en las afueras de la villa en medio del silencio de los olivares, adonde había ido por orden del cura, el primero de la villa después de la guerra civil, a levantar de nuevo la pared derribada hacía unos años. Todavía oía las palabras del sepulturero, que le contemplaba desde la sombra del mismo ciprés, cuando él ponía el último ladrillo.

–Acabas de arrojarlos otra vez al infierno, Bakunin. Pero no dejes que se te exalte la bilis; estarán ellos mejor con el diablo que nosotros con Franco.

Cuando los vehículos entraron en la villa por la puerta del Segre e iniciaron la subida a la plaza del Ayuntamiento, la sensación de estar de nuevo en casa después de los largos meses de sentirse forastera en Castilla, sacudió a Carlota de Torres: volvía a ser ella misma, se sentía segura, había recuperado sus dominios. Junto con la laxitud, sin embargo, el odio mitigado por la lejanía renació con virulencia. Revivió humillaciones, angustias, el miedo constante de terminar como Sadurní Romaguera hasta la entrada de las tropas franquistas. Al llegar a la plaza de Armas por calles muertas, con la mayoría de los establecimientos cerrados, el grupo reunido ante la casa para darles la bienvenida le confirmó que las cosas volvían a estar en su sitio. Mientras el automóvil frenaba, Carlota de Torres echó una mirada a los que llevaban media mañana esperándoles, desde que Graells recibió el telegrama enviado en Zaragoza por el señor Jaume anunciando la llegada. Al lado de los fieles de siempre, convocados y presididos por el hombre de confianza, estaba el señorío en peso del Casino de la Rueda pero nadie de la familia Romaguera. Los vehículos se pararon frente a la entrada de la casa. Ramon Graells, emocionado, teatral y solícito, se separó del grupo y fue a abrir las puertas del coche, primero al señor Jaume, después a Carlota. De los brazos del administrador, que jamás había recibido ni volvería a recibir una demostración tan efusiva por parte de los señores, los viajeros pasaron a los del doctor Beltran. El señor médico, el asesino más eficaz de vecinos desde la epidemia del cólera de 1885 –como lo definía más adelante Honorat del Rom–, después de proclamarse republicano hasta la médula y desfogarse en discursos incendiarios contra los militares facciosos, fue el primero en recibirlos con entusiasmo en las puertas de la villa. Cuando el doctor, ampuloso y fantasma, iniciando las mismas frases vacías utilizadas para saludar el regreso de otros señores, se disponía a abrazar el cuerpo poderoso, siempre ansiado secretamente, de Carlota de Torres, las agujas del reloj del campanario llegaron a la una y estalló el aullido ensordecedor de la sirena.

Años después, el suceso fue comentado en la tertulia del Café del Muelle y Anselm de Rius, como testigo presencial, aportó la versión más fidedigna y completa. Según el tendero, que dominaba el escenario de la plaza desde la puerta de su tienda, la primera en echar a correr —«¡La aviación, la aviación!»— fue Carmela, seguida por el señor Jaume —«¡Socorro, socorro! ¡Los rojos!»—, Carlota de Torres —«¡Al refugio!»— y el resto de los presentes. Estos, pese a haberse acostumbrado al nuevo uso de la sirena, todavía mantenían arraigada la asociación del aullido del aparato con la caída de bombas y también se dispersaron con revuelo de gallinas asustadas, contagiados por el terror de los viajeros. Había que incluir en la desbandada al brigada de la guardia civil, bigotudo y flaco, a quien el terror, además de desbaratarle el saludo militar con que se disponía a cuadrarse ante los señores, le impulsó a buscar amparo en la tienda de Anselm de Rius. La ceguera del miedo le hizo tropezar con una caja de tomates y el valeroso guardián del orden se dio de narices con un montón de bacalao salado, prácticamente el único artículo exhibido en la desolación alimenticia de la tienda.

Tal como el comerciante se temía, la heroica acción desembocó en una letanía de insultos, acusaciones de estraperlista y amenazas que el brigada le arrojó en un inútil intento de darle la vuelta al ridículo de la situación mientras se sacudía la sal del uniforme y recuperaba el tricornio de la cuba de las sardinas. Por dicha causa, Anselm de Rius no pudo asistir a la recomposición del grupo de la plaza ni vio la colérica entrada de los viajeros en la casa familiar.

La irritación hizo peliaguda la primera revista de salones y dormitorios pese a que Carmela, recuperada del choque de la sirena, iba rechazando una tras otra las quejas del ama sobre el estado de la casona, evidentemente injustas: durante la ausencia de los señores, los Graells se habían ocupado a fondo de ella y estaba más brillante que una patena. La actitud del ama resultaba muy sorprendente porque nunca se había preocupado por ese tipo de cosas. De repente, en medio de una disputa a propósito del retrato de la generala en el que la señora veía motas de polvo negadas por la criada, Carmela comprendió el sentido profundo, quizá inconsciente, de la inspección y lo tomó en cuenta: muerta la señora Adelina, enterrada en un cementerio lejano, Carlota de Torres tomaba posesión de la casona, intuición sobradamente confirmada en días sucesivos. El gesto no implicaba un deseo de poder disimulado en vida de la madre, a quien la hija profesaba toda la ternura de la que era capaz; sencillamente, Carlota de Torres asumía la sucesión. Mientras el señor Jaume comenzaba a poner orden en los negocios, inspeccionaba las minas recuperadas después de la colectivización de los años de la guerra e intentaba arrancar de nuevo la producción, Carlota recibía las visitas bajo el retrato del padre en el Salón de las Vírgenes Mártires. A media tarde llegaban las señoras: hora del triunfo, de la seguridad recuperada y del sospechoso chocolate de posguerra de la merienda, servido por dos criadas nuevas, todavía inexpertas, sustitutas de Adelaida y Verònica, que habían abandonado la casa para siempre apenas comenzada la rebelión (Adelaida, en silencio; Verònica, lanzando vivas al comunismo libertario y pidiendo a gritos las cabezas de los señores mientras bajaba la gran escalinata). Carlota de Torres se enteraba de las novedades ocurridas durante la larga ausencia: el embarazo de la señorita Soler, casada apresuradamente con el teniente de Infantería que la había

196

seducido en una torre del castillo después de la ocupación franquista; la falta de noticias de Aleix de Segarra y de Malena, de quienes no se sabía nada desde el momento de la evacuación; los vecinos muertos, los que habían pasado a Francia, los confinados en los campos de concentración o encerrados en la cárcel a la espera del consejo de guerra. Casi cada tarde la directora del grupo escolar –un loro apolillado y autoritario de comunión diaria con inconfesables inclinaciones hacia las alumnas bonitas y tiernas– rememoraba el sentimiento de la villa al llegar la noticia infausta de la muerte en Valladolid de la señora Adelina de Camps y repetía la descripción minuciosa del funeral encargado por la salvación eterna de la difunta a un cura castrense. Un teniente coronel elegantísimo, huésped de los Albera, había presidido la ceremonia, espléndida pese a que –aclaraba la maestra sin notar la gota de chocolate que siempre se le pegaba en los pelos de la barbilla, haciendo juego con la verruga de la nariz– el perfume del incienso no había podido vencer la peste de gasolina que recordaba la función de garaje a la que los republicanos habían destinado el templo después de despojarlo de altares, imágenes y ornamentos, quemados o arrojados al Ebro al comienzo de la guerra.

Por la noche, cuando la oscuridad de las calles, apenas disipada por las farolas mortecinas de las esquinas, disimulaba idas y venidas, acudían los demás. Mientras su padre estaba en la tertulia del Casino de la Rueda, Carlota de Torres saboreaba golosamente la venganza frente a las mujeres que iban a pedirle un aval para sacar al marido, al hermano, al padre, al hijo o al novio de la cárcel o de los campos de concentración, soportando la humillación de la súplica. No les ofrecía asiento: tenían que implorar el favor de pie y no se iban sin tragarse la hiel de la mortificación. Pero aquellos a quienes Carlota de Torres esperaba con mayor ansia no comparecieron y eso la hacía temblar de rabia. A menudo, mientras contemplaba desde los balcones del salón la gran plaza muerta, sin la animación de la gente en las terrazas de los cafés, pensaba que allí tendrían que haber ejecutado a Sebastià Noguera, el yerno del difunto Arquímedes Quintana, y a los restantes vecinos que habían tenido la osadía de querer hacer la revolución, de requisar y colectivizar las minas, las tierras y las fábricas de los señores (especialmente las de la casa de Torres) para subvertir así el orden inmutable del mundo.

La guerra había herido a Carlota de Torres aún más profundamente de lo que proclamaba en las filípicas brutales ante las visitas nocturnas: la había privado para siempre de Francesc Romaguera. Los Torres ya se encontraban en Castilla cuando el abogado apareció en la villa en compañía de Von Müller, pero ella sabía cuál había sido su actuación: acusar de traidores, de cómplices de los rojos, a los señores de la villa. No habían empuñado las pistolas para matar a su padre, no, pero lo habían vendido ofreciéndolo como carnaza a la turba asesina para salvar la propia piel. Cuando alguien, quizá el suegro de Carlota, Gelabert de Móra, había aducido la impotencia de los burgueses, escapados de milagro a la ejecución masiva, y habló de la vieja cuestión de la venganza por la muerte de Arnau Terrer como causa real del crimen, los gritos de Francesc asustaron al señorío temeroso del Casino de la Rueda. ¡Pandilla de cobardes! Si hubieran actuado como hombres cuando era el momento de hacerlo, jamás se habría producido aquella situación. Pandilla de cobardes y de hipócritas: ¿quiénes, sino ellos, se habían aprovechado del temor provocado durante mucho tiempo por la muerte de Arnau Terrer entre los mineros de la cuenca? Carlota lo sabía todo, comenzando por los insultos proferidos por Francesc contra su padre –«ese gallina oculto en Valladolid»– y contra ella misma –la «puerca de su hija»–. Palabras injustas, crueles, pero estaba dispuesta a olvidarlas a cambio de oír de nuevo, aunque fuera una sola vez, la llamada discreta de Carmela en la puerta del dormitorio y ver tras la criada la cara de Francesc. Sin embargo, el amante no había vuelto a recorrer los largos pasillos nocturnos de la casona ni Carlota volvería a oler su semen en las sábanas revueltas. Solo le vio una vez, algo después del regreso de Valladolid, cuando el abogado hizo un viaje a la villa para llevarse a vivir con él en Madrid a la madre y al hermano mayor. Pese a los suplicantes mensajes transmitidos por boca de Carmela a la casa de los Romaguera, Francesc no se presentó. Desesperada, le vio de lejos, desde las altas ventanas del desván, mientras el laúd con el que se iban zarpaba del muelle de la Plaza. Siguió la nave con la mirada hasta que se perdió Ebro abajo y se hundió en la lejanía como en un sepulcro. Cuando bajó de nuevo al salón, seca de llorar, vio a su padre escuchando ansiosamente la radio: los ejércitos de Hitler acababan de invadir Polonia.

III

En el verano de 1939, el aullido de la sirena, además de provocar la desbandada de la familia Torres y de sus fieles en la plaza de Armas, interrumpió un discurso del nuevo administrador de la viuda de Salleres.

Era el segundo error de un plan urdido con mucho cuidado. El primero había anulado el efecto que el antiguo chupatintas esperaba conseguir en el momento de la entrada. Sonaría la campanilla; la criada, reacia a la comedia pero bien aleccionada, iría a abrir, haría esperar al visitante como si no le conociera y lo anunciaría. Al cabo de un rato deliberadamente largo, él diría que le hicieran pasar. Le recibiría a contraluz y eso acabaría de desconcertarle, de rebajarle los humos que le quedaran si es que le quedaba alguno. Todo había comenzado de acuerdo con el plan, pero ¿quién podía prever que Rem, el perro perdiguero del ama, justo cuando la criada abría la puerta del despacho y él, de espaldas al balcón, se disponía a impresionar al recién llegado, acudiría corriendo como un loco, ladrando de alegría y se echaría encima de Nelson para lamerle la cara?

Cuando la criada, en quien el administrador, cabreadísimo, sorprendió de reojo una sonrisa irónica, consiguió llevarse el perro y él recomponía la severa actitud para iniciar el discurso ensayado ante el espejo del baño, la maldita sirena mandó de nuevo el plan a paseo.

Mientras el aullido, duplicado por el perdiguero en la sala donde la criada acababa de encerrarle, obligaba al administrador a suspender la filípica pensada como preámbulo de un elogio de los nuevos tiempos, Nelson le contemplaba desde el otro lado de la mesa con desprecio y asco. Había visto inmediatamente el tipo de recibimiento urdido por el gilipollas. No le sorprendía en absoluto. Al cabo de cinco días de estancia en la villa ya sabía lo que allí se cocinaba: lo había intuido en la estación de ferrocarril de Faió, donde uno del pueblo había fingido no verlos cuando bajaron del tren. Lo mismo se repitió en el transbordador: solo se atrevieron a saludarlos el joven Garrigues, que hacía de barquero, y un primo hermano de su mujer. Los restantes pasajeros, en su mayoría payeses que volvían del campo, les ignoraron por miedo a dirigir la palabra a alguien que todavía no sabían si podía comprometerlos. Aquella actitud le entristeció. La visión del puente hundido acabó de abatirlo. Cuando huían en el *Neptuno* atestado de personal en marzo de 1938, la voladura fue un estruendo lejano, un resplandor rojo y fugaz en las aguas negras. Ahora veía su efecto junto al paso de la barca: las pilastras mutiladas emergían entre hierros oxidados y escombros del agua intensamente verde de la mañana de verano. En un solo día el tiempo había retrocedido y ahora el transbordador, en desuso desde hacía muchos años, que sustituía al puente, parecía llevarlos a la oscuridad del pasado. Desembarcaron en una villa asustada, llena de miradas huidizas en las que se reflejaba la inquietud atizada por gente como el nuevo administrador de la viuda de Salleres, antiguo oficinista de tres al cuarto, antifascista de boquilla al que un perro acababa de dejar en ridículo. El perdiguero, acompañante de la viuda cuando iba a visitar las minas, cansado de navegar en el *Neptuno* y amigo de la tripulación, era uno de los pocos que no había vacilado en saludarle.

Desconcertado por la sirena, el nuevo ocupante de la cama de la viuda, el «macarra carbonífero» –como solía designarle posteriormente Honorat del Rom en las disertaciones del Café del Muelle– ensayaba por segunda vez un gesto imponente y autoritario con el ridículo bigote franquista, los cabellos empapados de brillantina viscosa y los restantes elementos de una fisonomía fofa. Era inútil: el gesto imperial no pasaba de mueca irrisoria y pretenciosa.

El desenlace de la entrevista fue conocido al cabo de mucho tiempo cuando lo divulgó una criada de la viuda. Entonces Estanislau Corbera, el único que estaba al corriente del asunto desde el primer día por boca del propio Nelson, tuvo que intervenir, en vistas del silencio del patrón, para atajar la malévola versión que propagaban las arpías chocolateras del Salón de las Vírgenes Mártires. Así, el vecindario supo que el puñetazo que arrancó al administrador de la butaca para estamparlo en la librería del despacho y el que le removió a continuación un par de muelas y los que habrían seguido magullándole de no haber acudido las criadas, alarmadas por el alboroto y por los chillidos del raquítico gomoso, no se debían a ninguna disputa entre Nelson y el chupatintas por acostarse con la viuda de Salleres. Lo que hizo subir la sangre a la cabeza del patrón fue la referencia despectiva del *botifler* a los habitantes de la villa muertos durante la guerra y sobre todo a la sentencia de pena capital recién dictada por un consejo de guerra contra Sebastià Noguera.

–Si no me lo quitan de las manos, habría matado a ese maricón de mierda –confesó el mismo día a Estanislau.

Y el cafetero, que todavía sudaba por reparar los desastres del pillaje antes de abrir el establecimiento, movió la cabeza con preocupación y sirvió al navegante una copa de ron de una de las botellas enterradas en la bodega que habían escapado a la codicia de los saqueadores.

–Habéis perdido la guerra, Nelson, y un vencido no puede permitirse la locura de ir por el mundo desdentando administradores a trompazos y menos aún a los del bando ganador –le dijo la viuda al día siguiente después de haberle hecho llamar por una criada–. Esta vez callará. Le he dicho sin rodeos que si busca cizaña le mandaré a freír espárragos. Por ahora no creo que abra la boca, entre otras razones porque tiene el morro hecho cisco. ¡Le diste con toda el alma, hombre! Cuando le vi tan ensangrentado pensé que te lo habías cargado... Serénate, anda con pies de plomo. No tengo ganas de perder a mi mejor patrón cuando más lo necesito. ¡Ya está bien de desastres! No quiero saber nada de vuestras historias. Colectivizasteis la cuenca, queríais hacer la revolución, pero no me tocasteis ni un pelo y yo no tengo ganas de perjudicar a nadie. Quiero abrir las minas lo antes posible y me da igual que los que arranquen el carbón sean rojos o negros, todos tienen que comer. Ahora ocúpate de lo que me has dicho. Después hablaremos de la construcción de los laúdes necesarios para comenzar el transporte de lignito.

Las palabras le volvieron a la mente mientras navegaba Ebro abajo en la pequeña barca personal de la viuda. Él mismo había elegido a los compañeros tratando directamente con la señora para evitarse problemas con el administrador, piltrafa gemebunda encerrada constantemente en el despacho para no mostrar el ojo izquierdo a la funerala ni la hinchazón de los carrillos. La viuda solo frunció el ceño al oír el nombre de Tomàs de Xerta, antiguo patrón de los

Torres y Camps que siempre la llamaba por los cafés «la vieja zorra de la calle del Timón». Ante el argumento de Nelson de que Tomàs era, y ella lo sabía, un buen patrón a quien después podría darse el mando de un laúd, cedió sin emperrarse. Tan solo murmuró:

–Dile que puede proclamar que soy una zorra siempre que quiera. Ahora bien, si pretende navegar en mis barcos que se guarde como de caer al río de volver a llamarme vieja.

Tomàs de Xerta no conseguía encontrar trabajo desde su salida del campo de concentración. A los que se habían destacado políticamente durante la guerra civil se les arrinconaba y la actitud de la viuda de Salleres resultaba excepcional. Los Torres y Camps eran implacables en lo tocante a las represalias, en la mayoría de los casos por obra de Carlota, aconsejada por Ramon Graells, que hacía y deshacía a espaldas del señor Jaume. Este, desembarazado de la mujer y con la excusa de la reanudación de los negocios, menudeaba los viajes a la capital por motivos de papeleo y se desentendía de esos asuntos, en cualquier caso menos interesantes que la rubia enloquecedora que mantenía en Lleida.

Amontonados en la barca, pequeña para los cinco y las herramientas que llevaban, navegaban por un Ebro indolente. El agua se deslizaba con indiferencia entre el silencio de trincheras vacías, alambradas carcomidas por la herrumbre, casas deshechas, tierra labrada por las bombas. Tanta porfía y tanta muerte –pensaba Nelson– no habían alterado su paso: las lluvias de otoño y de primavera lo habían hinchado, los calores estivales lo desmedraban pero las aguas no conservaban memoria de la batalla. La memoria era cosa de los hombres; él, el Ebro, era una fuerza insensible a los afanes de aquella gente que le capturaba los peces, le desgarraba con las quillas de las naves o hallaba la muerte en sus entrañas fangosas y frías.

Guardaban silencio como si todavía les observaran los ojos del brigada y de los dos números. Los guardias civiles se habían presentado repentinamente cuando acababan de botar la barca y la cargaban con sirgas, poleas y herramientas mientras el alba comenzaba a flamear en los muelles desiertos. No tuvieron más remedio que contar el asunto con pelos y señales bajo la mirada suspicaz de los del tricornio. Nelson notaba los ojos escudriñadores del brigada intentando penetrarle el pensamiento. Sabía que el guardia era un perro rabioso: se lamentaba, y no se privaba de decirlo, de que los habitantes de la villa no hubieran cometido atrocidades contra los señores y la gente de derechas para poder disfrutar con la venganza, fusilando a la purria minera de la cuenca, tan peligrosa —decía— como la de Asturias. Era su obsesión durante los interrogatorios de los que regresaban de campos de trabajo y de cárceles; se enfurecía si no encontraba nada para justificar su delirio de sangre. No eran los asesinos que hubiera deseado, sino los perdedores de una guerra que ni siquiera habían empezado y en la que muchos habían muerto. Entonces comenzaban los gritos, los golpes, las palizas, repetidas por las noches cuando las patrullas dispersaban por las calles los grupos de gente después del toque de queda. Nelson tuvo que demostrar adónde iban con la barca, acompañarle a casa de la viuda. El ama, despertada por las criadas —«¿Qué quiere este imbécil?»—, mandó al diablo al guardia civil sin más contemplaciones.

Los del tricornio, enfurecidos por la pifia con la señora, cuya influencia en la capital, donde tenía un pariente en un importante cargo ministerial, conocían, les observaron mientras la barca, una sombra azul recortada a contraluz contra el sol de color calabaza, se alejaba de la orilla. Afortunadamente no les llegó, o no entendieron, el murmullo de Tomàs de Xerta mientras comenzaba a remar:

—No fanfarroneaban tanto los del treinta y seis...

Las palabras del navegante provocaron gruñidos de aprobación del grupo. Se referían a la actitud de los guardias de la villa al producirse la rebelión de los militares en África en julio de 1936. La guarnición se encontró aislada de la comandancia de la zona y los números con sus familias permanecieron encerrados en el cuartel sin saber a qué carta quedarse. Los habitantes, que tenían rodeado el cuartel, se cansaron de esperar y comunicaron a los guardias que o tomaban partido inmediatamente o dejaban salir del cuartel a las mujeres y los niños porque iban a volar el edificio. «Una manifestación muy espontánea de lealtad», comentó con sarcasmo Honorat del Café ante el entusiasmo gubernamental que inflamó a los guardias civiles a la vista de los preparativos para dinamitar el edificio y los hizo salir del cuartel lanzando vivas a la República. Los gritos de adhesión habían sido sustituidos por las brutales represiones de ahora: delante de Nelson, en la proa de la barca, el pómulo izquierdo de Joanet del Pla, tumefacto a consecuencia de un culatazo recibido por no haberse puesto de pie en el café mientras sonaba por la radio el himno nacional, constituía una prueba de ello.

La preocupación del patrón era otra. Estuvo atormentándole durante todo el viaje por el río deslumbrador en medio del silencio roto únicamente por los escasos comentarios de los compañeros o por los rumores atenuados que procedían de las orillas. No veía la hora de llegar. La navegación por las interminables tablas de agua casi estancada se le hizo larguísima. La sensación de angustia fue sobrecogedora en la mejana de la Herradura, donde habían descubierto en julio de 1936 algunas de las imágenes arrojadas al río por los pueblos ribereños, conocida a partir de entonces como la Isla de los Trece Santos (entre los cuales el anónimo contable incluyó sin venir a cuento un diablo y tres ángeles). Las imágenes ya no estaban allí: al comienzo de la guerra, la tripulación del *Cristóbal Colón*, de la mina Vallcorna, se había divertido poniéndolas de pie en la orilla de la mejana y allí se quedaron hasta que un avión fascista, atraído por los resplandores de un sol de septiembre sobre las policromías de unos enemigos extrañamente inmóviles, las ametralló y las hizo astillas. La gran riada de 1937 se llevó definitivamente sus restos, pero a la isla le quedó el nombre para siempre.

Nelson no se tranquilizó hasta que vio en el fondo de un brazo del río la forma del *Neptuno*, como la de un pez enorme inmóvil debajo del agua verdosa sombreada por los álamos. Al cabo de muchas horas de trabajo, cuando lo vio emerger de las aguas removidas y turbias izado por las poleas, estuvo a punto de lanzar un bramido. Él y sus peones habían hundido secretamente el laúd en aquel lugar, después de desembarcar a los fugitivos en la estación de Móra en marzo de 1938. Desde que emprendieron el éxodo Catalunya adentro huyendo de los fascistas, el laúd le volvía con frecuencia a la memoria. En el minúsculo piso de Gràcia, en Barcelona, donde él, su mujer y su hijo pequeño fueron a parar después de un sinfín de dramáticas peripecias, la melancolía se le comía vivo. En medio del desbarajuste de la capital y de la dispersión familiar –el hijo mayor estaba en el frente y la nuera, embarazada, en Figueres, adonde había ido a parar con sus padres en uno de los contingentes de refugiados de la villa–, el río lejano y el recuerdo del *Neptuno* oculto en su fondo le atormentaban. Pensaba en ello largos ratos en el Café del Sol, el local regentado por la hermana bastarda de Carlota de Torres, adonde iba al salir de la fábrica de municiones en la que le había dado trabajo su sindicato. Durante la batalla del Ebro lo creyó perdido; le parecía imposible que hubiera salido ileso de la lucha: pese a la seguridad del escondite, se hallaba en plena zona de batalla. Aquella mañana, mientras lo veía emerger sin un

207

rasguño, Nelson recuperó su razón de ser, volvió a sentirse él mismo a pesar del desastre.

Desde el momento de su botadura, el *Neptuno* formaba parte de Nelson, primero y único patrón de la nave: los músculos, el cerebro, los nervios del navegante tenían una continuación en el barco ennegrecido por el carbón. A través del gemido del costillaje, de las vibraciones del casco, de la manera de deslizarse por el agua, el navegante llegaba a entender el Ebro, a establecer con él un vínculo misterioso expresado por Honorat del Rom de una manera contundente cuando afirmó que Nelson no tenía esternón sino roda de proa y que poseía una caña de timón en lugar de miembro viril.

Lo limpiaron de lodo y examinaron las condiciones del casco. La estancia debajo del agua lo había conservado bien. Solo se hallaba en mal estado la pintura de las bandas de proa, reblandecida por el agua y desprendida parcialmente durante la recuperación y la limpieza. Entre las escamas de la última capa, aplicada al principio de la guerra, aparecían fragmentos de las letras del primer nombre del barco, pintadas por Aleix de Segarra y repintadas cada año durante el repaso estival de los laúdes. Sin estar al corriente, prácticamente nadie habría sabido encontrar la solución del rompecabezas y componer, separando los fragmentos azules de los rojos y del blanco sucio que los rodeaba, el nombre del dios Neptuno con que la viuda de Salleres, después de un *Júpiter* y un *Marte*, había proseguido la saga mitológica iniciada con el efímero *Polifemo* del tiempo de la guerra del 14. A causa de los cambios originados por la guerra civil y la colectivización de las minas, *Júpiter* se transformó en *Lenin*, *Marte* en *Libertad* y sobre las letras del *Neptuno* cubiertas con una mano insuficiente de blanco, un carpintero de ribera entusiasta pero torpe pintó de rojo el nombre de *Carlos Marx*.

Era la segunda vez que el laúd se salvaba de la destrucción, como si el destino lo reservara para vivir hasta el final las vicisitudes de la villa. La primera ocurrió en 1937, al cabo de pocos meses de la requisa por el ejército de una buena parte de las naves para construir un puente de barcas en Gelsa, cerca de Zaragoza, durante la ofensiva republicana contra la capital aragonesa. Los laúdes, a excepción de los indispensables para asegurar el transporte del lignito de las minas colectivizadas, fueron llevados a Faió; allí los pontoneros militares los sacaban del río y los cargaban en los trenes. Uno tras otro, los convoyes de naves salían camino del frente entre nubes de humo acre y espeso. Nelson fue a entregar el *Carlos Marx* y dos laúdes más de las antiguas minas de la viuda de Salleres, controladas entonces por la UGT. Regresó muy deprimido. Le dieron otro laúd pero navegaba en él a disgusto: la caña del timón no le agradaba, el mástil no le convencía, las velas no le cuadraban... Tampoco tenía sus tripulantes: Atanasi Resurrecció había ido voluntario al frente, estaba en el batallón Komsomol; habían movilizado a Joanet del Pla; al machero también... A menudo pensaba en el *Neptuno-Carlos Marx* encadenado en el puente de barcas cerca de Zaragoza y aún se deprimía más. Solo la llegada del hijo mayor con permiso consiguió alejarle la tristeza. Cuando el chico se fue, mientras le llevaba a la estación de Faió aprovechando un viaje con el laúd, el desánimo le atenazó de nuevo. De vuelta, sin embargo, el primer síntoma del desastre que se avecinaba le hizo reaccionar. La turbonada les pilló de lleno en la Canota: de repente se levantó un viento terrible, el cielo se oscureció y se les vino encima un diluvio. Apenas duró un cuarto de hora; los nubarrones se deslizaron Ebro abajo y dejaron un cielo de un azul intenso. Pese a ello, una gran inquietud se apoderó del patrón, le obligó a forzar el paso del macho por el camino de sirga. Sentía la amenaza del río, un pálpito extraño en la quilla de la nave. La segunda turbonada los atrapó en la confluencia del Segre con el Ebro, frente a las primeras casas de la villa; echaron las amarras en el muelle de las Viudas bajo un chaparrón. En los establos, las bestias tiraban de los ramales, relinchaban inquietas; el viejo mozo, más gruñón que nunca –«la culpa de eso la tienen los hijos de puta de los fascistas»–, intentaba inútilmente calmarlas. El vendaval negro también se llevó la segunda turbonada. Mientras Nelson y los peones subían de los muelles, la oscuridad se afirmó sobre la villa; comenzó el desastre.

Llovió a cántaros, con una intensidad desconocida en aquella tierra seca donde la primavera, a excepción de la opulencia de la antigua huerta árabe regada por las acequias, apenas se advertía en las diminutas floraciones de las plantas aromáticas, en el delicado esplendor de los almendrales o en sutiles cambios de tonalidad de los ocres intensos y de los verdes cenicientos del paisaje. De día lucía un sol espléndido; al acercarse la noche caían lluvias inacabables. Los dos ríos comenzaron a hincharse a un tiempo, su estruendo ensordecía. Las aguas no paraban de subir, superaron las señales de las riadas más fuertes, anegaron las calles de la parte baja. Hubo que abandonar casas, sacar las caballerías de las cuadras. El Ebro inundó las bodegas del Café del Muelle y los dos Honorats se paseaban en piragua por el interior del cine, teatro y salón de baile Venus, convertido en un lago del que solo emergían los palcos del primer piso. En Gelsa, muchos kilómetros aguas arriba, la riada rompió el puente militar, arrastró las naves y destrozó la mayor parte de ellas; los restos, mezclados con animales muertos. y árboles arrancados, pasaban flotando sobre las aguas teñidas de ocre y almagre frente a la villa atemorizada. Cuando los ríos menguaron al cabo de muchos días, alguien habló de dos embarcaciones embarrancadas en una alameda cerca de la Lliberola. Encargaron a Nelson ver si valía la pena recuperarlas. El patrón subió a pie por la orilla derecha, bordeando los bancales relucientes como espejos de las huertas todavía inundadas. El presentimiento le sobrevino mientras se acercaba al punto del embarrancamiento; cuando llegó a él, no tuvo que bajar a la orilla del Ebro llena de maleza y podredumbre para saber que uno de los cascos cubiertos de barro y todavía unidos por las cadenas del puente era el *Neptuno*.

Entonces el laúd había vuelto a navegar para una villa esperanzada que aún creía en la victoria; en 1939 emergía del fondo del río para encontrar un mundo de vencidos. De la tripulación quedaban él y Joanet del Pla. El peón machero había muerto en el frente, Atanasi Resurrecció no debía regresar nunca del exilio en Francia.

Nelson no olvidó en toda su vida el viaje de subida con el *Neptuno*. Sin caballería para remolcarlo río arriba, tuvieron que hacerlo los hombres como en el pasado por un camino de sirga cubierto de maleza o casi inexistente a consecuencia de la batalla. Tropezaban con alambradas y trincheras, tenían que evitar bombas y obuses sin estallar, tuvieron que mostrar dos veces los papeles y contestar interrogatorios de guardias civiles de los pueblos ribereños al acecho de camuflados y de fugitivos.

No atracaron en los muelles, dejaron el barco en las atarazanas de la orilla derecha, junto al embarcadero del transbordador. Al cabo de tres semanas salió calafateado, con un mástil nuevo, velas flamantes y otro nombre: desvanecida la etapa fugaz como *Carlos Marx*, el viejo *Neptuno* se llamaba *Virgen del Carmen*, nombre mucho más ajustado que los anteriores a los vientos que soplaban en el río a partir de la victoria franquista y que hallaron la expresión más perfecta en el nuevo barco del Obispo, al que el patrón, que huyó oportunamente a la zona fascista al comienzo de la guerra, bautizó con el nombre pontifical de *Pío XII*.

Como comentó Honorat del Rom unos años después en el Café del Muelle en una sustanciosa charla sobre la conversión de los laúdes al nacionalcatolicismo, el primer encuentro del *Virgen del Carmen* con el *Pío XII* no fue excesivamente feliz. Dicho sin eufemismos, no acabó a bofetadas gracias a la providencial llegada de un tren de Barcelona. Más cargado que nunca de medallas, a las que iba añadiendo las de la retahíla de vírgenes y santos de las apariciones milagrosas que menudeaban por doquier a partir de la victoria fascista, el Obispo, de pie en la proa de su laúd, había comenzado a sermonear a los peones del *Virgen del Carmen* que paleaban carbón al lado. Joanet del Pla había soltado una blasfemia al golpearse un pie, y el de la chatarra milagrera, santamente indignado, comenzó a reñirles, a exhortarles al arrepentimiento y a la penitencia. Ante el desinterés de la peonada el Obispo dejó a un lado la lata penitencial: fuera de sus casillas, comenzó a insultarlos, a tratarlos de rojos malparidos y de perros rabiosos.

Malena de Segarra nunca supo que su presencia en el muelle de Faió evitó aquel día un desastre. Ella y la criada, cargadas de maletas y de bolsas, dejaron clavado a Nelson cuando, harto de los insultos del Obispo y con los ojos brillantes de cólera en la cara tiznada de lignito, se dirigía refunfuñando –«rata de sacristía, hijo de puta, fascista de mierda»– a la pasarela del *Pío XII*, decidido a darle una paliza al predicador. Los peones habían abandonado las herramientas, se disponían a agarrarlo para evitar que subiera al laúd cuando vieron que se detenía al pie de la palanca y se desviaba bruscamente para dirigirse hacia dos mujeres que acababan de aparecer en el camino de la estación entre los montones de carbón.

Por la noche, la mujer del patrón le preguntó muchas cosas: si era cierto que Malena de Segarra estaba muy desmejorada; si había intentado inútilmente pasar a Francia después de la guerra porque había oído decir que Aleix, a quien había esperado en vano en Barcelona, se hallaba en París; si había estallado en lágrimas al pasar ante el convento mientras la acompañaban a casa llevándole el equipaje... Pero Nelson se mostró lacónico y resolvió en pocas palabras la sarta de preguntas. La aparición de Malena de Segarra en el muelle de Faió le había afectado hondamente. Evocaba muchas cosas entrañables y la curiosidad de su mujer le molestó. Le preocupaba la suerte de Aleix, de quien nadie sabía nada desde la evacuación, pero había evitado hacer preguntas a la pasajera, por la que sentía un gran respeto. Durante el viaje de vuelta de Faió, con un poderoso bochorno hinchando las velas, tuvo delante a las dos mujeres instaladas en un asiento que les había hecho preparar para que no se mancharan con el polvo de lignito. Malena de Segarra estaba abatida y parecía claro que su abatimiento no hacía sino crecer a medida que se acercaban a la villa. El recuerdo de Aleix debía de hacerse más punzante, evocado por el paisaje familiar tantas veces reflejado por el pintor. Desde que la dejaron en la puerta de la casa de los Segarra –sin las lágrimas que la murmuración atribuyó en aquel momento a Malena, inventadas al igual que las del convento, por delante del que pasó deprisa y mirando al suelo–, Nelson solo la vería viva un par de veces en el futuro. Recluida en la casona en compañía de Anna, la fiel sirvienta que la había seguido durante la huida, esperaba con ansia unas noticias que no llegaban.

Aquel mediodía de 1971, el viejo Nelson, al darse cuenta de que ya no sonaba la sirena, también intuyó, como Carmela, el parón definitivo del reloj de la torre. Lentamente, siguiendo el muro del Ebro a lo largo del cual los laúdes se pudrían sin salir a navegar desde el comienzo de la destrucción de la villa, se fue a su casa. Después de comer bajó al Café del Muelle con la imagen de aquella Malena lejana todavía en la mente. En la calle de las Piedras le sorprendió el toque de las campanas. Pero no marcaban las horas del reloj parado para siempre: tocaban a muerto. Le extrañó, no tenía noticia de ningún fallecimiento. Fue Estanislau Corbera quien le sacó de dudas anunciándole, entre los de dos personajes de importancia universal, el vigésimo primer aniversario de la defunción del señor Jaume de Torres.

IV

Después de una siesta sofocante con la música de fondo del toque de difuntos, llegó la hora de arreglarse para asistir a los funerales del aniversario de su padre y el furor de Carlota de Torres estalló como un barreno. El deber irrenunciable y sagrado de eternizar la memoria del desaparecido con las exequias anuales implicaba una contrapartida cruel: resucitar en la memoria de la villa el vergonzoso suceso del entierro.

Ver a Carmela de pie en el centro del dormitorio con las ropas de luto dobladas en el brazo desató la irritación que la señora llevaba días incubando desde que se había dado cuenta de la proximidad de la fecha. La criada lo sabía de siempre y se armaba de paciencia. Habría gritos, insultos, quejas, amenazas hasta que se dejara convencer de ponerse la ropa entre resoplidos de rabia. En efecto, al cabo de un rato, que crecía de año en año, Carlota de Torres se decidió a salir de la cama de matrimonio. El somier dejaba escapar unos chirridos quejosos y la criada descubría por enésima vez que el señor Hipòlit no había dejado huella en él. Carmela siempre había tenido la impresión de que la señora no dormía más que sola o con Francesc Romaguera, a quien Carmela, sobre todo a partir de la última visita del abogado a la villa, maldecía un día sí y otro también. La presencia de Hipòlit de Móra pasó casi tan desapercibida entre las sábanas como su ausencia desde que había fallecido dos años atrás con una muerte tan mediocre como él. No fue una agonía insólita ni un fallecimiento desaforado y férreo al estilo de la generala; menos aún una muerte pecaminosa y romántica, como Isadora Rubió calificaba la del Torres calavera en brazos de Madamfransuà en las orillas del Sena. Un día de septiembre, el señor Hipòlit de Móra se murió sin más como un pajarillo. Según el boticario, al doctor Beltran no le quedó ni la posibilidad de rematarlo; lo único que el matasanos pudo hacer cuando le avisaron a toda prisa fue certificar la defunción más aburrida de su larga y mortífera carrera de colaborador de la Parca.

También celebraban su aniversario pero la conmemoración resultaba anodina, no suponía las irritantes evocaciones de la del señor Jaume. Muy al contrario, al principio, las misas por el marido difunto eran la excusa utilizada para reunir a los hijos en la casa por lo menos una vez al año aunque ello supusiera la presencia de las dos nueras y del yerno, considerados por la señora Carlota de Torres los responsables de la marcha de los hijos –el mayor y la chica, a Madrid con los tíos; el restante a Barcelona–, que acudían rara vez a la villa. Las minas les aburrían, el río no les interesaba y consideraban tediosa la vida de la casona, al contrario que la madre, que no soportaba el alboroto y el anonimato de la ciudad. La señora intentó hacerles acudir también a los funerales del abuelo pero el alud de evasivas la hizo desistir. Al igual que las otras veces, pues, el toque de difuntos anunciando las exequias por el descanso eterno del señor Jaume de Torres resonaba en una casa casi desierta donde las ausencias, temporales o eternas, habían sellado corredores y dormitorios, limitando la vida a la parte del Salón de las Vírgenes Mártires, asediado también por el

216

silencio cada vez más opaco y más denso que se asentaba detrás de las puertas cerradas.

En 1971, segundo año de las destrucciones, mientras la villa se desmoronaba alrededor de la casa, la señora Carlota de Torres sentía más que nunca el peso de la soledad, la falta del padre. En el vestidor, las viejas sombras salían del espejo ante el cual Carmela se esforzaba por embutirla dentro de los lutos impregnados del olor de alcanfor de la cómoda del dormitorio del general. Más allá de la imagen de la hija, de la blancura de los hombros rollizos contra el negro del sostén que repetía el luto del vestido, el señor Jaume aparecía de repente como el día de junio de 1940 en que abrió la puerta sin llamar para anunciarle con una mezcla de excitación y de angustia que los alemanes acababan de entrar en París.

Von Müller ya había anunciado la inminencia de la llamarada que consumiría Europa y el mundo cuando se despedía del señorío el día del regreso a Alemania («Muchos recuerdos al señor Führer y a la señora Führesa de nuestra parte», había exclamado una Isadora Rubió emocionada, interrumpiendo al doctor Beltran cuando este se disponía a lucirse con una pieza oratoria ampulosa y florida). Meses después, en el ambiente germanófilo del Casino de la Rueda, entre el humo del tabaco de contrabando mezclado con el aroma del café de estraperlo que incensaban la gran fotografía del general Franco, caudillo de España por la gracia de Dios, colgada en el lugar de honor del salón, los socios comentaban con optimismo las incidencias de un conflicto que provocaba los primeros síntomas de la renovación de una historia ya conocida en la villa: el incremento de la demanda de lignito, iniciado en los tiempos de la guerra de Cuba y repetido de manera espectacular durante la del 14.

El fenómeno comenzaba a sacudir la cuenca medio paralizada, donde las únicas minas en plena explotación desde la guerra civil eran las de la viuda de Salleres y las de los Torres y Camps. La mayoría no habían abierto o arrastraban una vida mortecina. Barcelona quería carbón con urgencia y las minas se hallaban en condiciones de ofrecerlo, en muchos casos gracias al trabajo realizado en la época de la colectivización, cuando, además de explotar de manera racional las que ya funcionaban, los sindicatos habían reanimado otras abandonadas antiguamente por algunos propietarios poco propensos a realizar los indispensables trabajos de infraestructura.

Hacía falta carbón; también hacían falta laúdes para transportarlo pero no había. Solo se había salvado del desastre el de la viuda de Salleres que pilotaba Nelson; los utilizados para evacuar la villa habían sido destruidos posteriormente durante los combates del Ebro. Comenzó una actividad febril. Al Salón de las Vírgenes Mártires llegaba el rumor de los carpinteros de ribera que trabajaban en la otra orilla del río. El cierzo arrastraba sobre el agua los humos de las hogueras, hacía llegar a los muelles bocanadas de brea caliente. Ahora los propietarios se disputaban a la gente del río y los mineros condenados al hambre por actuaciones políticas durante la República y la guerra. Estallaron peleas a la hora de contratar patrones y peonaje. «Si el burgués te necesita para hacer pelas, irá a buscarte aunque hayas colgado a su padre», filosofaba Estanislau Corbera, viendo cómo los propietarios llamaban con urgencia a capataces, navegantes, picadores, carreteros o barreneros a los que habían dado con la puerta en las narices hacía apenas cuatro días. La agitación de las atarazanas, el estrépito de las herrerías de la cuesta del Horno ocupadas en recuperar y poner a punto vagones, vías y herramientas; la agitación de los talabarteros fabricando arreos para las bestias y el ajetreo del personal arriba y abajo marcaban esos días en la memoria de la señora Carlota de Torres. Pasar por la calle del Pedret era escuchar la máquina de Casimira Rius cosiendo velas para las embarcaciones; bajar por la del Timón al muelle de las Viudas significaba oler de nuevo el tufo ácido de los establos de la viuda de Salleres, llenos otra vez de caballerías. Las bestias perdidas durante la guerra eran sustituidas por las que los tratantes gitanos –amplio blusón negro, bastón largo y fino, lengua hábil y halagadora– iban a ofrecer a la villa: administradores, mozos de cuadra de gran experiencia y navegantes entablaban el suspicaz y eterno regateo con los tratantes frente a la antigua Fonda del Viejo Jabalí. Así entró en los establos de la viuda la mula Nicanora, favorita de Nelson. Nicanora, enamorada años después de Honorat del Rom después de un viaje de este con el *Virgen del Carmen*, entraba en la farmacia cuando pasaba por delante; en medio del nerviosismo de la clientela metía el morro por la ventanilla del mostrador para recibir las caricias del farmacéutico y no se iba hasta que este no le daba un puñadito de pastillas de menta.

Las apariciones de Carlota de Torres en d balcón del salón se repitieron con frecuencia después de la humillante interrupción de la costumbre forzada por la guerra. Se exhibía aún sobre todo durante el buen tiempo, enfrentada a la gran plaza y al Ebro de lomo verdoso surcado por laúdes nuevos que se hacían al agua por primera vez, pero no era raro divisarla en días de frío, de pie detrás de la barandilla de hierro forjado, imponiendo presencia y dominio sobre personas y cosas. El balcón era un trono: desde allí, orgullosa y desafiante, se complugo en escuchar los horrorosos chillidos de sus cerdos mientras el matarife los sacrificaba en el muelle de la Plaza una mañana helada y limpia del primer invierno de la posguerra. La matanza de los cerdos de la casa Torres siempre se hacía sin ningún alboroto en la finca familiar de los antiguos huertos del Ebro, pero aquel diciembre la señora ordenó que las bestias fueran degolladas y descuartizadas en los muelles a la vista de todo el mundo. Desde el balcón contempló el ir y venir de criadas y gente enviada por Graells, que llevaban en grandes cestos de mimbre las piezas y las entrañas de las bestias ante los ojos ansiosos de la villa hambrienta. También desde el balcón, acompañada por el padre y por otros señores, entre los que había frecuentemente personalidades del régimen venidas de la capital, asistió al paso de procesiones, a los ejercicios paramilitares de los chicos y las chicas del grupo escolar al compás de trompetas y de tambores, a los mítines donde se arrojaban sobre el vecindario silencioso ríos de grandilocuencia imperial con continuas referencias a Hitler y a Mussolini. Cuando comenzó la recuperación de la cuenca, contemplaba el retorno al anochecer de los mineros del otro lado del Ebro: la hilera de llamitas amarillas de las luces de carburo por el camino de Aubera como una guirnalda luminosa que después se reunía en el embarcadero donde los trabajadores aguardaban la llegada del pontón. Significaba el asentamiento definitivo de las cosas eternas después de la sacudida del 36, según decía su padre, muchas veces de pie a su lado durante los ratos contemplativos.

El señor Jaume se había recuperado. La guerra, siempre con la sensación de que la balsa de aceite de la villa podía convertirse en cualquier momento en tempestad, y la colectivización de las minas estuvieron a punto de acabar con él. El día después de la evacuación, durante la cual permanecieron en casa, temiendo un acceso de desesperación de los que huían, cuando salieron a recibir a los fascistas el señor Jaume parecía una piltrafa. Costaba reconocer en su figura encogida la petulancia de antaño. La marcha a Castilla supuso el principio de la recuperación, con el paréntesis dramático, olvidado inmediatamente, de la muerte de la mujer. El retorno definitivo a la villa le había permitido recuperar el vigor, aunque los años habían dejado su rastro, como comprobaba con melancolía su hija siempre que comparaba al señor Jaume de entonces con el del retrato pintado por Aleix de Segarra. La oleada de trabajo originada por la posguerra y el nuevo conflicto mundial acabaron de realizar el milagro aunque Carlota y Graells, en buena parte por su propio interés, sobre todo en lo que se refería al hombre de confianza, hacían de todo por ahorrarle la parte más pesada de los negocios y fingían ignorar la existencia de la amante leridana, que compartía sin saberlo con un comisario de policía, un director de banco y la propietaria de una cerería («O tempora! O mores», exclamaba un melancólico profesor de latín, auténtico amor de la rubia, perdido en aquel laberinto de pasiones arrebatadas con trastienda de himno nacional, bacilo de Koch, cartilla de racionamiento y mercado negro).

La botadura del *Carlota II*, el primero de la serie de naves que salieron de los astilleros cuando el *Virgen del Carmen* llevaba más de un mes navegando, fue el momento clave de la recuperación. En medio del grupo de señores y señoras reunidos en los muelles para la ceremonia, a la salida de la misa mayor de un domingo claro y seco de comienzos de invierno, el señor Jaume estaba radiante. Carlota, aunque contenta por aquella actitud, se alarmó al descubrir las deferencias que mostraba hacia una maestra nueva, que se hicieron más insistentes y casi escandalosas durante el banquete: la mosquita muerta de generosa pechera (una de las debilidades del señor Jaume) no paraba de provocarle fingiendo una falsa frialdad. El asunto fue tan descarado que a la mañana siguiente, mientras Carlota de Torres se vestía después del baño con la ayuda de Carmela, la criada le informó de los comentarios provocados por la actitud del señor Jaume entre las demás invitadas. Ninguna de ellas dejó de evocar, con toda la malignidad posible, la inconstancia –«¡ay, Señor!»– de los sentimientos humanos. Alguien sacó a colación, precisamente en los postres, la muerte de la esposa en Valladolid: entre los sorbetes de fresa vagó el fantasma de Adelina Camps, sonaron sus ruegos agónicos para que la enterraran descalza según la costumbre de la villa, ya que le horrorizaba la idea de irse al otro mundo con los zapatos puestos. Estefania d'Albera (candidata tenaz y secreta a la plaza vacante, que, con la intención de engolosinar al viudo, procuraba compensar con postizos de algodón la deprimente flaccidez de sus pechos) llegó a decir que dedicaría los misterios del rosario vespertino a la memoria de la infeliz, enterrada en un cementerio lejano y que debía de haber temblado de rabia a causa del empecinamiento de un marido tan olvidadizo. Mientras alisaba lentamente el vestido sobre las poderosas caderas de la señora, Carmela prosiguió la tarea informativa: Nàsia Palau, a quien acababa de escapársele de las garras un telegrafista asustado por inminente amenaza nupcial, hablaba de la obsesión del señor Jaume por las faldas. Para remachar el comentario (esta parte fue omitida por Carmela), Nàsia se había remontado muy atrás, aludiendo a ciertos escopetazos, a la marcha de la villa de una chica con toda su familia, al nacimiento en Barcelona de una criatura que parecía gemela de Carlota de Torres y al último escándalo: la amante leridana («Ad majorem Dei gloriam», musitaba el melancólico profesor de latín desde que un canónigo de la catedral ocupaba en la cama de la rubia tetuda el lugar del director bancario empapelado por desfalco).

La maestra interesada y coqueta reavivaba un peligro latente: la posibilidad de unas segundas nupcias del padre, carcoma insistente de más de una noche de insomnio de la señora. Carlota de Torres se preocupó. Si aquello sucedía habría un cataclismo que podía ocasionar no solo la pérdida de su posición en la casa, sino también un desastre para sus hijos, Se apartó de golpe del espejo, donde solo quedaron reflejadas las facciones de la criada, nada sorprendida por otra parte ante la reacción colérica de la señora.

Ante el estupor de todo el mundo, con la excepción de Carmela, la maestra, después de un viaje a la capital de provincia donde fue convocada por un inspector de enseñanza, antiguo compañero de colegio del hermano mayor de Carlota de Torres, decidió pedir el traslado y se fue a la francesa. En las largas ceremonias del vestidor, la criada recuperó con alegría a una señorita relajada, incluso sonriente a su propia y poderosa imagen reflejada en la frialdad del espejo («Amor omnia vincit», musitó el melancólico profesor de latín de Lleida cuando vio regresar al señor Jaume a la cama de la rubia después de un mes de ausencia).

−¡Espabila, mujer, que llegaremos tarde!

− Ya voy −refunfuñó Carmela, volviendo de improviso al presente, a los golpes de badajo de las campanas olvidados durante la evocación en que se había ensimismado mientras vestía al ama.

−¡Malditas campanas! ¡Ojalá dejaran de tocar!

−Si no tocasen, nadie sabría que hoy celebramos el aniversario de su señor padre, que en paz descanse. Pensarían que lo hemos olvidado.

−Pero si recuerdan el aniversario, también recordarán lo que ocurrió cuando murió.

−De eso hace la mar de años.

−¿Quieres hacerme creer que se les ha ido de la memoria, Carmela?

No contestó. Sabía de siempre el dilema en que se debatía la señora. No podía interrumpir las celebraciones del aniversario del señor Jaume. ¿Qué dirían? La acusarían de hija ingrata, de hacer borrón y cuenta nueva, de privar al difunto padre del consuelo que las misas y los responsos anuales le aportaban. Si lo celebraba, sin embargo...

Las campanas no cesaban de arrojar el toque de difuntos sobre la villa medio destruida. Cada golpe de badajo –pensaba amargamente la señora Carlota de Torres mientras, enlutada de pies a cabeza y seguida de las tres criadas, bajaba la escalinata de mármol de la casona– era un recordatorio para la memoria ciudadana, la cual seguramente ya comenzaba a evocar la peripecia más humillante y amarga de la historia de los linajes de los Torres y de los Camps.

V

En sus comentarios sobre la pesadilla de las demoliciones, siempre divergentes de la versión oficial, con frecuencia ampulosa y mojigata, Honorat del Rom negaba que el polvo responsable del blanqueamiento de la señora Carlota de Torres y las tres criadas en la puerta de la iglesia parroquial procediera de los escombros de la casa de Nicanor de Sansa. Dosificando los argumentos con sabiduría, tildada de perfidia por el carpintero de ribera Forques, que habría dado el saxo por no oírle, pese a que reconocía interiormente la verdad de sus palabras, el boticario comenzaba por decir que las máquinas habían derribado cinco edificios de la plaza de la Paja durante la semana anterior al funeral del aniversario del señor Jaume de Torres; a continuación especulaba sobre las probabilidades, ciertamente escasas, de que el viento, un cierzo arrasador, dorado por las mieses de las altas llanuras del secano, hubiera levantado únicamente el polvo de uno de ellos para llevarlo a través del laberinto del núcleo medieval hasta la esquina de la rectoría con la cuesta del Horno, donde envolvió a las cuatro mujeres. Las probabilidades, mucho más recortadas si la casa debía ser exclusivamente la de Nicanor de Sansa, resultaban eliminadas por una prueba irrebatible: el día de los funerales de aniversario del señor

Jaume de Torres, en septiembre de 1971, la casa de Nicanor aún no había sido abatida. La afirmación, apoyada en evidencias de todo tipo incluyendo la fotográfica, ya que el boticario recogía con una vieja Leica del padre difunto las diversas etapas de la destrucción de la villa, decapitaba la teoría según la cual la nube de polvo que enharinó a la señora Carlota y a las criadas era una venganza simbólica y póstuma de Nicanor contra los Torres a causa de la sucia historia conocida por todo el mundo. El boticario la consideraba una bobada poética inspirada por la impotencia (y si el carpintero de ribera hubiera dado el saxo, cosa que todos dudaban, por poder rebatir a Honorat, este se habría desprendido sin miramientos, cosa que no dudaba nadie, del catalejo de la guerra de la Independencia, de su frasco de farmacia más valioso o de los dos grabados taurinos de Goya recuperados de la basura, para poder alinearse al lado del otro). Al prestarle dinero a la viuda de Nicanor, sola en el mundo con tres criaturas tras la muerte del marido en Francia después de la guerra civil, y arrebatarle más adelante la casa a causa de la deuda y de los intereses acumulados durante años, el señor Jaume de Torres no había hecho sino seguir un método habitual y antiguo de enriquecerse. ¿Cómo habían acumulado sus bienes la mayoría de las familias poderosas de la villa? Años de malas cosechas, de enfermedades, de miserias que agravaban las deudas con la complicidad legal de papeles astutos firmados con una cruz por gente analfabeta, eran la base de las fortunas de los Torres, de los Salleres, de los Albera, de los Vallcorna... Si el cierzo y el polvo, a los que Honorat del Rom se negaba en redondo a atribuir conciencia moral, actuaban de reparadores de injusticias y de artimañas, ensuciando los lutos de la señora Carlota de Torres, el boticario no veía por qué no habían de manchar a una parte más numerosa de la población, comenzando por él mismo, beneficiario sin duda de los latrocinios de antepasados sin excesivos escrúpulos, y terminando por los Graells, la familia de confianza de la casa de Torres, que habían aprendido la lección de los amos y la practicaban de manera tan implacable como provechosa.

Ahora bien, si las diversas consideraciones suscitadas posteriormente entre los habitantes resultaban polémicas, el hecho era innegable: una ventolera cargada de tierra y de broza enjalbegó a las enlutadas delante de las cristaleras del Café del Muelle. El desconcierto de las mujeres cubiertas con mantillas negras fue observado por los parroquianos sentados a las mesas de aquella parte del local, adormilados por el calor de la hora, y por un perdiguero que dormitaba en el rincón sombrío del portal de correos.

–Tendrá que ponerse en remojo para quitarse la tierra –dijo Joanet del Pla mientras la señora intentaba inútilmente sacudirse el polvo con la ayuda de las criadas.

–Necesitará una bañera como el Ebro –precisó Nemesi Cordes antes de engullir un sorbito de café.

–Si se mete en él, tendremos riada –profetizó Estanislau Corbera, levantando la mirada de un solitario cuya solución no encontraba. Necesitaba el rey de copas pero no salía ni a tiros. Sotas, caballos, ases... ¿Dónde se había metido el rey de los cojones?

–Así de blanca de polvo, su padre no la conocerá si baja del cielo al funeral de aniversario.

–¿Del cielo?

–Claro, cabeza de chorlito. ¿Adónde quieres que vaya la gente de dinero? Cuando llegan a la encrucijada, no tienen más que llevarse la mano a la cartera y listos. ¿Nunca has oído decir que poderoso caballero es don dinero?

–No creo que venga. Aún debe durarle la vergüenza.

–¿Quién iba a decirlo? Seguro que se descuidó. Estas cosas solo les ocurren a los pobretones como nosotros; jamás a un señorón como Jaume de Torres.

–No es preciso que me lo recuerdes. Le veo como si lo tuviera delante –exclamó Joanet del Pla–. A la tripulación del *Virgen del Carmen* el asunto nos costó un buen susto. ¿Te acuerdas, Nelson?

Cuando el laúd estaba a punto de zarpar de Tortosa, Ramon, el agente de la casa Salleres, se presentó resoplando en el muelle para comunicar al patrón un encargo recién recibido por teléfono. Al saber de qué se trataba, Nelson frunció el ceño y soltó una sarta de blasfemias de las más gruesas de su repertorio, no excesivamente extenso pero sí lo bastante contundente como para poner los pelos de punta al chupatintas. Ramon se sintió obligado a echar una mirada a su alrededor. Desde que el gobierno franquista, uña y carne con la Iglesia, había hecho pegar carteles en todas partes con la prohibición de blasfemar, abundaban denuncias y multas. Hacía menos de una semana que el Obispo había dado parte a la autoridad de una pelandusca de casa de la Coronela, su burdel tortosino predilecto, porque la mujer blasfemó cuando él, encendido por una quincena de abstinencia penitencial, le atizó un pellizco brutal en una nalga.

–No me hace ninguna gracia, ¿me entiendes? –murmuró Nelson, después de la retahíla blasfematoria–. ¿No hay ningún laúd de la casa Torres para este trabajo? Esto no es cosa nuestra.

–Parece que hoy todos se encuentran en la villa, ¡qué remedio! No llegarían a tiempo. Sin embargo, vosotros, sí. Hazte cargo de la situación, hombre. Ya sabes cómo es la viuda. No traga a los Torres, pero en una situación como esta...

–Ya me hago cargo. No puedo hacer otra cosa, ¿verdad? Contó el asunto a los peones y los envió a ayudar al oficinista con instrucciones de no perder tiempo. Era cerca de mediodía y quería zarpar lo antes posible de la puesta de sol. El encargo le inquietaba de mala manera y no pudo evitar un escalofrío cuando un relincho del macho, tendido tranquilamente encima de los sacos de arroz que acababan de embarcar después de haber descargado el lignito en un tejar, le anunció el retorno de los tripulantes. No, aquello no le gustaba pero no le quedaba más remedio: tenía que transportar el ataúd donde meterían los restos del señor Jaume de Torres, que en aquellos momentos agonizaba en la villa. Según las noticias recibidas por teléfono por Ramon junto con el macabro encargo, el día anterior un desvanecimiento había derribado al señor Jaume mientras tomaba café en el casino. El doctor Puiggros, el médico joven, rival de Beltran, había anunciado a Carlota que no había nada que hacer. Sería inútil y cruel intentar llevarle a la capital, moriría por el camino. El desenlace era inminente, cuestión de un día o dos como máximo. Lo más sensato sería comenzar a tomar las medidas que el caso requería. Una de las primeras disposiciones de la hija —como la villa supo por Teresa— fue delegar en Graells la responsabilidad de encargar con la máxima urgencia el ataúd a la funeraria de Tortosa, antigua proveedora de la familia. Por supuesto que tenía que superar en mucho la proporcionada por la misma firma a Praxedes Maials, propietario del cine, teatro y sala de baile Venus. El ataúd del antiguo minero, el primero en organizar proyecciones de películas en una cochera de la calle de la Barca poco después de que el invento de los Lumière llegara a Barcelona, negocio con el que se hizo de oro, no debía poder compararse con el del señor Jaume de Torres. La cosa quedó clarísima en la conversación telefónica de Graells con el gerente de las pompas fúnebres; la voz del hombre, esforzándose por mantener el entusiasmo profesional dentro de los límites impuestos por las dolorosas circunstancias que le ceñían a la hora de vender el artículo a la parroquia, se había apresurado a garantizar la calidad inmejorable del producto al administrador de la ilustre familia, vieja cliente fiel en aquellas tristísimas ocasiones.

Los señores jamás eran enterrados en los ataúdes construidos por los carpinteros de la villa, demasiado bastos para contener dignamente los cadáveres enviados a la eternidad por las familias rancias. ¿Quién podía concebir la llegada al otro mundo de un Torres o de un Vallcorna en un ataúd hecho en el callejón de San Francisco o en la plaza de los Peces? Siempre que la descarnada planeaba sobre uno de los caserones, el lujo del féretro prevalecía sobre cualquier otra cosa y se llegó al punto de no respetar la última voluntad de la señorita Dolors d'Albera, hermana de Estefania. La solterona pidió –por lo menos según la versión de Honorat del Rom– que la metieran en una de las cajas de Dalmaci Pons, el carpintero del callejón de la Perdiz a quien amaba en secreto, pero el orgullo familiar la envasó –la expresión no era del boticario sino de Estanislau Corbera– en un ataúd de lujo de la funeraria de Tortosa.

La oleada de prosperidad por la resurrección de las minas en la posguerra exaltó de nuevo la ostentación funeraria de los señores. Cuando Nelson recibió el macabro encargo en el muelle de Tortosa, el personal todavía digería la maravilla mortuoria en que habían metido al señor Praxedes a mediados de la primavera de aquel mismo año de 1950, temporada lúgubre de remusgos traicioneros, calores inusitados y turbonadas gélidas que había segado un montón de gente delicada o de edad. Ahora correspondía a la familia Torres superar la espléndida caja de madera tallada con asas de bronce y un cristo de marfil en la tapa, exhibida con el señor Praxedes dentro en el Venus, de donde al día siguiente del entierro, domingo, la juventud alejó la muerte al compás de los boleros interpretados por la orquesta fundada por el difunto.

230

Nelson, preocupado, apresuró el embarque del ataúd, lo cubrió con unas lonas, más para no verlo que para protegerlo, y dio la orden de zarpar: los peones soltaron amarras, izaron velas; el *Virgen del Carmen*, empujado por el bochorno, comenzó a remontar el Ebro dejando en el muelle los deseos de buen viaje del chupatintas, aliviado de verlos partir con la carga de mal augurio.

El resto de la mañana y toda la tarde, a excepción de un breve descanso a la hora de comer, navegaron sin problemas aunque en silencio, abrumados por la presencia del ataúd. De noche durmieron fuera de la nave. Se llevaron jergones y mantas, buscaron cobijo en una masía y dejaron el féretro abandonado en el laúd. Al día siguiente encontraron un mensaje en Ascó. Un antiguo patrón de la viuda los esperaba: tenían que darse prisa, el señor Jaume estaba en las últimas. Que navegaran de noche...

–¿De noche? –refunfuñó Nelson.

–¡Mira que de esa manera nos la jugaremos! –exclamó Joanet del Pla.

–Dice que no te preocupes. Graells ha hablado con la guardia civil. Dadas las circunstancias no habrá problemas.

–De acuerdo. De todos modos, veremos qué pasa...

Navegaron hasta la puesta de sol, se detuvieron para cenar e inmediatamente después el *Virgen del Carmen*, a favor de un viento sostenido, se adentró en la noche rasgando el resplandor de las estrellas pintado en la piel del Ebro. A poca distancia de Faió el bochorno cesó de repente y hubo que desembarcar al macho para proseguir el viaje sirgando. Grandes nubes cubrían entonces las estrellas, la oscuridad rodeaba la nave. Solo oían el deslizamiento del agua por los flancos del laúd, el rumor de los cascos del macho por el camino, el roce de la sirga en las ramas de alguna mata y, de vez en cuando, las breves órdenes del peón que guiaba la caballería. Un par de horas después sonaron voces en la orilla, los pasos del macho cesaron y la cuerda que unía la bestia a la nave se aflojó.

—Alexandre, ¿qué pasa? —gritó Nelson al machero.

De la orilla llegaba un murmullo confuso de voces.

—¡Alexandre!

—Acerca el laúd a la orilla, Nelson —dijo al final el peón.

—¿Qué pasa?

—Haz lo que te digo.

—Vamos, chicos —ordenó, preocupado, mientras daba un giro de timón para acercar el barco a la orilla.

Los dos peones de a bordo facilitaron la maniobra con las pértigas. En medio de la oscuridad, Nelson consiguió vislumbrar vagamente la poderosa masa del macho inmóvil. Unas siluetas se acercaron al laúd pero le pareció que no veía la temida sombra de los tricornios. Si no se trataba de guardias civiles no había ni que preguntarlo: eran gente del maquis, las guerrillas de exiliados que venían de Francia, sobre todo desde la derrota de Hitler, para luchar contra la dictadura franquista. Eran tan frecuentes por aquella parte que habían provocado años atrás la presencia del ejército en la villa. Disminuyeron mucho, aunque reaparecían de vez en cuando. Nelson se sintió aliviado por no tropezarse con los guardias pese al permiso que, según el patrón de Ascó, parecían haber obtenido los Torres para el viaje nocturno. A fin de evitar que los navegantes cruzaran a los guerrilleros de un lado a otro del Ebro esquivando la vigilancia de los puentes, la guardia civil prohibía la navegación desde la puesta del sol hasta el alba bajo penas severas. Saltarse la disposición suponía multas y palizas, y Nelson, pese a las garantías que le habían dado, respiró hondo al no ver tricornios en la orilla. El maquis no le inquietaba, muy al contrario, pese a que lo consideraba una lucha perdida. Dentro del término de la villa, los guerrilleros podían contar con la ayuda de mucha gente; encontraban cobijo en masías y minas o en la misma población. Para evitar represalias, la gente que les acogía iba después, siguiendo los consejos de los propios guerrilleros, a denunciarlos al cuartel, donde declaraban haberse visto forzados a darles comida o refugio bajo amenazas de muerte. Cuando los confidentes señalaban su presencia en la villa, guardia civil y somatenes de gente de derechas se movilizaban en batidas nocturnas, estrafalarias y miedosas, que parecían tener por objetivo alertar a los guerrilleros más que intentar capturarles. Esa actitud, «loable por la fuerte dosis de heroica prudencia que contenía», según los irónicos comentarios de Honorat del Rom entre los íntimos del Café del Muelle, era aún más evidente fuera de la villa. El brigada comandante del puesto exigía entonces los servicios de unos guías expertos en los laberintos del término municipal, gente de la que sospechaba la connivencia con el maquis y que llevarían indefectiblemente la patrulla en dirección contraria al punto donde estaban los guerrilleros. El heroico brigada prefería el refugio seguro del cuartel; allí podía maltratar sin peligro a los detenidos y organizar trampas audaces y brillantes como la tendida para capturar a un guerrillero que, según un confidente, solía acudir con exasperante audacia a determinada casa de la calle del Anzuelo. La operación culminó con la detención, ¡ay!, del juez municipal en calzoncillos (el informe confidencial cubría púdicamente con esta prenda de ropa interior la verdad del asunto, más bien decaída a causa del sobresalto) mientras repasaba el código civil con la presidenta de las Damas de Santa Bárbara.

Orestes de Campells, el peón con quien Nelson había cubierto la baja de Atanasi Resurrecció, colocó la palanca y las sombras subieron a bordo. Una de ellas se acercó a popa. El patrón descubrió que se movía con seguridad por la pasarela entre el mástil y el banco de popa, detalle que le sorprendió considerablemente y le hizo cavilar.

233

–Buenas noches, Nelson.

–Buenas noches –contestó a la figura erguida a un metro escaso de distancia, cerca del bulto del ataúd.

La memoria intentaba identificar inútilmente la voz vagamente familiar del otro, sin duda hombre del río.

–Sabíamos que subías aunque no te esperábamos hasta más tarde. Has navegado deprisa, pero no hace falta que os desloméis por llegar; por lo que sabemos, el hijo de puta que quieren meter ahí –dio un puntapié al ataúd cubierto con la lona– todavía no ha soltado el pellejo. No os estorbaremos demasiado, queremos pasar a la otra orilla y basta. Dejad el macho aquí, no vale la pena embarcarlo.

El guerrillero regresó con los demás. Mantuvieron una conversación rápida de la que solo le llegó un susurro.

–Cuando quieras, Nelson –dijo el que le había hablado.

–Quédate con el macho, Alexandre. ¡Vosotros, preparad los remos!

Orestes de Campells y Joanet del Pla retiraron la palanca y encajaron los remos en los toletes.

–¡Adelante!

Iniciaron la boga. El laúd surcaba el agua lenta, adivinada en la oscuridad por el murmullo con que se rompía contra la proa. Nelson no necesitaba luz; conocía el Ebro palmo a palmo, sabía exactamente dónde se encontraba y el punto de la otra orilla donde iría a parar. Mientras ansiaba no tener un tropezón con los guardias, una sombra se plantó frente a él en silencio. Emanaba de ella algo aún más familiar que de la voz del otro. Un ruido metálico, probablemente un arma, sonó en medio del chapoteo atenuado de los remos. Un rayo de luna filtrado de improviso por las nubes, le permitió distinguir al guerrillero revolviendo lo que le pareció un zurrón. Oyó un roce, la llama de una cerilla rasgó la oscuridad. Al principio, la claridad rojiza le deslumbró y espesó aún más la negrura de la figura. La llamita subió hasta la punta de un cigarrillo, la cerilla se mantuvo al nivel del rostro más tiempo del necesario y Nelson descubrió, mientras se le hacía un nudo en las entrañas, que desde el juego de luz y de sombra de aquella cara le miraban los ojos de Salvador Riells. No dijo nada. Salvador arrojó la cerilla cuando casi le quemaba los dedos; la llama describió un arco rojo y murió en la negrura del agua. Después de revolver otra vez en el zurrón, el guerrillero le cogió un brazo y le dejó un papel en la mano. Parecía un sobre. Nelson se lo puso debajo de la boina sin dejar de escudriñar la mancha oscura en que había vuelto a convertirse la cara de Salvador.

Habían pasado siete años desde diciembre de 1943, desde la noche que la villa se llenó silenciosamente de policía secreta procedente de la ciudad. Antes del alba comenzaron las detenciones de los miembros del grupo armado de la CNT que se estaba organizando en la población, descubierto, según se dijo, por un confidente infiltrado. Salvador Riells salía de casa para irse a la mina de la viuda de Salleres donde trabajaba de herrero cuando se encontró frente a frente con un policía y dos guardias civiles. En la villa era legendaria la serenidad de Salvador: al preguntarle el policía si allí vivía un tal Salvador Riells le contestó que, efectivamente, aquella era su casa; encontrarían al sinvergüenza durmiendo en una habitación del segundo piso. Mientras los otros se lanzaban escaleras arriba empuñando las armas con que habían de encañonar a un barrendero municipal y a su mujer, Salvador Riells se esfumó. Siempre fue un secreto su huida de la villa. Ningún tripulante del *Virgen del Carmen* dijo jamás que Nelson, una hora después, a punto de zarpar, encontró al anarquista oculto en el camarote del laúd ni que lo desembarcó en el valle de la Canota. Al cabo de unos meses, se supo por un guerrillero que Salvador había conseguido cruzar la frontera francesa.

Habían transcurrido siete años. Salvador Riells volvía a jugársela mientras el resto de los compañeros del grupo, a excepción del que se ahorcó antes de que lo atrapara la policía, se pudrían en las cárceles franquistas. Nelson habría querido poder hablar con él un rato pero resultaba demasiado peligroso. El *Virgen del Carmen* llegó a la orilla izquierda. Un peón colocó la palanca y los otros dos guerrilleros comenzaron a desembarcar. Nelson sintió cómo Salvador le apretaba con fuerza el hombro antes de seguirles y perderse en la oscuridad.

La visión de las enlutadas en la puerta de la iglesia donde tenía que celebrarse el funeral del vigésimo primer aniversario de la muerte del señor Jaume de Torres reanimó aquellos recuerdos: Nelson evocaba la silenciosa llegada a los muelles de la villa dormida, con sus farolas encendidas sobre el muro del Ebro; la entrega del ataúd en la casa repleta de gente que velaba al moribundo. Envió a la tripulación a dormir y una vez en casa leyó el papel de Salvador Riells. Un poco antes del mediodía, después de un sueño intranquilo durante el cual, pese al agotamiento físico, su cerebro no se había sosegado, le despertó el toque funeral de las campanas.

—Acaba de morir el señor Jaume —anunció su mujer desde la puerta del dormitorio.

Siguió echado, con los ojos clavados en el techo, sin ganas de levantarse. La carta, unas líneas de Atanasi Resurrecció desde Toulouse, donde vivía exiliado, se le había clavado en el corazón. No era únicamente el recuerdo doloroso del peón y de tanta gente dispersa por el desastre de la guerra lo que le atormentaba: tenía que ir a ver a Malena de Segarra, a cortar el último hilo de esperanza que quizá seguía conservando, diciéndole que Atanasi, detenido por los alemanes en Francia y deportado, había visto morir a Aleix en el campo de concentración de Mauthausen, donde le encontró, ya muy enfermo, pocos días antes de fallecer. Durante la breve conversación que habían podido mantener, la obsesión del pintor era Malena, una Malena lejana, tal vez muerta, que no había contestado a sus cartas desde París, donde fue a parar después de mil peripecias y donde le detuvieron los nazis cuando entraron en la capital. Atanasi ignoraba que, en Mauthausen, además de Aleix de Segarra, otra persona había evocado en el último momento de su vida la villa lejana: el gas letal cortó los hilos temblorosos de otra memoria que urdía desesperadamente viejas imágenes de tiempos felices en la orilla del Ebro. Aunque las listas siniestras de las víctimas del campo fueron consultadas años después en busca de vecinos de la villa desaparecidos durante el exilio, nadie reparó en aquel apellido hebreo perdido entre tantos millares. No lo conocían. A la persona que lo había llevado en vida, quienes aún la recordaban la habían llamado siempre Madamfransuà.

VI

Mientras el cierzo que acababa de cubrir de polvo a Carlota y las criadas se arremolinaba en la plaza de la Iglesia, se dirigía al Ebro por el callejón del Molino y caía sobre los laúdes inmóviles, los recuerdos provocados por las enlutadas en los parroquianos del Café del Muelle encajaron como las piezas de un rompecabezas para componer sobre las ruinas la memoria imborrable del sepelio del señor Jaume de Torres.

La multitud concentrada entre la casona de la plaza de Armas y la puerta de la iglesia era un magma ondeante y negruzco que se repetía en las naves del templo, abarrotadas desde hacía rato por un gentío decidido a no perderse ni una tilde de la ceremonia. Hasta después de la misma, cuando sacaron el ataúd entre niebla de incienso y hedor nauseabundo de sudor y cera caliente, no hubo una auténtica comitiva. Según Honorat del Rom, autor de una disección minuciosa del suceso, el entierro, como todos los celebrados en la villa a excepción de los civiles del tiempo de la República y de los protagonizados por difuntos que la Iglesia consideraba indignos de la tierra sagrada, iba encabezado por tres monaguillos revestidos de roquetes blancos y de sotanas negras. El del centro llevaba una cruz procesional, los otros sostenían sendos candelabros de bronce con cirios que el viento apagaba en las esquinas de los callejones. La visión de la cruz siempre provocaba la irritación de Orestes de Campells. El enfado del navegante se remontaba al día que el primer rector titular de la villa al final de la guerra civil tomó la determinación de guarnecer la iglesia, vacía desde que había servido de garaje del ejército de la República. Después de una sarta de silogismos con ranciedad escolástica arrojada sobre un sumiso consistorio que emulaba fervorosamente a nivel municipal el amor apasionado entre la Iglesia y el régimen franquista, el rector concluyó, en medio de los aplausos de los próceres, que imágenes y ornamentos tenían que pagarlos los rojos ateos responsables de haberlos quemado o echado al río al inicio de la guerra. En consecuencia, con la aprobación unánime de la carcunda consistorial lanzada a todo trapo por la vía aclamatoria, el rector propuso descontar de los salarios de los obreros las cantidades necesarias para adquirir enseres nuevos o restaurar los que se habían salvado, como el armonio del coro descubierto en un almacén de material de construcción (sin embargo, el instrumento jamás se recuperó de haber interpretado la Internacional a manos de un comunista, en 1936: la música sacra, sobre todo los glorias, siempre adquiría en el mismo un aire de himno revolucionario que inquietaba a los feligreses, incapaces de descubrir la causa de aquel desasosiego). La propuesta clerical provocó la queja respetuosa pero inútil de los cuatro mineros que la rebelión había atrapado haciendo el servicio militar en la zona fascista y que habían tenido que combatir al lado de los insurrectos, así como la de algunos inmigrantes que acababan de ser contratados en las minas, los cuales, obviamente, no habían participado en los hechos. A partir de entonces, en medio de ceremonias a cuyo esplendor contribuía con celo irreprochable la guardia civil sacando a la recalcitrante clientela de los cafés y obligándola a sumarse a las procesiones, llegó a la villa la comitiva de imágenes. Además de la indignación del vecindario, el desfile provocaba comentarios corrosivos de Honorat del Rom, que culminaron con el recibimiento triunfal de santa Bárbara, patrona de los mineros. En la sala de billar del Café del Muelle, el boticario repartió por sorteo la parte de los nuevos huéspedes y ornamentos de la iglesia que correspondería a cada uno de los presentes, según el dinero que le habían descontado del sueldo, el día en que se volviera la tortilla. Entre otros beneficiados (Estanislau Corbera, por ejemplo, tendría derecho a un reclinatorio forrado de terciopelo rojo que cambió aquella misma noche al panadero por una puerta de confesionario), el azar asignó a Orestes de Campells uno de los brazos de la cruz procesional. Desde entonces, siempre que el peón la veía en una ceremonia pública, como el día del entierro del señor Jaume de Torres, calculaba si, en caso de producirse una revolución, algún herrero le daría por el trozo de bronce de su parte el dinero que le habían descontado del sueldo para comprarla.

Tras los monaguillos con la cruz y los candelabros, ocho hombres enlutados, presididos por Ramon Graells y sus hijos, orgullosos del privilegio, llevaban el magnífico ataúd traído de Tortosa, que despertaba más admiración que el del difunto Praxedes Maials. Ramon Graells, que se había ocupado escrupulosamente de los más ínfimos detalles de la solemne ocasión, no podía prever el desastre que se cernía sobre su obra y parecía tranquilo. Se le había visto un poco alterado al principio, más a causa del cambio que la defunción podía suponer para su situación personal y la de sus hijos que por el disgusto de la desgracia. La inquietud disminuyó al recibir de la señora carta blanca para ocuparse de todo en aquellos trágicos momentos y se desvaneció cuando el ama le pidió (deferencia máxima) que la mujer y las nueras se encargaran de amortajar al difunto. En medio del coro de lamentos, donde destacaban por su estridencia los de Sofia, Carmela y Teresa –sucesoras de Camil·la, Adelaida y Verònica–, que asustaban a los familiares de Madrid y de Barcelona, avisados apresuradamente del fallecimiento, Ramon Graells, de pie ante la señora mientras esta le impartía instrucciones, recogió el fruto de su devoción a la familia. En lo sucesivo, dejando a un lado las escasas molestias que podía producirle el señorito Hipòlit, destinado a sobrevivir dos años escasos al suegro, podría hacer y deshacer a su antojo en los negocios de la casa. De todos modos, mientras duraba el sepelio y hasta que el difunto no estuviera en el nicho, Ramon Graells procuraba mitigar su satisfacción para que sus pensamientos no traspasaran la gruesa madera barnizada del ataúd que le separaba de los despojos del señor Jaume de Torres.

Al señor, causa involuntaria de tanto esplendor funerario, no le llegaban las reflexiones del hombre de confianza. Ahora bien, si hubiera podido captarlas, las elucubraciones de Graells no le habrían sorprendido. A diferencia del resto de la familia, jamás había creído en la fidelidad desinteresada del administrador, cuyos líos secretos conocía al detalle: menudos pero continuos latrocinios en la producción de lignito, artimañas para sacar comisiones de los proveedores, martingalas con los cupones del racionamiento de gasolina para los dos camiones comprados por cuatro cuartos después de la guerra y, sobre todo, maniobras para alejar a los competidores que podían hacerle sombra en la consideración de la familia. El señor Jaume hacía la vista gorda ante tales irregularidades, en buena parte porque el administrador sabía demasiado de él y del negocio, y le temía. A cambio de la tolerancia del amo y de la oportunidad de satisfacer su propia vanidad presumiendo de la confianza de los señores, debilidad fundamental de Graells de la que el señor Jaume era consciente y de la que siempre había movido los hilos, era un sirviente seguro y muy útil como alcahuete desde la muerte de la suegra y de la mujer: no tenía escrúpulos en prepararle la cama de alguna belleza de la villa o en sofocar por cualquier medio más de una amenaza de escándalo que había estado a punto de repetir la vieja historia de los escopetazos de 1914. La única a la que Graells no se atrevió a abordar pese a la insistencia del amo, que la creía presa fácil por su precaria situación a partir del fusilamiento del marido, era Júlia Quintana. Más que la negativa segura de la viuda temía la reacción de Nelson. Si llegaba a enterarse, era capaz de matarlos, a él y al señor Jaume.

Pero eso acababa de desvanecerse. Ni siquiera persistía en las palmas de las manos del señor la sensación de dureza de los pechos de Sofia, sobados de pasada en la oscuridad del corredor cuando iba al Casino de la Rueda, momentos antes de fulminarle la enfermedad. Su cerebro era tiniebla desligada de los miembros envarados por el rigor de la muerte, embutidos en el ataúd en el que penetraban, amortiguadas, las salmodias del cura.

–*Dominus vobiscum!*

Incómodo por el peso de la seda morada y de los bordados plateados de la capa pluvial, flanqueado por dos monaguillos más que llevaban el incensario y el hisopo necesarios para las últimos responsos en el cementerio, tras al féretro caminaba mosén Ambròs, rector de la villa, tan *in albis* como todo el mundo del inminente alboroto que debía tener, entre otras consecuencias, la de enfriar de manera considerable y muy dolorosa las óptimas relaciones entre la sacristía parroquial y el Salón de las Vírgenes Mártires, basadas en una secular tradición de chocolate con sequillos, bendiciones de naves, ofertas de misas y donaciones de limosnas a cambio de la gloria en el otro mundo y de la impunidad en este. Abundaron las pruebas de esa frialdad. Honorat del Rom conocía a través de Sofia las causas de la indignación de la señora Carlota de Torres, resumidas en un par de preguntas capitales: ¿cómo había permitido él (obviamente, la señora se refería a Dios porque, a excepción del Padre Eterno, nadie era digno de intervenir en los asuntos de la familia) una vergüenza tan grande? ¿Dónde estaba, pues, la contrapartida de las deferencias dispensadas a la Iglesia por los Torres y Camps? Convertida frecuentemente en crítica feroz («este cura es un ladrón», exclamó la señora a propósito de una colecta para hacer obras en el campanario; «este cura es un marrano», añadió cuando la maledicencia atribuía al sacerdote amores con una beata), la frialdad ostensible de Carlota de Torres comenzó con la retirada del sable del héroe de Tetuán del altar familiar donde se hallaba desde la victoria franquista, y llegó al punto álgido unas semanas después del entierro del señor Jaume, con la negativa de la hija a contribuir a la construcción del nuevo altar de la patrona. El señorío se rasgó las vestiduras: el proyecto, según el cura, era una sugerencia celestial. Una noche, las luces eléctricas del viejo altar de la santa patrona se habían encendido solas y el rector interpretó el fenómeno como un mensaje, haciendo oídos sordos a la opinión del electricista, quien atribuía el hecho a una avería del interruptor pero que se guardó de decirlo en público para no ser acusado de comunista desde el púlpito y metido en chirona: la santa mártir reclamaba un altar nuevo, molesta seguramente por el olor a gasolina republicana del antiguo. La socarronería de la señora ante la comunicación sobrenatural transmitida a través de quince bombillas de sesenta vatios transformó en un abismo la grieta en las relaciones con el clero abiertas durante el sepelio del señor Jaume. Para los contertulios del Café del Muelle señalaba el inicio en la historia espiritual de la villa de la llamada Era de los Prodigios y el final de la Década de la Llama Redentora, esta caracterizada entre otras cosas por la obligación de renovar por la Iglesia los matrimonios civiles del tiempo de la República, la represión de la blasfemia y la imposición del pudor en la indumentaria con la colaboración siempre leal de la guardia civil. La fuerza, dirigida implacablemente por mosén Ambròs (Estanislau sostenía que el bonete y el tricornio eran intercambiables), ya se había cubierto de gloria en batidas audaces, casi temerarias, por el término municipal, si no había maquis a la vista, con la intención de atrapar y multar a los pecadores que trabajaban los domingos y otros días declarados de precepto por la Santa Madre Iglesia. Así pues, a partir del sepelio del señor Jaume, mosén Ambròs se lamentó más de una vez de la actitud hostil de la señora. Pero la verdad era que el cura –así por lo menos lo contaba Feliça Roderes en un anónimo al obispo de Lleida en descargo del párroco– no podía tener ni idea de lo que iba a suceder ni de sus consecuencias en el comportamiento de la señora, a quien el cura adivinaba pocos pasos tras él mientras el entierro se metía a duras penas por la calle Mayor.

El duelo familiar, grumo negro y enorme en el que destacaban, sobre los cuellos blancos de las camisas, las facciones de los hombres, amarillentas por las dos noches de vela del cadáver, y las caras estupefactas de los niños portadores de coronas fúnebres, avanzaba lentamente, casi rozando la capa del sacerdote. Ostentaba su presidencia el hermano mayor de Carlota de Torres, que compartía una idea con el menor: regresar a la ciudad una vez comprobadas las disposiciones testamentarias. Desligados de la villa desde hacía muchos años, cuando se habían establecido en Madrid como funcionarios del Estado, los rituales de la muerte les cansaban y horrorizaban. No tanto, sin embargo, como a sus mujeres, postergadas por la presencia aniquiladora de la cuñada, cuya mirada de menosprecio percibían constantemente. Imponente en todo momento, Carlota todavía lo resultaba más en el entierro: el velo que cubría su cara, como las del resto de mujeres del grupo familiar, añadía algo fascinante a una figura que casi superaba en un palmo a los restantes miembros del duelo, incluidos los hombres. Antes del sepelio, cuando el difunto todavía no había sido separado definitivamente de la luz con la tapa de la caja, Carlota de Torres había abandonado la capilla ardiente instalada en el salón para subir a las altas ventanas de las buhardillas. Había visto a escondidas la multitud concentrada en la plaza. Satisfecha de la presencia masiva del vecindario, volvió al lado de su padre y allí, mientras Ramon Graells y sus hijos cerraban el ataúd, se abandonó al llanto secundada por Carmela y las demás mujeres. Fue, si no la única, una de las contadas ocasiones en que se pudo contemplar a una Carlota accesible, desprendida de sus apellidos, minas y laúdes, bramando desconsolada, irremediablemente sola, ante el lujoso ataúd en el que el puntapié del guerrillero anarquista, amortiguado por el embalaje, no había dejado huella. La mujer vulnerable, a quien sin duda habría herido menos lo que ocurrió, solo fue una imagen fugaz. Los acontecimientos del sepelio ya no afectaron a una persona ablandada por la pena sino a Carlota de Torres y Camps, la señora que, un momento antes de la catástrofe, envió a un familiar a advertir a mosén Ambròs que consideraba el paso de la comitiva demasiado rápido dada la solemnidad del acto.

Pese a que Carmela, Sofia y Teresa lloraban y gemían sin freno tras el grupo de señores y funcionarios a continuación de los familiares en el larguísimo entierro, sus manifestaciones de dolor eran ahogadas por el estrépito de la música.

Cuando, en su análisis, Honorat del Rom tildaba de enloquecedora la actuación de la orquesta, había que darle la razón pese a las escasas aptitudes musicales del boticario, que —en palabras del carpintero de ribera Forques— apenas distinguía un vals de Strauss del chirrido de la sierra de las atarazanas. La antigua banda, la entrañable L'Harmonia Fluvial de los días de El Edén, harto maltrecha cuando la crisis de la cuenca de 1918, quedó casi aniquilada por la guerra civil: ni sus lamentables bajas (un trompeta en Teruel, el bombardino en el Carrascal, un clarinete en la batalla del Ebro) ni el exilio del helicón a México fueron cubiertos. El antiguo conjunto, siempre presente antaño en botaduras de naves, fiestas cívicas, sepelios y funerales rumbosos, desapareció. Bajo el patrocinio del señor Praxedes Maials, tres de los supervivientes crearon una orquestina, reforzada más adelante por un par de aprendices, para animar las primeras sesiones de baile de la posguerra. En ocasiones especiales, fiestas mayores, partidos de fútbol de gala, entierros de categoría o carnavales, cuando la villa estallaba sin freno a pesar de la prohibición dictada por el franquismo, el conjunto contaba con la colaboración esporádica de un herrero de la viuda de Salleres virtuoso de los platillos y la de un capataz de La Carbonífera autodidacta del trombón de varas. Aquella tarde, sin embargo, Graells no consideró compatibles los platillos con la gravedad y la pompa del sepelio, y ni cabía pensar en el trombón de La Carbonífera, acerca del cual no paraba de hablar la villa. Tres semanas atrás el sereno había observado durante la ronda nocturna que el transbordador del Ebro no estaba amarrado al muelle; inquieto, se acercó al embarcadero y escrutó ansiosamente el río. La farola de la esquina apenas permitía ver a cuatro pasos más allá de la orilla. Por más atención que puso solo captó la masa gris del agua contra los laúdes amarrados en batería. Era imposible que el transbordador se hubiera ido Ebro abajo a la deriva; no había riada y habría hecho falta una sacudida inimaginable para romper el cable de acero tendido de orilla a orilla por el que se deslizaba la embarcación durante el trayecto. Parecía evidente que alguien acababa de cruzar el Ebro sin permiso y había dejado el transbordador en la orilla derecha. El sereno fue a despertar al barquero y los dos bajaron de nuevo al muelle. Mientras el barquero, ofuscado por el sueño, escudriñaba inútilmente en la oscuridad, hablaba de soltar un bote y de ir al otro lado a recuperar el transbordador, llegaron de la negrura del río los primeros compases de la Internacional interpretados por un trombón. Sereno y barquero se quedaron de piedra. Ventanas y balcones de las casas próximas al muelle de la Barca se entreabrieron; vecinos incrédulos asomaron cautelosamente la cabeza. No, no era un sueño: tocaban el himno prohibido por el régimen franquista. La guardia civil llegó apresuradamente, armada hasta los dientes, y se parapetó en el muelle. El instrumento enmudeció, pero después de una larga pausa reanudó el himno subversivo. Aquello se repitió varias veces a lo largo de las horas. La expectación del vecindario al acecho del desenlace era inmensa. De madrugada, mientras el río se encendía con las primeras rojeces de un sol perezoso, todos pudieron ver el transbordador inmóvil en medio del Ebro y la figura del capataz de La Carbonífera con el trombón en sus manos, sentado en la barandilla. No parecía oír los gritos del brigada intimándole a rendirse. De vez en cuando, igual que durante la noche, se llevaba el trombón a la boca, interpretaba un fragmento de la Internacional y lo dejaba. Descartados diversos proyectos como la sugerencia del comandante del puesto de pedir refuerzos y artillería a la ciudad porque muy bien podía tratarse de una ratonera diabólica preparada por el maquis, el alcalde, que por un lado no acababa de ver cuál podía ser el objetivo de la supuesta trampa, y por otro acababa de recibir misteriosamente la confirmación de que en el transbordador no había ni sombra de ningún guerrillero (los dos que se hallaban en la villa dormían plácidamente en la bodega del Café de la Rana), decidió ir en compañía del sereno y del barquero

247

a hablar con el músico. Al final de una larga conversación de la que los habitantes, aglomerados ahora sin temores en el muro del Ebro y en los laúdes amarrados en los muelles, no pescaron ni palabra a causa de la distancia, el alcalde y el barquero regresaron, dejando al sereno con el capataz. La villa se enteró con admiración de que el músico se hallaba justo frente al Kremlin, en Moscú, adonde acababa de llegar después de viajar toda la noche en el transbordador y que mataba el tiempo aguardando la audiencia apalabrada con Stalin... El capataz tardó años en regresar del manicomio y la ausencia de su trombón de varas afectó gravemente a la sonoridad de la orquesta en el solemne sepelio del señor Jaume de Torres.

La multitud, hombres y mujeres en grupos separados, casi pisaba los talones de los músicos. En la masa masculina figuraban los diversos estamentos de la villa a excepción de los señores, sumados al duelo familiar. El Café del Muelle, la Taberna del Remo y el Café de la Rana habían aportado fundamentalmente mineros, navegantes y menestrales; la mayoría de los payeses procedían del Café de los Labradores mientras que industriales, oficinistas y gente del comercio eran clientes del Bar del Castillo, llamado también la Cueva de los Fenicios. Los jóvenes, fuera cual fuese su estamento, procedían del Café de los Deportes y la mayoría de los jubilados esperaban el paso del entierro en la puerta del bar de Benjamí. Los últimos del grupo de hombres eran dos herreros de la mina Pla un poco cargados de ron, tras los cuales acababa de iniciar la marcha la multitud de las mujeres cuando ya la cabeza de la larguísima comitiva entraba en la plaza del Ayuntamiento, donde los funcionarios del Consistorio, encabezados por el secretario, esperaban para incorporarse a ella.

Hay que reconocer, y el propio boticario lo aceptaba sin avergonzarse, que el análisis realizado por Honorat del

Rom perdía rigor y objetividad a la hora de estudiar el grupo femenino del sepelio. Todo el mundo estaba al corriente de los gustos del farmacéutico en materia de faldas y resultaba evidente que se dejaba llevar por preferencias demasiado personales al limitar el numerosísimo grupo de mujeres reunidas con tan fúnebre motivo a las piernas extraordinarias de Adelina Terrer, a la belleza madura y espléndida de Rosa de Costa, a las poderosas caderas de Elena Segarra, a los ojos verdes de Eulàlia Rius, a la elegancia de Berta Montull o al esplendor juvenil de Irene Vallcorna.

Hecha la oportuna reserva sobre el único punto objetable de la exposición de Honorat del Rom («¿Y Maria Campells?», protestaba Estanislau; «¿Y Fermina Berenguer?», preguntaba el carpintero de ribera, entre otras reclamaciones menos justificadas), hay que decir que el boticario rechazaba por fantástica la teoría según la cual la calamidad ocurrida justo cuando los monaguillos portadores de la cruz y de los candelabros se hallaban en medio de la plaza del Ayuntamiento, era una maniobra del maquis. El extremo fue desmentido por uno de los guerrilleros. El hombre, seguramente una de las sombras silenciosas que habían atravesado el Ebro con el *Virgen del Carmen*, aseguró que al comenzar el entierro se encontraba en un café de la villa y que, para no quedar al descubierto cuando el local se vació, se sumó a la comitiva con el resto de los parroquianos y soportó como todo el mundo la gran sacudida, de la que no sabía nada. En contra de la opinión de Estanislau Corbera, el boticario tampoco estaba de acuerdo en situar el punto crítico justo delante del estanco; según su versión, fue frente a la panadería de Manuel de Vidallet donde Palmira Sansa exclamó al ver un lebrel famélico que contemplaba a la multitud desde un portal:

−¡Qué animalito tan flaco! ¡Se le podrían contar las costillas! De tan seco que está parece un perro rabioso...

A pesar de las explicaciones de Carmela, partidaria como la mayoría de la villa de la teoría de Honorat del Rom, Carlota de Torres nunca quiso aceptarla. La criada insistía, intentaba hacerla reflexionar, le juraba por sus muertos o por la salud de la familia que aquello era la verdad pero la señora rechazaba con ira el proceso provocador de la catástrofe: las palabras de Palmira, oídas por la hilera de mujeres que la precedía, se convirtieron en boca de Matilde Roca en una versión más lacónica que daba por segura la presencia en un portal de un perro afectado de rabia. Tres hileras más adelante, ya cargada con el terror inspirado por la horrible enfermedad de la que la población conservaba recuerdos terribles, la frase se convirtió en el grito de Filomena Planes: el espantoso chillido provocó enseguida el pánico de cabo a rabo de la larguísima comitiva.

La tarde del vigésimo primer aniversario, en el año 1971, el hecho seguía vivo en la memoria del vecindario aunque muchos detalles se habían esfumado y los cambios en el escenario desconcertaban incluso al viento, que, antes de cubrir de polvo a Carlota de Torres y las criadas, se extravió por caminos hasta entonces desconocidos, abiertos por las demoliciones en el casco antiguo. La iglesia, dejando de lado el parón definitivo del reloj del campanario, todavía no padecía los efectos de las destrucciones: a la mujer de Estanislau Corbera, acodada sobre el mostrador del café durante la evocación de los parroquianos, le resultó fácil recordar el estruendo y el griterío dentro del templo cuando un montón de mujeres, la cola del sepelio, todavía aglomerada al pie de la escalinata de la iglesia, volvió a invadirla mientras los gritos generalizados advertían de la presencia de un perro rabioso en la calle Mayor. Las mujeres, aterradas, se refugiaron donde pudieron. Ella trepó por los angostos peldaños del púlpito, sintiendo el aliento febril de la bestia en los tobillos y sus colmillos desgarrándole la carne. Después de serenarse un poco al ver que el perro no la seguía, asistió desde el púlpito a la confusión del interior de la iglesia. Mientras la gente que se había quedado en la calle llamaba desesperadamente a las puertas cerradas desde la primera invasión, un grupo se atrincheró en la sacristía y otro se encaramó por las escaleras del coro. La carnicera de la calle del Anzuelo y unas amigas se metieron por la puertecita del campanario. Mucho después, cuando la riada se serenó, un débil gemido permitió localizar a la beata Isadora Rubió, blanca de miedo, embutida en un confesionario de la nave de la derecha.

En 1971, la panadería de Vidallet ya no existía. Fue uno de los primeros edificios de la calle Mayor derribados al comienzo del segundo año de las destrucciones. El recuerdo de la gente horrorizada que había entrado allí veinte años atrás ya no encontró el horno y menos aún los sacos de harina donde se habían subido o los mostradores de amasar debajo de los cuales se refugiaron aturulladamente hombres y mujeres que no tardaron en convertir en bacanal lo que hasta entonces había sido ceremonia fúnebre. Lo mismo ocurrió en la tienda de ropas La Moda de París, donde la confusión juntó al mismo tiempo a cinco tripulaciones –dos de la viuda de Salleres y tres de Carbones del Ebro– mezcladas con las vecinas del callejón del Cesto. En la plaza del Ayuntamiento, la repentina dispersión de la multitud afectó a casi todos los portales bajo los porches y a la entrada del Consistorio, pero su distribución resultó muy irregular. El grupo más numeroso, del que Nelson conservaba un recuerdo preciso porque formaba parte de él, se precipitó hacia el edificio, subió por la escalinata y se refugió en la planta principal. En aquel tiempo, la oposición clandestina a la dictadura ya funcionaba de una manera organizada y eficaz en las galerías de las minas, a cargo principalmente de los comunistas, y sucedió que la mayoría de los líderes se encontraban en el grupo que se refugió en el edificio oficial. Dejando a un lado los inevitables comentarios marginales con que Honorat del Rom ironizaba sobre el caso, era rigurosamente exacto que el cura, el duelo familiar, una buena parte del grupo de los señores, cuatro comunistas, un socialista y tres libertarios se fortificaron en la prisión municipal después de reventar su puerta ante el terror del vagabundo encerrado en la celda por un hurto de conejos: el pobre individuo, viendo entrar al siniestro grupo de los enlutados con el cura al frente, creyó llegada su última hora, pensó que iban a buscarle para conducirle al patíbulo. Además de esta reunión imprevisible (considerada la primera asamblea de las fuerzas políticas de la población bajo el franquismo, a excepción de los troskistas, escondidos en la oficina de telégrafos), también se supo sin que trascendiera a la autoridad quién era el autor de la pintada de la hoz y el martillo en el retrato de Franco del salón de sesiones, quién se llevó la pluma estilográfica del alcalde y quién puso al cabo la maligna zancadilla causante del aterrizaje nasal del guardia en el primer rellano de la escalinata. Por el contrario, nadie averiguó jamás quién desdentó al sargento de un puñetazo con ocasión del tumulto. También, pese a las jugosas especulaciones del chismorreo, permaneció en el misterio el nombre de la propietaria de unas bragas finísimas, bordadas con diminutos corazones rojos, descubiertas por el alguacil en un almacén del Ayuntamiento entre los gigantes y los cabezudos de la fiesta mayor.

En aquella tarde de 1971, segundo año de las demoliciones, el itinerario del sepelio era una larguísima llaga en lo que había sido la arteria vital de la villa durante casi un milenio. La memoria de los parroquianos del Café del Muelle se perdía con frecuencia entre los escombros. Joanet del

Pla, minucioso cronista de la desbandada desde la reja de una ventana, tenía problemas para situar en su recuerdo el lugar exacto donde el bombo de la orquesta, después de rodar un rato por el suelo, tropezó con el ataúd del señor Jaume de Torres, aquel prodigio de arte funerario abandonado en la plaza vacía.

Cuarta parte
El viento negro

I

Hasta el otoño de 1971, Honorat del Rom había sido detenido cuatro veces y media sin contar el arresto general del país durante la eternidad de la dictadura y los encierros colectivos en que solían terminar las manifestaciones tumultuarias de la villa, especialmente las que estallaban en el campo de fútbol, debidas casi siempre a la perfidia de los árbitros y en las que el boticario, pese a su indiferencia por los deportes, participaba por solidaridad ciudadana y por la irresistible atracción de la gresca.

De acuerdo con la contabilidad de Estanislau Corbera, que las había ido asentado puntualmente en el libro mayor de su memoria, la primera detención se produjo en 1945, cuando Honorat, al acabar los estudios de farmacia en una Barcelona vencida, famélica y triste, volvió de la capital, abrió de nuevo la farmacia familiar y comenzó a frecuentar el Café del Muelle en contra de la opinión del tío Ferran, un hermano de la madre con ideas estrictas y severas sobre clases sociales y malas compañías. El carca sermoneaba con insistencia irritante, le inducía a renegar de ciertos ejemplos familiares —«llamémoslos impropios», insinuaba cautelosamente sin el valor de ir más lejos delante del sobrino en la censura solapada del boticario difunto—. En realidad, el tío creía ciegamente, y no se privaba de proclamarlo en la tertulia de los señores, que la muerte de Honorat del Cafè bajo los cascos de las caballerías desbocadas el día de la evacuación de la villa en 1938, había sido obra de la providencia. Así el Cielo ahorraba a la familia la infamia de la prisión reservada sin duda a aquel republicano odioso, impertinente y ateo, mezclado siempre con la chusma del Café del Muelle. Al sobrino le correspondía hacerse socio del Casino de la Rueda en consonancia con su posición familiar y el flamante título de licenciado en farmacia («Es decir, la autorización legal», aclaraba el propio Honorat, «para convertirme en cómplice impune de las matanzas del doctor Beltran»). Los sermones, siempre largados a espaldas de la hermana, añorada sin remedio del marido, acabaron por aburrimiento del tío, impotente ante la sordera del destinatario. Por lo menos, Honorat del Rom jamás confirmó («ni desmintió», puntualizaba maliciosamente Estanislau Corbera) una versión del chismorreo que atribuía la renuncia del fósil a la lata de las prédicas edificantes a comentarios casuales del joven farmacéutico sobre unos venenos misteriosos que mataban sin dejar rastro («especialmente tíos por parte de madre», habría especificado con una sonrisa siniestra, según los rumores).

Al principio, el Café del Muelle le intimidaba; le contagiaba también una profunda tristeza. Apoyado en el mostrador, se limitaba a trasegar el potingue indefinible que Estanislau denominaba café acompañando la palabra con un gesto de impotencia, expresión cautelosa de las carencias de la posguerra, miserable y amarga pese a las ínfulas del dictador, que proclamaba a los cuatro vientos la construcción de un imperio universal. El boticario observaba a los viejos amigos de su padre pero no se atrevía a meterse en aquel mundo, por otra parte muy cerrado y quisquilloso en unos tiempos difíciles. Los otros le saludaban con afecto y al mismo tiempo le miraban de reojo, temerosos de la influencia que el tío carca hubiera podido ejercer sobre el joven, al que habían visto raras veces desde que era niño. Poco a poco, le fueron conociendo temperamento y ocurrencias. Rieron con las insinuaciones de las malas lenguas sobre sus relaciones con el tío, le reconocieron gracias heredadas del desaparecido y comenzaron a reír con las historias de faldas de la rebotica, espiadas a través de la claraboya por una vecina. Esta divulgaba nombres y apellidos de las protagonistas de tiernas seducciones ambulantes entre las vitrinas de la colección familiar de instrumentos antiguos y formularios de la profesión; repetía apasionadas declaraciones de amor bajo los botes de las labiadas (casi siempre de la melisa) o se escandalizaba al evocar enérgicas y gimientes cabalgadas con variaciones insólitas sobre los cojines del diván situado bajo los valiosos frascos de las aristoloquias... Mientras tanto, Honorat se convirtió en espectador asiduo de las partidas de cartas. Sentado cerca de los jugadores, observaba, escuchaba y aprendía con avidez no solo los secretos del juego, lo que menos le importaba, sino algo más oculto, una solera popular vieja como los ríos, presente en las figuras congregadas alrededor de una mesa con el pretexto de los naipes. Un sábado, el rabioso dolor de una muela cariada impidió a Eduard Forques ir al café y Nelson, sin su compañero habitual de partida, invitó al boticario a ocupar el lugar del ausente. El dolor del carpintero de ribera y saxo tenor duró una semana y cuando el enfermo, todavía con un carrillo hinchado, regresó a la tertulia, Honorat acababa de conquistar tácitamente la vacante dejada por su padre, pese a que no jugaba demasiado bien a la butifarra, actividad en la que siempre sería bastante chapucero. Al cabo de unos días, quién sabe si para consagrar la admisión, Estanislau le invitó al convite ofrecido a los íntimos con motivo de la boda de una hija. Nadie sospechaba que, al día siguiente, detendrían al farmacéutico por vez primera.

En aquella ocasión le arrestó el ejército mediante un oficial del cuerpo de ingenieros que se presentó en la villa con un camión cargado de soldados y de rollos de alambrada. Era una mañana de septiembre. Hacía fresco y las choperas ribereñas, doradas por el incipiente otoño, comenzaban a enviar Segre y Ebro abajo las primeras hojas muertas, escuadras melancólicas que estimulaban la vena romántica del sereno y le hacían multiplicar las visitas nocturnas a determinada belleza de la plaza de la Carpa. El vehículo militar, una quejumbrosa carraca a punto de exhalar el último suspiro, se detuvo con chirrido de frenos frente a la farmacia en cuya puerta Honorat tomaba el aire después de vender a la criada de los Albera un frasco de agua del Carmen, preparación con la que su ama, so pretexto de recuperarse de unos desmayos frecuentes y muy espectaculares, se había convertido en una alcohólica secreta como alguna otra señora de la villa. El boticario respiraba con fruición las primeras dulzuras otoñales una vez disipado el calor abrumador del verano. Además del alivio que le provocaba el cambio de estación, se sentía muy optimista. Compartía las esperanzas secretas manifestadas la noche antes por los invitados a la pequeña fiesta privada del cafetero: la dictadura fascista tenía un pie en la sepultura. Después de la derrota de la Alemania nazi y la rendición del Japón, las democracias vencedoras no permitirían la existencia de un régimen fascista como el de Franco, partidario sin tapujos de las potencias del Eje. Así lo aseguraban también los guerrilleros del maquis, que intensificaban las acciones desde la liberación de Francia. Ahora bien, no todo el mundo compartía las mismas ilusiones, que, por lo demás, serían amargamente traicionadas. Entre los que no comulgaban con las ideas del boticario estaba el flamante oficial de ingenieros, con las estrellas recién estrenadas y el seso reblandecido, que llegaba entonces a la villa.

El militar bajó del vehículo y, sin dignarse saludar, preguntó por dónde se iba al puente del Ebro. Cuando el boticario le dijo en un castellano vacilante que, si quería cruzar el río, tendría que hacerlo en el transbordador porque del puente del Ebro solo quedaban las pilastras, el militar le contestó con rudeza cuartelera: ya estaba al corriente de la cabronada de los rojos pero el puente había sido reconstruido después de la guerra por el régimen victorioso del general Franco. Constaba en los planos militares.

Cuando contaba la historia, Honorat reconocía con un escalofrío inútil y tardío su temeridad, aunque la disculpara aduciendo a título de descargo la irresistible tentación de experimentar hasta qué punto actuaba sobre el teniente el revulsivo de la verdad («materia comprometida, más peligrosa que la dinamita», según Horacio Planes, barrenero de los Torres antes de suceder a su padre en el cargo de sereno). En lugar de enviar al milhombres al puente sin más rodeos, metió la pata: le hizo saber que los habitantes de la villa ya estaban al corriente de la historia. ¿A quién habría pasado por alto la noticia de prensa que anunciaba la inauguración del nuevo puente sobre las ruinas del destruido por los republicanos? Después de leer el diario, los estupefactos vecinos se asomaron al muro del Ebro, ansiosos de ver el milagro. No podía tratarse de otra cosa. Si no, ¿cómo se explicaba la realización de una obra de tanta envergadura de un día para otro sin que ni un alma se hubiera enterado? Ahora bien, Dios (por lo menos según sus ministros en la Tierra, que así lo proclamaban desde el púlpito de los templos) parecía tener una predilección tan especial por el jefe del Estado que las cosas más extraordinarias resultaban posibles. Al fin y al cabo, para las potencias celestiales, construir un puente sobre el Ebro debía de ser coser y cantar.

—Cualquier angelito —reflexionó el carpintero de ribera Forques en voz alta— puede hacerlo con un toque displicente de ala. Solo hay que decirle: quiero el puente aquí, ¡y toma! Puede que ni eso, fijaos...

El desengaño fue amargo: los vecinos encontraron las mismas pilastras destrozadas que habían dejado en el Ebro la noche anterior. Gente de buena fe —insinuaba el boticario al militar—, comprensiva con los errores de prensa, indulgente con los descuidos angelicales, se resignaron a seguir atravesando el río con el transbordador. Y gracias. Sin embargo, el sentido del humor del oficial no daba para tanto: en cuestión de segundos su semblante llegó a expresar una cólera tan tremenda que Honorat del Rom se vio fusilado en la puerta de la farmacia. Porque estaba claro —vociferó el teniente con unas malas pulgas premonitorias de gloriosas batallas de sala de banderas y mezquindades de escalafón— que el farmacéutico era uno de esos rojos que se dedicaban a denigrar la obra del glorioso régimen del general Franco, caudillo de España. ¿Cómo podía pretender hacerle tragar una calumnia tan grosera y mezquina? Así que la prensa mentía, ¿no? Mentían los planos militares donde el puente aparecía reconstruido y mentían también, ¡claro!, las órdenes, por escrito y firmadas por el coronel del regimiento, de cerrar el puente de la villa con alambradas para impedir el paso de las guerrillas del maquis... Ah, pero el teniente no se chupaba el dedo, sabía cómo tratar a los rojos solapados y recalcitrantes, se daba buena mano en eso de enderezarlos. De momento, mientras él y la tropa iban a cumplir la misión, el boticario podía considerarse detenido; después de colocar las alambradas en el puente, volvería y le ajustaría las cuentas. Poco a poco, los portales y las ventanas de los alrededores de la farmacia se habían llenado de gente, Cuando el oficial se fue, el soldado, obviamente un recluta, dejado de guardia para vigilar al boticario no sabía qué hacer con el mosquetón ni con su prisionero. Para colmo, tosía de un modo tan lastimoso que Honorat se metió en la farmacia para buscarle un jarabe. Mientras le ofrecía la botella –«una cucharada sopera cada seis horas»–, el camión regresó estrepitosamente por la cuesta del Horno. Se detuvo el tiempo preciso para recoger al centinela; el oficial ni siquiera miró por la ventanilla de la cabina. Al cabo de un rato, Honorat del Rom se consideró en libertad, siempre relativa y precaria, claro, dentro de la inmensa cárcel del país, y se fue tranquilamente a contar lo sucedido a Estanislau Corbera.

La segunda vez fue a detenerle el alguacil, muy a contrapelo porque Honorat le fiaba medicinas para su mujer enferma, y le llevó a presencia del alcalde. El boticario había arrojado a la papelera los cuatro primeros avisos (el último por escrito y en tono conminatorio) para que se presentara en la alcaldía a contestar unas preguntas sobre el incidente ocurrido a partir de la instalación en la fachada de la iglesia parroquial de una placa de mármol con los nombres de la docena de vecinos del bando franquista muertos en la guerra civil: al día siguiente de la ceremonia celebrada con discursos imperiales, banderas y música patriótica, apareció clavada en la puerta del Ayuntamiento una lista de las ochenta y tantas bajas del lado republicano. El doctor Beltran, que acababa de recibir la vara de alcalde y había hecho aprobar por aclamación en la primera sesión del consistorio que presidió la adhesión entusiasta de los concejales a la solicitud de canonización del general Franco, quería aclarar la información de un confidente que acusaba al señor boticario de un hecho tan grave. Las tertulias callejeras no tardaron en propalar el interrogatorio y siempre les costó a los vecinos asociar la imagen habitual del boticario, irónica y tranquila, con la que perfilaban las confidencias del alguacil sobre la entrevista con el alcalde. Honorat también sentía uno de sus habituales escalofríos retrospectivos al rememorar lo poco que le había separado de ir de cabeza a chirona y las noches pasadas en vela esperando oír a cada momento las llamadas de la guardia civil a la puerta. La sangre caliente de la juventud –susurraban en las tertulias– era la clave de la inversión inesperada de papeles a través de la cual el doctor Beltran se convirtió de acusador en reo. Paternal al principio, condescendiente en su calidad de antiguo amigo de la familia, el calzonazos se encontró aculado de repente en una esquina del despacho, soportando, tembloroso y colorado como un cangrejo, las furibundas andanadas del joven. En pocos minutos, la nauseabunda inmundicia salió a la luz: denuncias, represalias, encarcelamientos, interrogatorios y palizas, por no hablar de la destrucción de las cartas de los exiliados, de la situación de mujeres e hijos de quienes se pudrían en las cárceles... En lugar de los buenos oficios del tío Ferran para aplacar la furia del médico –«locuras de juventud, amigo Beltran, y el mal ejemplo de la gentuza del Café del Muelle, elementos de la cuerda de mi cuñado»– o de las súplicas de la madre del boticario, lo que decidió al *botifler* ultrajado a dejar correr el asunto fue una ocurrencia de Estanislau Corbera: el falso aviso de los guerrilleros que rondaban por el término municipal de quitarle de en medio si tomaba represalias contra el joven.

La tercera detención se produjo unos años después, cuando la villa se encontraba de nuevo en plena prosperidad económica a causa de la demanda de lignito: los guardias civiles Romualdo López y Ciriaco Fernández entraron por sorpresa en la farmacia llena de parroquianas y se llevaron al boticario sin darle tiempo ni de quitarse la bata blanca. En el despacho de la rectoría, adonde le trasladaron atravesando la multitud congregada en la calle, mosén Ambròs, con severidad inquisitorial, desplegó un abanico de acusaciones tan amplio que, según la opinión de Estanislau Corbera, para ser justos aquella detención tendría que haber sido contabilizada como tres en lugar de solo como una. Dejando a un lado el hecho de que el boticario no se acer-

caba a la iglesia salvo para bodas o entierros de compromiso, actitud tradicional de la inmensa mayoría de la villa, el
rector pretendía averiguar si el boticario tenía alguna sospecha («ya sabe a qué me refiero, queridísimo: comentarios
casuales, confidencias...») respecto a la identidad del autor
de un romance que circulaba clandestinamente por los cafés,
barberías, tiendas y otras guaridas de la maledicencia en el
que se ponían en duda o, por decirlo sin pelos en la lengua,
se ridiculizaban sin tapujos los milagros acaecidos última-
mente en la iglesia de la villa. Ante la negativa escandalizada
del «queridísimo», solamente responsable al fin y al cabo del
preámbulo de la composición («Escuchad todos, hermanos,
esta sarta interminable de prodigios ambrosianos...»), porque
el sereno, padre de la obra, no conseguía darle un comienzo
con suficiente garra, el sacerdote había querido saber si eran
ciertas las frases «irreverentes y quién sabe si, examinadas a
fondo, ilegales y subversivas» atribuidas al farmacéutico,
sobre la utilidad de las procesiones celebradas para implorar
la lluvia a un Cielo que castigaba al país entero con el azote
de la sequía y que hacía oídos sordos a las plegarias. La falta
de lluvia, obsesión del dictador, hacía andar de coronilla a
mosén Ambròs. Repantigado en su butaca predilecta del
casino durante las tertulias de las fuerzas vivas entre el aroma
de un viejo coñac y el humo de un espléndido habano, no
dejaba de preguntarse en voz alta, perplejo, cuál podía ser
la causa de la malevolencia celestial. No la encontraba. Habían hecho una guerra (una cruzada), habían perpetrado
una escabechina a fondo y en nombre de Dios de republicanos, rojos, masones y separatistas –afirmaba evangélica-
mente el eclesiástico, reforzando la frase con vigorosos
movimientos de la napia autoritaria, bulbo granujiento y
sanguíneo donde Honorat situaba la sede de las aspiraciones
episcopales y quién sabe si cardenalicias del rector–, habían
apuntalado la vieja España tostadora de herejes y, en lugar

de la bendición del Cielo, les llegaba una persistente sequía. Los campos se convertían en desiertos a pesar de las rogativas por todo el Estado. En cambio (estos eran los comentarios de Honorat del Rom responsables del rechinar de dientes del cura), en Francia, la Francia republicana, la patria de Voltaire y de Rousseau, rebosante de exiliados, de ateos y de señoras descaradas –¡ay, aquellas caderas enloquecedoras, aquellos muslos del Folies-Bergère contemplados con unción durante un viaje de incógnito a París de mosén Ambròs con la tapadera de una peregrinación a Lourdes!–, en aquella Francia frívola, corrompida y diabólica llovía a cántaros sin que necesitaran ni una miserable procesión...

Escaldado por la experiencia, el boticario negó la autoría de comentarios tan peligrosos, los atribuyó sin rodeos a la maledicencia y adoptó la misma actitud ante la inevitable pregunta sobre el asunto de Manolet de Ribes, el panadero del callejón del Anzuelo: «A decir verdad, señor rector, otra calumnia». ¿A quién podía ocurrírsele que él y el panadero, con la colaboración insinuada del sereno, hubieran pasado una noche entera amasando en secreto en el horno para que los clientes encontraran al día siguiente las piezas habituales del asqueroso pan de racionamiento convertidas en figuras estrambóticas: zanahorias, peces, conejos, berenjenas, carpas, caballos, barcas, gallinas, dragones o calabazas? El fingido estupor del boticario alcanzó el virtuosismo cuando el cura, después de abrir un cajón del escritorio y sacar del él un enorme falo de pan al que el moho verdoso de la costra dotaba de la pátina noble de un bronce antiguo, afirmó que el perverso y lúbrico instrumento había sido cocido y vendido con las restantes figuras citadas entre panes de payés, barras y panecillos. Mientras fingía una sorpresa escandalizada, el boticario se divirtió haciendo cábalas acerca de los derroteros seguidos por el falo desde el horno hasta las manos del cura. De los veintitantos que habían producido hilaridad y comentarios sabrosos de las parroquianas mientras los iban descubriendo junto con los restantes inventos escultóricos en las canastas de la panadería, era el único del que tenía noticias. Al final, cuando Honorat, viendo que no conseguiría dársela con queso al zorro que tenía delante y temiendo más por el panadero y por Horaci Planes que por sí mismo, insinuó un considerable donativo para contribuir a las obras del nuevo altar de la patrona de la villa (milagro en curso desde el último sermón), el rector dejó de perorar y de blandir el falo, despidió a la pareja de guardias civiles que aguardaba en el recibidor, hizo servir café al ama (quien, con el paso de los años, cada noche resistía peor la comparación con las potrancas del Folies) y comenzó una conversación sobre las vicisitudes del equipo de fútbol local –«¡Señor, Señor, qué pandilla de mastuerzos!»– que se iría río abajo si Dios no le ponía remedio.

La causa de la cuarta detención, llamada también Revuelta de la Aspirina, fue la pelea definitiva del farmacéutico con una amante que le abandonó por un teniente de Marina. Honorat abusó del ron en contra de su sobriedad habitual y, de pie sobre el antepecho del puente del Ebro, reconstruido finalmente con un retraso de diez años respecto a la fecha de la inauguración oficial, pronunció una acalorada defensa de las virtudes de la aspirina en el tratamiento del reumatismo. Bajo la cobertura de las abstrusas terminologías químicas del discurso, un confidente de la guardia civil captó alusiones antifranquistas y veladas consignas con incitaciones a la huelga general de la cuenca minera. Pese a la pifia del delator («¡el ácido acetilsalicílico es una medicina, animal, y no un agente comunista!», instruía el sargento al espía mientras le hostiaba por inútil en el cuartel), el boticario fue detenido y multado por pronunciar un discurso sin el permiso previo del gobernador civil de la provincia.

La que el cafetero consideraba media detención se produjo cuando el comandante del puesto, en cama junto con toda la guarnición a causa de una epidemia de gripe, envió al único elemento disponible, el cabo Bernardino, a detener al boticario y a Joanet del Pla para interrogarlos acerca de los incidentes del sepelio del señor Jaume de Torres. El cabo se desmayó de debilidad en la farmacia mientras le comunicaba el arresto. Después de hacerle volver en sí y meterle un reconstituyente en el bolsillo de la guerrera, el mismo boticario le llevó a los muelles a detener al peón. Entre los dos llevaron al guardia al cuartel.

En la primavera de 1971 habían pasado muchos años desde el desmayo del guardia Bernardino, víctima de una tisis galopante al cabo de pocos meses de la media detención de Honorat. El tiempo había pasado como una exhalación incluso para Estanislau Corbera, que intentaba fijarlo con sus recordatorios. El proceso que culminaba con la destrucción de la villa llenaba totalmente el pasado, como si antes de aquello hubiera existido únicamente el vacío. En las casas no quedaba casi nadie, a excepción de los últimos vecinos a la espera de abandonarlas para entregarlas a las máquinas. El cafetero, apoyado en el mostrador, contemplaba con amargura su establecimiento, que no tardaría demasiado en sumarse a los escombros que lo cercaban. La voz de Nelson interrumpió sus pensamientos.

–Buscad otro compañero –decía el navegante–, hoy no puedo quedarme para la partida. Tengo un poco de trabajo.

Le contempló con melancolía. Sabía perfectamente adónde iba aunque el patrón no lo decía nunca. Pensativo, le siguió con la mirada a través de los ventanales hasta que una polvareda difuminó la imagen a punto de perderse en una esquina.

En el lado opuesto de la plaza de la Iglesia apareció una pareja de la guardia civil.

–La ronda de siempre. No sea que comenzáramos la revolución sin hacérselo saber –murmuró al ver que se acercaban a la puerta del café. No se le ocurrió que estaba a punto de presenciar la quinta detención y media del boticario.

II

Entornó los ojos a causa de la polvareda, no reparó en los guardias civiles con los capotes agitados por la ventolera que cruzaban la plaza sujetándose los negros tricornios de charol. Le mortificaba la leve ironía de la mirada del cafetero al cobrarle la copa de ron. Estanislau tenía razón cuando tiempo atrás le había insinuado que sería mejor olvidar aquello, sepultarlo con cuatro paladas de tierra: no tenía solución, cuanto antes se lo quitara de la cabeza mejor. Pero el viejo Nelson no podía renunciar a ello. Caviloso, llegó al final de la cuesta de los Carreteros y de repente se encontró ante la desolación.

Desde el comienzo de las destrucciones había ido restringiendo casi sin darse cuenta sus movimientos dentro del perímetro de la villa. Huía de los puntos donde las demoliciones se hallaban más avanzadas; si se desviaba del itinerario habitual, el corazón se le encogía. Desgraciadamente, el trayecto del Café del Muelle al taller del talabartero era uno de los más consumidos por aquella lepra implacable.

Llegó a la talabartería, tomó lo que necesitaba, cruzó cuatro palabras con el menestral –siempre sobre el tema eterno que les obsesionaba a todos desde hacía más de diez años– y se fue. De bajada, la visión del desastre acabó de abatirlo. Caminaba sin tropezarse con un alma, anonadado por el silencio. La memoria poblaba inevitablemente los escombros, levantaba de nuevo las casas caídas, trazaba calles, reconstruía plazas, las llenaba de gente, pero el viejo Nelson se daba cuenta de que el recuerdo no le obedecía con precisión. Tanta ruina acababa por confundirle. La villa que reedificaba con el pensamiento no era la de antes. Congregaba familias en lugares erróneos, se desorientaba a causa de los montones de ladrillos, vigas rotas, marcos astillados de puertas y ventanas, hierros de balcones o galerías. Confundía numeraciones de casas y letreros de establecimientos: convertía una tienda de ultramarinos en una sastrería, una bodega en una barbería; transformaba el taller de un cestero en una oficina bancaria o metía los trullos de la vieja almazara de la calle del Timón dentro de la tienda de ropa de la subida del Castillo. Tanto o más que la ubicación de los edificios, le costaba resucitar y encajar los ruidos (canto de gallos, martilleo de herreros, campanadas, rodar de carros, paso de caballerías, motores de tractores y de camiones del carbón, alboroto de navegantes en los muelles, bullicio del mercado, barrenos de las minas) que componían antaño el rumor habitual dividido por la sirena del mediodía, silenciada asimismo desde hacía muchos meses. No volvería a oírlos jamás. Aquella ausencia le daba la medida de un desastre cuyo comienzo y magnitud había pillado a la villa por sorpresa.

Los primeros rumores provocaron una cierta agitación –recordaba el viejo, parado sobre los escombros de la calle de la Muralla– pero nadie se los tomó demasiado en serio: una tormenta de verano sin consecuencias. Se hablaría de ello durante unos meses, de la misma manera que se había hablado antaño otras veces, habría un poco de ruido y el

271

estrépito volvería a atenuarse hasta la siguiente reaparición. Sin embargo, aquella vez la predicción resultó falsa. Los rumores se hacían insistentes, los diarios comenzaban a hablar de ello, la inquietud creció y, ante la estupefacción de todo el mundo, un día de los carnavales de 1957, en medio de la euforia de bailes y pasacalles, comenzó la invasión.

Los camiones cargados de gente forastera llegaron por la carretera de Lleida, los potentes motores silenciaron el alboroto festivo y muchas caras se horrorizaron detrás de las máscaras. Los vehículos no se detuvieron en la población; siguieron un par de kilómetros Ebro arriba por el camino del Riber pero su paso había dejado un rastro de inquietud. Las máscaras se dispersaron y la negrura húmeda que sucedió a un día de densas nieblas en que las melancólicas caracolas que indicaban la posición de los barcos habían sonado sin parar, mezcladas con los gritos de las gaviotas más allá de las aguas humosas de los muelles, fue la primera de las noches de angustia que debían jalonar el futuro de la villa.

Llegaron camiones durante días y días; el muro del Ebro vibraba a su paso. El tiempo de los rumores había terminado: iban a cortar el Ebro con dos pantanos enormes. Uno de ellos, río arriba, a escasa distancia de la villa; el otro agua abajo, en Riba-roja. El segundo debía sepultar Faió y la villa bajo las aguas.

Recordaba el desastre: máquinas y gente entraban en las fincas sin permiso; los topógrafos se dispersaban por el término municipal con sus aparatos, medían cotas y levantaban planos; los obreros montaban barracas prefabricadas de madera donde meterse en las orillas del Ebro mientras la población intentaba defenderse de la brutal agresión, calculada para crear el desánimo y evitar cualquier intento de resistencia.

—Quieren hacer electricidad —exclamaba Joanet del Pla en el Café del Muelle, recogiendo al pie de la letra los comentarios que estallaban continuamente en cualquier punto de la villa.

—Sí, a nuestras costillas...

—Dos pantanos.

—Y nosotros en medio.

—¡Qué cabronada!

Aquello era ilegal, murmuraba con rabia el carpintero de ribera Forques, soltando el argumento esgrimido sin descanso por el vecindario ante la Administración en quejas estériles para conseguir la paralización del desastre: las obras todavía no habían sido aprobadas por el gobierno. Y Estanislau Corbera le daba mentalmente la razón en los largos insomnios que iba a sufrir a partir de aquel momento. Pero los aplastarían, no tenían nada que hacer. La empresa que construía los pantanos era del mismo Estado, de los que mandaban. Y los que mandaban, no era preciso recordarlo, eran los que se habían sublevado contra la República en 1936, los responsables de la escabechina de la guerra... ¿Quién se atrevía a hablar de legalidad? El mostrador del café era la escollera donde rompían las angustias: expropiarían las tierras, las minas, las casas; inundarían la villa... E inmediatamente surgía la pregunta: ¿cuál sería el futuro de todos ellos? ¿Adónde irían? ¿Qué harían? Pero ¿por qué se preocupaban, por qué se angustiaban? ¿Acaso no había dicho textualmente el señor gobernador de la provincia que ya estaba hasta los huevos de las protestas de aquella pandilla de rojos y que, si no dejaban de jorobar, los cargaría a punta de fusil en camiones para llevarlos al norte, a las minas de Asturias? Como decía Horaci Planes, quien, debido a su trabajo de sereno, sufría los insomnios de día, la solución estaba en chinchar un poco más al ilustre funcionario hasta que reventaran sus excelentísimos huevos (¿de pichón, de codorniz, de gorrión, de mirlo?, dudaba la parroquia) y la amenaza se hiciera realidad. Por lo menos sabrían algo seguro, no vivirían, si aquello era vivir, en la incertidumbre... Mientras tanto la villa se llenaba de gente. La primera oleada de la invasión apenas fue un avance del alud enorme que desbordó las posibilidades de la población de absorberlo. Ni los que recordaban el hormiguero de la cuenca minera cuando la guerra del 14 habían visto jamás algo semejante, una riada tan formidable de personal. La mayoría, una masa patética de pobre gente venida de todas partes a arañar unas cuantas pesetas y enviarlas a sus familias. En el mostrador del Café del Muelle y en los restantes locales de la villa se alineaban caras y se escuchaban las hablas de todos los rincones de España. Cada puerta se convirtió en una tienda, una taberna o un bar. Los billetes corrían pero –como rezongaba Estanislau Corbera durante sus exasperantes horas de insomnio–, pese a la multiplicación de la parroquia, aquella era una riqueza traicionera, una prosperidad efímera a cuyo calor pululaban los gusanos de la podredumbre.

No sospechaban que la mayoría envejecerían, que muchos iban a morir con aquella angustia metida en el alma; no sospechaban que tenían ante sí trece años de lucha incierta, atrapados en aquella ratonera. Estanislau ignoraba que podía disponer de miles de noches de insomnio para rumiar y asentar en la memoria las amargas estaciones del calvario durante el cual la villa, tenaz en su defensa, había conseguido irritar, comenzando por las del gobernador de la provincia, las bolsas testiculares de toda la jerarquía estatal: las apolilladas de los funcionarios polvorientos y pálidos; las reblandecidas con agua bendita de los politicastros tecnócratas y devotos; las empapadas en alcohol de los espadones sangrientos; las momificadas, con una esvástica cosida a la piel, del elegido de Dios retratado en las monedas... Un largo camino hacia la desolación que el viejo Nelson cruzaba aquella tarde de 1971 mientras bajaba por el callejón de las Ánimas.

III

–¡Se llevan preso al señor boticario! –exclamó Teresa al
ver a Honorat del Rom entre dos guardias civiles en la plaza de Armas.

Carmela no la oyó. Mientras la otra limpiaba los ventanales del Salón de las Vírgenes Mártires, ella acababa de
frotar las sillas, entregada a la exasperante e inútil lucha
contra el polvo. Desde que la tierra de la primera destrucción
había penetrado en el salón en 1970, resultaba imposible
devolver a las cosas el brillo de antaño; con el paso del tiempo, la polvareda acababa por incrustarse definitivamente en
ellas, por petrificarlas con una costra mineral, frágil al principio y consolidada a fuerza de días hasta volverse indestruc-
tible, tenaz como las partículas de lignito que habían enlutado la población durante un siglo. Carmela solía
enfurecerse ante la ineficacia de la limpieza pero aquella
tarde no refunfuñaba. Estaba ausente, preocupada; parecía
presentir los acontecimientos que se avecinaban.

Más adelante, cuando la vieja criada evocaba con acritud
la desgracia abatida sobre la casa la misma tarde de la quinta detención y media del boticario, siempre buscaba las

raíces profundas del infortunio en una época muy distante, exactamente en el mismo día de 1957 que la llegada de los camiones forasteros enturbió la gresca de los carnavales. Además de una amenaza de cara al futuro, la invasión fue el primer golpe infligido a la soberbia de la señora por los recién llegados, que, obviamente, no eran la turba de obreros –«miserables y piojosos» en palabras de la señorita de Albera–, que habían caído como una plaga sobre las orillas del Ebro. Cuando el ama hablaba de ellos, se refería a los capitostes, especialmente a los ingenieros, tras los cuales situaba, con condescendencia y distancias bien marcadas, a otros personajes (aparejadores, abogados o técnicos) del equipo dirigente de la empresa hidroeléctrica. ¿No era un deber, por lo menos de cortesía, rendir visita a los próceres de la villa (siquiera a los más importantes y no hacía falta nombrarlos para que quedara claro que el honor correspondía sin discusión a los Torres y Camps) a fin de informarles, en su calidad de fuerzas vivas de la población, de sus proyectos? Las grandes familias no podían recibir el mismo trato que cualquier miserable... Por encima de la encarnizada lucha del vecindario, de la que ella se desentendía por motivos de orgullo, tenía que haber un punto de encuentro, un entendimiento entre señores. Pero aquella gente jamás se tomó la molestia de hacer algo semejante y, con el paso de los años, a medida que se hacía más urgente el problema del futuro, en boca de la señora se transformaron sucesivamente en «gentuza», «chusma» y finalmente «purria patibularia», desde los ingenieros hasta el último peón.

–Son unos salvajes –decía invariablemente Estefania d'Albera, camandulera de tomo y lomo, si sacaban el tema a colación a la hora de merendar.

–Unos cafres –insistía Teresa Solanes.

–Unos cerdos –aseguraba Nasia Palau.

–Unos... unos... –vacilaba Isadora Rubió en busca de

un calificativo bien contundente, demoledor, antes de decidirse siempre por el mismo y soltarlo con un repentino golpe de genio—: unos soviéticos.

Cuando se produjeron las primeras fricciones con la empresa hidroeléctrica por la ocupación ilegal de unos olivares de la casa de Torres, la señora se llevó un gran disgusto. Nadie se había tomado la molestia de pedirle excusas por el desaguisado y aprovechar la ocasión para ir a rendir homenaje a la casa. Se limitaron a indemnizarla por los daños y basta. Gritó, insultó, protestó, maldijo pero cuando recurrió ante el abuso a los hermanos aposentados en un ministerio de Madrid, la respuesta fue clara: mejor dejar de lado cualquier idea de enfrentamiento. Llevaba todas las de perder, solo le quedaba la alternativa de conseguir un acuerdo. Fue la segunda ofensa imperdonable de la larga serie recibida en años sucesivos que Carmela tenía que escuchar con frecuencia cuando la señora se levantaba de la siesta, su momento más depresivo del día. Si el ama no respondía a la primera llamada a la puerta de la habitación y había que entrar a despertarla, Carmela ya sabía que le esperaba el papel de espectadora de una filípica contra la empresa hidroeléctrica, contra el Estado —¿para qué había servido, pues, ganar la guerra?— y contra la villa en general, sobre todo contra los señores. Porque, pese a las frecuentes declaraciones de dignidad ofendida («o sea, de intereses lesionados», aclaraba Estanislau Corbera) de los miembros del Casino de la Rueda y de los propósitos de resistencia que pregonaban con arrogancia ante la invasión de los forasteros, las defecciones de los próceres comenzaron inmediatamente. Y Carmela, armada de paciencia, escuchaba por enésima vez la historia de la invitación a cenar a casa de los Móra (cuya relación con la señora se había enfriado considerablemente, hasta alcanzar temperaturas polares a partir de la defunción de Hipòlit) de un importante cargo de la empresa; la de otro a comer en casa de los Serra o la descarada confraternización de una sobrina de parte de los Torres con un aparejador de las obras. A lo largo de los años obsesivos de la construcción de los pantanos, Carmela siguió paso a paso, a través de las filípicas, las etapas del bajón, en el que la crisis de las minas marcó el punto más negro.

La referencia a ese asunto iba siempre precedida del recuerdo del padre difunto: día tras día, de evocación en evocación, ante el silencio comprensivo de Carmela, el señor Jaume de Torres aparecía más perfecto en boca de la hija. Poco a poco, la señora le eximía de defectos y, al final del proceso de sublimación, ni el testimonio del gran cuadro de Aleix de Segarra colgado en el salón ni las fotografías en-marcadas del despacho constituían un obstáculo capaz de hacerla vacilar a la hora de describir al difunto como un adonis. Las trapacerías, los negocios sucios o los líos de faldas del calavera (el embarazo de la rubia leridana, a la que había acabado por denunciar a medias con el canónigo por inmoralidad pública, había sido el último episodio que le llegó a los oídos), tampoco le suscitaban dudas acerca de la solidez moral del difunto progenitor.

—Era un caballero de pies a cabeza —afirmaba Estefania d'Albera siguiéndole la corriente, entre una cucharada de chocolate y un suspiro nostálgico, disimulando la vieja de-cepción de no haber podido atrapar al viudo.

—Un galán seductor —aseguraba, atrevida, Teresa Sola-nes.

—Un general de intendencia —se derretía Nàsia Palau, que desde el tiempo de la guerra, en que había tenido por amante a un capitán de aquel cuerpo, sentía una adoración casi sacrílega por el servicio de abastecimiento del ejército.

—Un... un... —vacilaba como siempre Isadora Rubió antes de adoptar una decisión y largar, ensimismada—: un Rodolfo Valentino.

Sin embargo, aunque hubiese resucitado en la plenitud de las facultades con que le adornaba el cotorreo del salón, ni aquel modelo de virtudes habría podido hacer nada por atajar la decadencia de la cuenca. La amenaza de los pantanos se sumaba a la crisis que comenzó a ahogar las minas cuando él llevaba más de diez años disfrutando del eterno reposo, bien merecido después de su agitado entierro, dentro de un nicho del panteón familiar, entre la suegra y la generala, a la sombra de los melancólicos cipreses del cementerio. La causa era aquel aceite negro y asqueroso –decía Graells con voz cascada–, el petróleo, que comenzaba a alterar el mundo de modo irreversible. Las industrias dejaban a un lado el carbón ante las ventajas y el bajo precio del otro combustible, las demandas descendían, la alarma entre los empresarios era general. Al igual que en crisis anteriores, las plazas de las minas comenzaban a llenarse de mineral sin vender. Aprovechando la oportunidad, las presiones de la empresa hidroeléctrica para expropiarlas arreciaban.

–¡Resistiré hasta el último cartucho! –había dicho heroicamente Il·luminat de Móra, hermano del malogrado Hipòlit, en el Casino de la Rueda dos horas antes de firmar la venta de su mina e irse a vivir a Barcelona con una corista pecosa del Paral·lel que acabaría poniéndole los cuernos con un pajarero de Les Rambles.

A partir de ese momento, la insistencia de Graells sobre el tema se hizo abrumadora. Casi cada tarde, después de la merienda de las señoras, el administrador, hombre ya de edad avanzada, poca cosa más que un vejestorio achacoso pero con la cabeza muy clara, acudía a la casona y Carmela captaba sus monólogos, que el ama escuchaba, impaciente y malhumorada, sentada en su butaca preferida.

Aquello no tenía remedio, comenzaba siempre el hombre de confianza antes de añadir –consciente de complacer a la señora con el alfilerazo– que no lo solucionaría ni un milagro de los de mosén Ambròs: la cuenca se hundía definitivamente. Pensar, como algunos ilusos, que las guerras entre árabes y judíos podían repercutir en el suministro de petróleo y provocar un resurgimiento del carbón, era agarrarse a un clavo ardiendo. Incluso si la quimera se realizaba, había otro obstáculo contra el cual la lucha estaba perdida desde un buen principio: las minas de Torres y Camps, como la mayoría de la cuenca, quedaban debajo del nivel previsto para los pantanos. Tarde o temprano, acabarían expropiadas. Esperar, resistir junto a los chiflados de la villa empeñados en defenderla, solo serviría para prolongar una agonía irreversible, y, aún peor, perder mucho dinero. ¿Qué sentido tenía enfrentarse a un enemigo invencible? ¿Qué decían, además, los hermanos de la señora, al tanto de la situación? Ceder a las presiones de la empresa estatal los liberaba de una muerte lenta y ruinosa. Graells soltaba a continuación, con deliberada parsimonia, la lista, cada día más larga, de los que habían optado por vender, la serie de propietarios que cerraban —aunque no siempre tan heroicamente como Il·luminat de Móra—, cobraban la indemnización y se iban a la ciudad, huyendo de la villa apestada. Apenas quedaban dos o tres minas abiertas además de las suyas y las de la viuda de Salleres, cuando, influida por el sonsonete de mal agüero de Graells, ablandada por los ruegos del hijo mayor, su preferido, con quien el administrador estaba en connivencia y que contribuía con visitas espaciadas, cartas y continuas llamadas telefónicas a la tarea de convencerla, la señora cedió.

El día de la venta de las minas, el ama recibió el disgusto que más contribuyó, según Carmela, a emponzoñar la invisible carcoma que haría crisis en el futuro, coincidiendo con la última detención del boticario. Cuando regresó a la casona, Carlota de Torres y Camps no era la misma a quien la criada había ayudado a emperifollarse con el vestido más elegante del guardarropa, después de haber exigido un maquillaje cuidado y la presencia de la peluquera de la calle de las Cruces, la mejor de la villa. A partir de ese momento se produjo una semana de silencio: ni siquiera Graells se acercaba a la casa y el teléfono permaneció mudo; el hijo mayor también se esfumó una vez conseguido el objetivo de la insistencia de los últimos tiempos. Al final del silencio estalló una filípica más amarga que ninguna de las anteriores y la criada descubrió con horror toda la hiel que la señora había llegado a tragar aquella mañana.

En contra de la opinión de Graells, insistió en ver las minas por última vez antes de ir a las oficinas de la empresa hidroeléctrica para la firma de los documentos de la venta, y pese a que el ama jamás reconoció la sensatez del consejo del administrador, el tono con que relataba la visita a la primera mina y la renuncia a trasladarse a las demás daban a entender a Carmela que lamentaba no haber hecho caso al viejo zorro.

Al bajar del coche, con Graells y el notario de la familia, el señor Nicomedes Taverner, al lado, la imagen de su padre reapareció, omnipresente, casi obsesiva, en su mente. ¿Qué habría dicho el malogrado progenitor ante el espectáculo estremecedor de la mina muerta, entonces ya para siempre? Pese a la altivez con que se paseó desde la boca de la galería principal, donde los vagones permanecían inmóviles en las vías, hasta el río, la visión del *Carlota II* la afectó. La noticia del cierre, comunicada a los trabajadores unos días antes, había hecho cesar instantáneamente el trabajo y la nave se había quedado a medio estibar bajo los cargaderos del Ebro.

—Que lo lleven ahora mismo a los muelles de la villa —ordenó secamente a Graells—. No quiero que se quede aquí.

282

Los recuerdos acudían, se encarnizaban con ella. De repente sintió la punzada de los ojos de los tres únicos obreros que todavía quedaban en la mina después del despido de los demás, ocupados a las órdenes de un capataz en desmontar un motor. Se estremeció. Eran las mismas miradas que la angustiaron el año 1925 mientras atravesaba en coche los grupos de huelguistas en el camino de Faió. Pero ahora no sentía a su lado la presencia de Francesc Romaguera. El remolino del tiempo la conmovió: revivió el encuentro en la estación de ferrocarril de Faió, el viaje, las noches enloquecedoras mientras en las calles la oscura masa de los huelguistas se enfrentaba con la guardia civil.

–Señora...

La voz de Graells indicándole que tuviera cuidado con los carriles de la vía rompió la evocación. No pudo soportar el vacío que le dejaba el naufragio del tiempo resucitado entre los montones de lignito, negros túmulos en el cementerio de la explanada de la mina.

–¡Vámonos!

Con la relativa rapidez que permitía la artrosis del administrador, retrocedió hasta el coche y dio al chófer, el hijo mayor de Graells, la orden de regresar a la villa. Pero la mañana no había terminado. Si la visita a la mina la deprimió, la firma del papeleo de la venta en las oficinas de la empresa hidroeléctrica le había supuesto una humillación casi insoportable. En primer lugar, no la habían recibido inmediatamente. Tuvo que esperar en una sala, al lado de un navegante de la viuda de Salleres que iba a hacer una reclamación por una pequeña finca invadida por las máquinas de la empresa. Aquel piojoso pasó antes que ella, y cuando, por fin, la hicieron entrar en el despacho, no había ningún ingeniero para recibirla; solo el abogado, que ni siquiera se dignó darse cuenta de que tenía delante a la señora Carlota de Torres y Camps. El picapleitos se limitó a saludar con educación (y eso fue doblemente irritante porque la privó del gusto de ponerlo verde), entregó los documentos al notario para que los comprobase y le indicó, a ella, los sitios donde tenía que firmar. Con la misma cortesía distante los había acompañado a la puerta. Cuando salían les recordó –tercer zarpazo– que, aunque dejaba de ser la propietaria de las minas, podía desmantelar sus instalaciones y aprovechar lo que quisiera: a la empresa hidroeléctrica no le servían de nada. Profundamente disgustada, hizo llevar al notario y a Graells a la puerta de la sucursal bancaria donde tenían que ocuparse de la cuestión del dinero y fue a encerrarse en la casa. Desde el Salón de las Vírgenes Mártires vio la llegada del *Carlota II* surcando las aguas del Ebro, todavía enrojecidas y turbias a causa de una crecida. Tal como había ordenado, lo llevaron al muelle de la Plaza y allí, donde el año 1939 había tenido lugar su botadura, de la que la señora recordaba con melancolía el alboroto y la música, lo amarraron para que aguardara la muerte.

A partir de ese momento, el distanciamiento entre la casona de la plaza de Armas y la villa había ido aflorando de manera progresiva. Pese a los esfuerzos de la criada por disimular sus síntomas, como el descenso ostensible de presentes de fruta y de caza y de las visitas de pleitesía, existía un indicador implacable del cambio ante el cual los intentos de ocultación de Carmela resultaban inútiles: los funerales de aniversario del señor Jaume de Torres. De año en año, la asistencia disminuía. De la iglesia llena a rebosar, con los próceres en pleno y mosén Ambròs tirando la casa por la ventana, dilapidando cera e incienso, desgañitándose a la hora de cantar las exequias para recuperar el favor de la familia Torres, habían llegado al raquitismo del último funeral, al cual, aparte de ellas, señora y criadas, blanqueadas por la ventolera que desencadenó recuerdos y comentarios entre la parroquia del Café del Muelle, solo habían asistido una docena de personas, un grupo apenas visible en la inmensidad del templo que el armonio viciado por la Internacional aún agrandaba más, llenando de resonancia las naves laterales, donde algún reflejo perdido de los cirios del túmulo hacia brillar la plata de los candelabros o reavivaba blancuras marchitas de manteles. Carmela no había encontrado argumentos para apaciguar la cólera de la señora: después de recibir los pésames en la puerta del templo entre remolinos del maldito cierzo rebotado de los muelles para inquietar a la escasa comitiva, se encerró en casa y comenzó a hundirse cada vez más en estados de abatimiento y a quejarse de migrañas enloquecedoras. Subía todos los días al desván, consumía allí las horas muertas contemplando el *Carlota II* con su carga de lignito ya blanqueada por las polvaredas, o la villa que se desmigajaba alrededor de la casa. Casi todos los edificios que todavía emergían de las ruinas eran propiedad suya. Aquella vez no sirvieron de nada ni las insidias de Graells ni las cartas o llamadas de los hijos. Mientras la villa se vaciaba hacia la población nueva que crecía al otro lado de la sierra del Castillo, ella permanecía entre los escombros, daba largas a las sugerencias de vender las casas como había vendido las minas.

–No vienen... –musitaba a veces con amargura–. No vienen...

Aquellas palabras intrigaban a Carmela, quien, desde el aniversario, tenía un mal presentimiento que no tardaría mucho en confirmarse aquella misma tarde, la de la quinta detención y media del farmacéutico.

IV

Cuando amainaba su acceso de furia, Nelson se arrepentía de haber maldecido a los ríos —«¡ojalá os secarais!»— y retiraba con una mezcla de ternura y temor la imprecación que acababa de arrojarles. A veces se cabreaba con ellos, les consideraba culpables del desastre, de no habérsele resistido, de no haber defendido la población. Al principio, cuando los forasteros comenzaron a cortar el Ebro con el primer pantano, aguas arriba de la villa, el patrón incubó la esperanza secreta de que el río no se dejaría dominar ni convertir en una balsa muerta. ¿Cómo era posible vencerlo, humillarlo? En el momento menos pensado desencadenaría una riada contra las obras, las arrasaría y mandaría al mar instalaciones, máquinas y trabajadores. Año tras año, Nelson lo había soñado, aun sintiéndose culpable de aquel deseo a causa de la multitud inocente que se ganaba el pan trabajando en la gran construcción. Entonces limitaba el desastre a un momento que no hubiera nadie en las obras, pero en el enorme hormiguero el trabajo jamás se detenía. Hubo fuertes crecidas, el Ebro causó daños a veces terribles: la muralla, masa gigantesca de cemento y de hierro engastada en las sierras de ambos lados del valle, seguía incólume. El navegante la veía crecer casi día a día cuando se dirigía con el *Virgen del Carmen* a cargar lignito a la mina de la viuda.

La tarde de la última detención de Honorat del Rom, la cólera de Nelson no amainaba. De pie entre la arquitectura espectral y confusa que alzaba la memoria, maldecía por la angustia sufrida durante años, a lo largo del proceso deliberadamente lento, enervante, adoptado por los invasores después del fracaso de la primera embestida brutal, a fin de roer la villa, dividirla, aniquilar a la gente empeñada en defender sus intereses y su supervivencia como colectividad. Trece años masticando la incertidumbre segundo tras segundo, corroídos por la peste... Quien no lo había vivido no podía imaginar la presión inhumana, agravada por la mordaza de la dictadura, a que habían estado sometidos. Quizá tenía razón Honorat del Rom cuando decía que el régimen aprovechaba la ocasión para hacerles pagar, y bien cara, la fidelidad a la República durante la guerra civil. Los años habían producido heridas muy hondas, divisiones entre los mismos habitantes, fomentadas de manera soterrada para debilitar su resistencia. Por otra parte, muchas familias –Júlia volvía a la memoria del viejo patrón– a partir del cierre de las minas y de la negra perspectiva del futuro habían optado por irse.

–No puedes pedir a todo el mundo que sea un héroe, sobre todo cuando ya no le queda con qué ganarse el puchero. Los otros no tienen prisa: ahora cierran las minas, después se acabarán las obras y el trabajo... Eso es lo que esperan: que, asqueados, acabemos renunciando a todo a cambio de nada –murmuró amargamente Estanislau Corbera cuando alguien soltó un comentario despectivo hacia los primeros que abandonaron la villa a partir del cierre de la mina de los Móra–. ¿Por qué no das tú trabajo y comida a los que han de largarse y así no tendrán que hacerlo?

Igual que había concebido la esperanza de una reacción

del Ebro, el viejo Nelson imaginaba algún acontecimiento inesperado, un golpe de timón imprevisible del destino que evitaría el hundimiento de las minas y la muerte de los laúdes. Como mínimo, se abandonaba con una insensatez, de la que tenía plena conciencia, a la idea de que eso no pasaría con las de la viuda de Salleres.

–No cerraré, Nelson, no sufras –le confió el ama cuando zarpaban hacia Amposta con el *Virgen del Carmen* a visitar al antiguo capitán de la marina mercante, jubilado y enfermo–. Puedes decir en el café que la puta del callejón del Remo no es como Il·luminat de Móra; hasta el último momento plantará cara a esta gentuza. No dejará a sus mineros en la calle mientras le quede un céntimo. Eso es una infamia.

Sin embargo, la antigua contrabandista, convertida ya en una patética piltrafa, murió al cabo de unos meses en una clínica de Barcelona. Al sobrino, un canijo meapilas de la capital, que se avergonzaba de la tía –«mesalina impura, destinada a la caldera infernal», musitaba el confesor al oído del heredero melindroso y mariquita–, le faltó tiempo para aceptar la expropiación de las minas y malvenderlas sin resistencia. Los habitantes vieron frustrado el deseo de asistir al entierro, no hubo ni siquiera responsos en la iglesia: el furgón fúnebre procedente de Barcelona fue directamente al cementerio. Cuando el personal se enteró de ello, la viuda de Salleres ya estaba metida en el nicho. El fallecimiento entristeció a la tertulia del Café del Muelle y Estanislau Corbera, mientras servía ron a la concurrencia en memoria de la difunta, pronunció una breve y sentida oración fúnebre:

–Era una cachonda con tanto genio como bondad. La implacable descarnada la ha segado en la flor de la vida.

La alusión a la juventud constituía una fineza póstuma hacia la desaparecida. En los últimos años, cuando ya no había polvos ni cremas capaces de ocultar los estragos del tiempo en sus faldones, había hecho retirar los espejos de casa para no verse reflejada en ellos como una vieja achacosa.

La defunción coincidió con la finalización del primer pantano: los trabajadores fueron despedidos o trasladados a Riba-roja, donde ya comenzaba a crecer el muro de la segunda presa, la que tenía que inundar Faió y la villa. Después de los años de estrépito de camiones y máquinas, de alboroto de gente, las calles no recuperaron los ruidos de antes. Solo quedaron el silencio y la angustia. El tiempo se estaba acabando pero la gente, apegada a la vieja osamenta negra de la población, no cedió hasta conseguir la reivindicación en la que se habían atrincherado ante la imposibilidad de seguir luchando por la conservación de sus casas. Que la villa tenía que morir era un hecho asumido desde hacía tiempo: las aguas cubrirían la parte más importante, el resto serían unas calles sin vida, miembros de un cuerpo descuartizado. Los habitantes condenados a quedarse allí resultarían tan perjudicados como los que perdían la casa pero sin derecho a ninguna compensación. No se les podía dejar de lado. Había que indemnizar a todos, no solo a los que perderían su casa o su medio de vida. Si conseguían eso, para fundar una villa nueva, los habitantes no necesitaban a un gobierno que les daba la espalda, solo diligente a la hora de perseguir y aplastar a los líderes de la población, de silenciar su angustia o de enviar policía y guardia civil para reforzar la de la villa si la tensión estallaba en manifestaciones que amenazaban el sacrosanto orden público de la dictadura.

Cuando la empresa hidroeléctrica, ante la inminencia del final de las obras de la presa de Riba-roja y la determinación de los vecinos de no ceder, se avino a aceptar las condiciones exigidas, el viejo Nelson soltó una blasfemia. Compartía el alivio de todo el mundo pero de ninguna manera la euforia de algunos: acababa una pesadilla larguísima y cruel, una lucha esterilizadora para conseguir lo mínimo a que tenía derecho desde un principio un ser humano en aquella situación.

—Trece años de guerra para pagarse el entierro —murmuró el carpintero de ribera Forques.

—Ya tienes la letra —le sugirió Estanislau Corbera—. ¿Por qué no le pones música de tango?

De la pugna salía una villa abatida, deshecha, encarada a un futuro más incierto que nunca pero aferrada irrenunciablemente a su existencia como colectividad: entregarían las casas a la empresa hidroeléctrica, pero solo las abandonarían a medida que las de la nueva villa que iban a construir por su cuenta estuvieran terminadas. De todos modos tenían que tragarse la píldora: sufrir, mientras seguían viviendo en la villa vieja, el innecesario y atroz proceso de la destrucción iniciada una mañana de primavera con la demolición de la casa de Llorenç de Veriu en la bajada de la Herradura.

La casa de Nelson, la farmacia de Honorat del Rom y el Café del Muelle pertenecían a la última zona de la villa vieja que debía trasladarse a la nueva. En consecuencia, al patrón le tocaba soportar lo que no habría querido ver por nada del mundo. Cada día le angustiaba más la perspectiva de tener que vaciar la casa para abandonarla a las máquinas. La sentía empapada de su propia vida. En las habitaciones flotaban recuerdos y voces antiguas: allí había vivido la ilusión, pronto desvanecida, de los primeros tiempos de su matrimonio, allí habían nacido sus hijos, habían muerto sus padres y aquella pequeña siempre añorada. Los hijos... Después de la muerte de la niña, había tenido tres: dos chicos y una chica. Ninguno de los chicos había tenido afición al río ni a la mina. Se habían espabilado en aprender otros oficios: el mayor era mecánico, el otro electricista y los dos querían irse a Barcelona, deslumbrados por el espejismo de la gran capital, adonde iban a parar la mayoría de los habitantes que se habían marchado. En la villa nueva, solo se quedaría la hija.

Se acercaba a la plaza de Armas, atravesada hacía un rato por la pareja de guardias civiles y Honorat del Rom. La casona de los Torres era lo único que quedaba en la gran plaza de Armas, centro en otro tiempo de la vida de la villa. Por más vueltas que le daba, el viejo Nelson no lo entendía. En toda la población, en zonas ya abandonadas y con la mayoría de los edificios derruidos, solo quedaban en pie las casas de Carlota de Torres. ¿Qué pretendía la señora? ¿Aguantar hasta el último momento para conseguir un precio más elevado por sus propiedades, acaparar más dinero? No se había ido como otros burgueses, que, tan pronto como se embolsaban el dinero de las indemnizaciones por minas, fincas y casas, desaparecían y se desentendían del destino de la villa; tampoco había solicitado ninguna casa en la población nueva, al revés del miserable Graells, uno de los primeros en inscribirse en la cooperativa creada para construirla. Bien, allá ella. Si todo el mundo hubiera tenido su fortuna, los años de lucha y desesperación habrían sido otra cosa. Quienes preocupaban al viejo navegante eran la gente sin un céntimo, no la de la clase de los Torres.

Una criada –le pareció Teresa– salió a los balcones del salón y sacudió un trapo en la barandilla cuando el patrón, atajando por una pila de ruinas, bajaba a los muelles por el solar de las antiguas cuadras de la viuda de Salleres. El cementerio de los laúdes: naves amarradas a los muelles de la villa agonizante, señora implacable que no les permitía zarpar y les exigía, como un antiguo caudillo al séquito juramentado y fiel, perecer con ella para navegar sus ríos más allá de la muerte. A medida que las minas habían ido cerrando, los barcos, despojados de aparejos y pertrechos, permanecían inmóviles, deteriorándose. Los cascos resecos se agrietaban entre los costillares y dentro de los camarotes verdeaban las aguas estancadas. Al principio, algunos navegantes anonadados por el estropicio se preocupaban por ir de vez en cuando a baldearlos y examinar las amarras. Con el paso del tiempo, habían dejado de preocuparse por un trabajo sin sentido y, a fin de cuentas, cuanto antes se los llevase el río, mejor; como decía Joanet del Pla, ojos que no ven, corazón que no siente. El viejo Nelson, soportando la ironía amable de Estanislau Corbera, era el único que se empeñaba en conservar su laúd: no podía calafatearlo ni embrearlo pero por lo menos lo limpiaba, le vaciaba el agua con el achicador o le hacía pequeñas reparaciones. Aquella mañana, un antiguo navegante de los Móra le había dicho que una amarra de la nave estaba rota. Por esa causa se había marchado del Café del Muelle sin jugar la partida e ido a comprar soga a casa del talabartero. Después de cambiar la estropeada, dio un repaso a la nave, se sentó en la popa y se dejó llevar por los recuerdos: los laúdes recuperaban sus accesorios, viejas tripulaciones volvían a llenar los embarcaderos. Crujían las poleas, relinchaban las bestias, los peones armaban los remos en los toletes y las naves zarpaban de la villa dormida, surcaban el Ebro somnoliento del alba. Arquímedes Quintana se dirigía a Amposta, Sebastià Peris y Roca iban a Faió, el viejo Cristòfol y su tripulación de bizcos querían dormir en Tortosa, se les caía la baba ante la perspectiva engolosinadora de las hembras de la Coronela... Pero aquello ya no existía, solo quedaba ceniza: casas deshechas, recordatorios de difuntos y naves podridas... Cabronada de la vida que no le ahorraba la muerte de la villa ni la de su oficio.

–Han vendido el río, muchachos –había anunciado un día Estanislau Corbera a los contertulios desconcertados, antes de contar los detalles de la operación con pelos y señales: nombres de los burgueses que habían renunciado al derecho de navegar por el Ebro y los millones embolsados por cada uno de ellos en una operación que ahorraba a la empresa la obligación de mantener abierta la posibilidad de la navegación a través de la presa de Riba-roja.

Una arbitrariedad encima de otra —recordaba el viejo—; una malla más de la red que los ahogaba. Por el Segre y por el Ebro habían navegado no solo sus padres, abuelos y bis-abuelos sino mucha más gente desde unos tiempos muy lejanos, tanto que la memoria no los abarcaba y tenían que leerse en los libros, como contaba a veces Honorat del Rom. ¿Cómo era posible cortarlo para siempre? ¿Con qué permiso? ¿Quiénes eran aquellos señores para vender el río?

Evocaba el último viaje. Lo había presentido en los muelles de Faió —pueblo al que aguardaba un final repentino y trágico bajo las aguas, al contrario de la ruina lenta de la villa—, donde el *Virgen del Carmen* acababa de atracar de subida de Tortosa para dar un descanso a la tripulación y donde se enteró de la muerte de la viuda de Salleres. Se encerró en el camarote. Acurrucado sobre el jergón, intentó digerir el disgusto. Los fantasmas poblaban la estrechez del camarote recalentado por el sol de agosto que quemaba la nave. El jaleo del muelle procedía de un mundo lejano. El tiempo le bailaba en el cerebro como una peonza, dejaba escapar visiones fugaces: la primera entrevista con la viuda, los viajes del contrabando, la explosión del *Polifemo*, el regreso después de la guerra...

Antes de abandonar el cementerio de las naves, revisó una vez más las amarras del laúd. Mientras se encaminaba a la cuesta del Horno, donde le informaron de la detención de Honorat del Rom, recordó el final de aquel amargo viaje desde Faió, cinco años atrás. Cuando atracó en los muelles de la villa y amarró el barco al lado de los que ya llevaban tiempo pudriéndose, ya sabía que ni el *Virgen del Carmen* ni él volverían a navegar jamás.

V

–No vienen... ¿Qué hora es, Carmela?

Recordaría más de una vez la obsesiva pregunta de la señora la tarde de la última detención de Honorat del Rom; las ansiosas palabras marcaron el paso del tiempo desde que el ama entró en el salón después de una siesta más corta que otros días. Apenas atendió a Teresa mientras esta, subida a una silla y sacudiendo el trapo de limpiar los cristales, la ponía al corriente con gorjeos de gorrión de la historia del boticario. Inspeccionó minuciosamente los preparativos del convite; se quejó de dolor de cabeza, se sentó en su butaca predilecta bajo el retrato de su padre y se quedó inmóvil como una esfinge de piedra, con la mirada vacía, perdida más allá de los ventanales. Solo los dedos clavados en el damasco rojo de los brazos del asiento manifestaban la agitación interior que la inquietaba:

–¿Qué hora es, Carmela?

–Las tres y media, señora.

A lo largo de la temporada de nieblas que se abatió sobre la villa a partir de aquella tarde, Carmela también había de preguntarse con angustia si habría podido prever o evitar los acontecimientos y aunque siempre llegaba a una conclusión negativa, la duda no cesaba de corroerla: si hubiera sabido quiénes eran los invitados que la señora esperaba, tal vez...

Desde que el día antes había recibido la orden de preparar el salón para la fiesta del cumpleaños de la señora, no había cesado de rumiar. ¿A santo de qué esa celebración? Preparar la plata, la cristalería fina, los mejores manteles... Una locura, un disparate.

¿Quién iría al convite? Los Graells, como los años anteriores, se presentarían a media mañana para rendirle pleitesía y la señora, después de aceptar el gran ramo de flores, conversaría un rato con la recua reluciente, incómoda y sumisa de hijos, hijas, nueras, yernos, nietos y nietas del hombre de confianza. A excepción del padre, ninguno de ellos estaba invitado a la fiesta de la tarde, reservada a gente de la posición social de la anfitriona. Nunca hacían ningún preparativo especial para los visitantes de la mañana: les servían unas pastas, licores o refrescos, y basta. La fiesta solemne era a media tarde: entonces acudía el señorío deshaciéndose en felicitaciones y deseos hipócritas de prosperidad, salud y larga vida. Pero ¿quién quedaba en la villa de los señores y las señoras de los buenos tiempos? Casi nadie, hasta el punto de que la fiesta, muy deslucida a partir de las ventas de las minas y del éxodo de muchos propietarios, había quedado limitada desde el principio de las demoliciones a la visita matutina de los Graells y a la asistencia de un par de personas a las meriendas habituales del salón. Además, la muerte había hecho una buena siega en los últimos tiempos entre los pocos miembros de las grandes familias que aún no se habían ido a la capital.

Al cabo de unos meses de la demolición del convento, se extinguió Malena de Segarra. Desde su regreso al final de la guerra civil, apenas había salido de casa a excepción de las contadas ocasiones de duelo familiar. La triste visita de Nelson para transmitirle las noticias de Atanasi Resurrecció sobre la muerte de Aleix en Mauthausen, recibidas a través del guerrillero, no hizo sino confirmar un presentimiento. Acabó de recluirse en su mundo; el rumor de la villa moría en el umbral de la puerta. Ni siquiera el problema de la construcción de los pantanos había alterado el silencio del caserón de los Segarra, el tiempo muerto del interior. La desaparición del convento acabó de arruinar una salud frágil. El desenlace fue rápido: murió unos meses antes del traslado a la población nueva, un día de octubre, mientras un viento frío atenuaba el verde de esmeralda otoñal de los ríos y agrisaba amarilleces esplendorosas que perduraban en huertas y secanos. Cuando la criada se lo comunicó a Nelson, el ama ya estaba amortajada. Debajo del sudario se encontraban las máscaras venecianas con las cuales ella y Aleix se habían cubierto un desvanecido día de carnaval. Tras la caja, llevada, según la voluntad de Malena, por Nelson, Estanislau Corbera, Honorat del Rom, Joanet del Pla, el carpintero de ribera y otros contertulios del Café del Muelle, se alineó una multitud compadecida, muestra de duelo recibida con comentarios despectivos en una de las últimas meriendas del Salón de las Vírgenes Mártires, donde resucitaron los malignos chistes sobre los amores de Malena y Aleix. Carmela no se privó de manifestar secamente la indignación que le producían los venenosos comentarios y la señora, escaldada por el reproche, estuvo una semana entera sin dirigirle la palabra, aunque aquello ya era historia olvidada la tarde de la celebración del cumpleaños.

—¿Qué hora es, Carmela?

—Las cuatro en punto, señora.

Al cabo de poco tiempo —recordaba Carmela pasando con tristeza otra hoja del obituario—, durante la peregrinación anual a Lleida, el último descendiente del barón cayó fulminado en un burdel por un ataque al corazón cuando, desnudo de pies a cabeza y cargado de ron, punteaba un tango quejoso y canalla con una ramera estrábica, vestida únicamente con una media negra, la de la pierna derecha. Unos días después del entierro, llegó a la alcaldía el canotier del difunto, olvidado por los mozos de la funeraria en el salón del prostíbulo. En una carta adjunta, la pobre maturranga en cuyos brazos había expirado el camarero aristócrata, impresionada hasta la médula por la tragedia, le contaba al alcalde la profunda crisis espiritual que le había provocado el hecho y anunciaba su renuncia irrevocable a los pecados de la carne y al éxtasis del tango. Quería huir del mundo. Acababa de solicitar el ingreso en la paz de un convento y esperaba conseguirlo gracias a una superiora carmelita –«una santa, señor alcalde»–, prima hermana de la viuda del coronel de caballería motorizada –«otra santa»– que regentaba el prostíbulo tortosino donde ella había comenzado la carrera a los diecinueve años.

La edificante historia de la pelandusca leridana fue el preludio de un renacimiento espiritual de las beatonas más notables que seguían en la villa, muy entristecidas por el descenso de milagros comprobado a partir del comienzo de las demoliciones, atribuido por Honorat del Rom a las incomodidades que la villa ofrecía entonces a los seres sobrenaturales, perdidos entre tanto escombro, y sazonó la tierra para la defunción de la señorita d'Albera.

La solterona, más vieja que Carlota de Torres, se hallaba muy decaída. Ni medicinas ni reconstituyentes conseguían reanimarla. Ya no iba a las meriendas del Salón de las Vírgenes Mártires y se le había secado la ponzoña de la lengua con que envenenaba a la villa. En los últimos tiempos, apenas era capaz de proferir balbuceos incomprensibles. La mañana de otoño, desgarrada por un preludio de tormenta, que una sobrina la encontró fría en la salita que daba al muelle de las Viudas, la señorita estaba sentada en un balancín como dormida. Apretaba contra su seno el hábito de monja con que acostumbraba disfrazarse antaño para estimular la libido del malogrado secretario del juez durante la guerra del 14. Pero el verdadero uso de los hábitos, de los que cayeron bolitas de alcanfor cuando consiguieron desprenderlos de las manos rígidas de la difunta, era desconocido por todo el mundo. El gesto fue interpretado como un deseo de ser amortajada con aquel hábito de religiosa lleno de desgarrones (atribuidos con unción por la sobrina a flagelaciones penitenciales) que, en realidad, eran tirones impacientes del funcionario ansioso de llegar a la carne oculta debajo, en su época incitadora y fresca. Así, entre rumores de santidad divulgados por el cura, la señorita d'Albera se fue al otro mundo vestida de monja, sin realizar su sueño de cobrar las indemnizaciones por la expropiación de casas y tierras y acabar sus días en la ciudad.

No quedaba ninguna de las contertulias del Salón de las Vírgenes Mártires, ninguno de los antiguos invitados a las celebraciones de la casa de Torres, no quedaba casi nadie.

—¡Ay, la clepsidra implacable, amigas del alma, señala la hora llorosa de los tristes adioses! —dramatizó Teresa Solanes el día antes de irse a Tarragona, donde moriría al cabo de cuatro meses de un ataque al corazón.

—Los designios del destino inescrutable me llevan a un segundo primera de la calle de Cavallers —anunció Nàsia Palau una semana después, a punto de marcharse a Lleida con el hijo pequeño.

—Ay, querida Carlota —se despidió Isadora Rubió, la última en desertar del salón—, pensar que mañana ya estaré en Barcelona inunda mi corazón de euforia primaveral. ¡Es una ciudad tan..., tan ínclita!

Por otra parte, la retahíla de gente que se trasladaba a

las casas nuevas estaba acabando de vaciar la villa. Cuando curioseaba a espaldas de la señora y asistía a la marcha de alguna familia, Carmela se preguntaba cuál sería la decisión final del ama, cada vez más preocupada y extraña. Entre las viejas casas, por las calles destruidas, pronto quedarían solamente espectros. Mientras acababa de arreglar los últimos detalles de la mesa, la criada fantaseaba si serían eso, espectros o fantasmas, lo que esperaban al convite.

–¿Qué hora es, Carmela?

–Casi las cinco menos cuarto, señora.

La campanilla sonó cerca de las cinco y media. Ansiosa, Carmela salió inmediatamente de la cocina donde estaba trabajando pero, cuando Teresa abrió la puerta, entró únicamente la figura vacilante de Graells, acompañado del hijo mayor. Al cabo de unos minutos, en el salón resonó la voz de la señora, primero en tono bajo, después furiosa hasta que se convirtió en una serie de gritos que rebotaban de antepasado en antepasado por la hilera de pinturas del larguísimo pasillo. Las damas encorsetadas, los señores severos y dignos, fingían no oír las imprecaciones vociferadas por su sucesora; pero todos, desde el señor Jaume de Torres hasta el pariente más oscuro, no tuvieron más remedio que enterarse del memorial de agravios pregonado en el Salón de las Vírgenes Mártires. Las primeras frases preocuparon al fundador de la dinastía por el lado de los Camps, encerrado en un rincón del denominado Salón Viejo, donde, casi invisible entre las tinieblas de unos pigmentos ennegrecidos, dormía al lado de una cornucopia de ébano y de un pájaro mecánico. El hombre, un zapatero que hizo fortuna al preñar a la viuda de un afrancesado podrida de dinero y necesitada de protección después de la guerra contra Napoleón, era convocado como testimonio glorioso del origen de la casa y de la imperdonable ofensa que la villa acababa de infligir al linaje. Sucesivamente, entre muchos más, la señora citó a Pau Camps, usurero ilustre, acaparador de la mayoría de las casas y fincas que poseía la familia, y a Nicanor Camps, el primero que se arriesgó a abrir una mina en los inicios de la explotación del lignito de la cuenca. Filomena Sants, que había aportado a la familia el paquete de acciones de la fábrica de extracto, la gloriosa generala, la abuela, la madre y el señor Jaume fueron los últimos por orden cronológico de aquella evocación (en la que fueron incluidos hasta el tío calavera y otros ejemplares indignos), a fin de escuchar la queja de la descendiente.

La voz de la señora retumbó largo rato entre los preparativos del convite antes de que Carmela, Sofia y Teresa se enteraran, juntamente con los antepasados, de los motivos de la indignación. Cuando las destrucciones habían comenzado a comerse la villa vieja, la señora mantuvo silencio, confió, encastillada en la casona, en que los habitantes le reservarían un lugar en la nueva población; no un lugar cualquiera, una casa como las demás, sino el que le correspondía como Carlota de Torres y Camps. ¿Quién podía ni siquiera imaginar la población sin su familia? Ella no se marcharía como hacían los demás, no se iría a vivir ni a marchitarse en ninguna ciudad donde su nombre fuera desconocido, lejos de las personas y de los bienes ligados desde siempre al linaje. Ahora bien, eso debía serle implorado. Ella no podía ir a inscribir su nombre en la cooperativa fundada para los vecinos...

¿Quién concebía los apellidos de Torres y Camps mezclados, en la misma lista y con los mismos derechos, con los de tenderos, payeses, panaderos, carniceras, sastres, modistas o, aún más humillante, los de antiguos navegantes o trabajadores de sus minas? Ella no era una vecina más: habría que suplicarle que se dignara ir a vivir a la villa nueva, reservarle el sitio de honor para que edificara allí una casa aún mayor y más espléndida que la que presidía la plaza de Armas.

Pero, aunque los arquitectos habían diseñado las casas y trazado las calles, sobre los cimientos ya habían subido pilastras y crecido paredes y casi todo el mundo vivía ya en la otra villa, nadie había venido a llamar a la casona. Carmela supo más adelante a través del hijo mayor de Graells que el administrador, adivinando las pretensiones del ama, le había sugerido que se construyera una casa al lado de la población nueva, donde los Torres tenían terrenos suficientes; una casa digna de ella, dado que no quería resignarse a ninguna de las diseñadas ni al sistema democrático de sorteo mediante el cual las otorgaban. El carcamal recibió un furibundo rapapolvo. Si la casa de los Torres y Camps tenía que estar en algún lugar, no era desde luego fuera de la población sino en el centro, allí donde le correspondía... ¿Qué le importaba que el suelo edificable fuera escaso y que los vecinos ya se hubieran negado a sacrificar ni un palmo para construir una iglesia? Que el cura dijera misa en un bancal si quería, que el arzobispo fulminase a los descreídos con la condenación eterna; a ella eso le importaba un comino. Pero ¿qué era la villa sin los Torres? La señora tenía que tener su lugar, todo el que quisiera y en la plaza principal de la villa nueva. Con el resto que hicieran lo que pudieran. ¿De qué habían comido aquellos miserables sino de la fábrica, de las fincas y de las minas de la familia? ¿De quién eran muchas de las casas donde habían vivido alquilados los piojosos que ahora querían ser propietarios? Tendrían que rogarle de rodillas que eligiera el lugar que le apetecía.

Pero eso no había sucedido y, al final, exasperada, había cometido el error de intentar atraer a los representantes de los vecinos, de vencerlos halagándoles la vanidad con aquella invitación de cumpleaños reservada en otros tiempos solo a los señores, por asistir a la cual media villa habría hecho lo imposible en otros tiempos. Imbécil. ¿Cómo había llegado a rebajarse tanto? Pero pese a todo, aun siendo muy hiriente, no era la negativa a presentarse al convite la humillación más honda, sino la carta que le hacían llegar a través de Graells, a quien había enviado de embajador, donde le comunicaban que, si quería una casa, tenía que ser como las que se construían para todo el mundo y, también como a todo el mundo, donde le tocara por sorteo. Eran las normas y no las romperían por nadie. ¿Las normas? Aquello era una conspiración detrás de la cual veía al antiguo enemigo; el que había disparado contra su padre cuando ella era una criatura, el que incitaba a los mineros a la huelga, el que había colectivizado las minas durante la guerra civil, el que pretendía desde siempre aniquilar a los señores... ¡Habían sido blandos, demasiado blandos con aquella chusma, en 1939!...

Los gritos iban en aumento. Carmela cruzó el pasillo y se acercó a la puerta del salón, donde ya estaban Sofía y Teresa, asustadas por los gritos del ama, cada vez más enloquecida. Aquello no pasaría jamás –vociferaba la señora–, ella se quedaría en la villa vieja, dentro de su casona, rodeada de sus casas, que nadie derribaría. ¡Volvería a abrir las minas, haría navegar de nuevo sus laúdes! ¡Que Graells convocara a los capataces para darles instrucciones, que hiciera venir a los albañiles para restaurar la casa...! Ella no era como los demás: era la señora Carlota de Torres, de la familia de los Torres y Camps.

–¡No lo permitiré, padre; no lo permitiré! –exclamó dirigiéndose al retrato.

Enloquecida, repitió muchas veces las últimas palabras hasta que la voz se quebró de repente en un ahogo y el grito de pánico de Graells –«Señora, ¿qué le pasa, señora?»– llegó a los oídos de las criadas angustiadas y a las hileras de antepasados inmóviles.

VI

La versión más extendida de la última detención de Honorat del Rom sostenía que la pareja de la guardia civil trasladó inmediatamente al preso del Café del Muelle al cuartel, pero era una deducción errónea, una copia inconsciente de las veces que los vecinos habían presenciado el estremecedor ritual a lo largo de la eternidad franquista: aquella tarde el cuartel ya no existía. Hacía meses que la guarnición había desalojado el edificio junto al antiguo fortín del portal del Segre y vivía en barracas provisionales de madera instaladas cerca de las casas nuevas. Tan pronto como salió de allí el último tricornio, el que cubría la mollera lunar del guardia Trinitat, inseguro bajo el peso del archivador con las fichas de los vecinos sospechosos de actividades clandestinas, el cuartel fue ocupado por otros habitantes: los perros vagabundos de los escombros. El camarero bobalicón del Café del Medio, compadecido de las pobres bestias, tuvo la ocurrencia de albergarlos allí. Llenos de curiosidad, los perros recorrieron las dependencias, desde el cuerpo de guardia, las celdas y el despacho del comandante del puesto hasta las viviendas de las familias de los números. Olieron todos los rincones, impregnaron de orines los puntos estratégicos y, bajo la ventana de la armería, un lebrel de color canela cubrió a una hembra en celo después de amilanar con ferocidad a un perdiguero rival. Al día siguiente, pese a los cubos de agua y los mendrugos de pan que el camarero les llevó, les pilló el ansia de escapar; el edificio rodeado de ruinas se convirtió en un coro ensordecedor de ladridos. Las bestias enloquecidas permanecieron tres días en su encierro, espiando por balcones y ventanas, arañando las puertas con desesperación hasta que un transeúnte las liberó. Inmediatamente unos obreros tapiaron la puerta y el cuartel fue derribado un mes antes de la detención del boticario. En realidad, llevaron a Honorat a una dependencia del juzgado municipal, en el Ayuntamiento, donde los funcionarios andaban ya empaquetando el material, y le interrogaron sentado encima de una pila bastante alta de papelotes legales coronada por el registro de defunciones.

En primer lugar, el sargento, un zoquete bigotudo, obtuso y formalista, procedió a la identificación con pelos y señales del preso a fin de asegurarse de que era realmente el boticario a cuya farmacia iba regularmente a comprar agua del Carmen, aspirinas y, bajo riguroso secreto, condones de importación, porque consideraba los de fabricación nacional responsables de los gemelos pelirrojos que la sargenta había traído al mundo tres años atrás (conclusión falsa, ya que bastaba ver al guardia más joven de la guarnición, avispado y con una escandalosa pelambre del mismo color, para absolver a la industria autóctona, siempre tan denigrada, de la responsabilidad del doblete). Establecida la filiación de manera irrefutable, comenzó el chaparrón de preguntas, a las que el boticario respondía sin rodeos. Había estado calentándose la cabeza desde el momento del arresto sin encontrar la clave del mismo. No entendió qué ocurría hasta que, entrando en el despacho, descubrió con el rabillo del ojo la caja de cartón custodiada por el cabo de la guarnición. A la primera pregunta del sargento dijo que sí: la noche antes había salido de casa muy tarde. ¿La hora exacta? No la recordaba, debían ser alrededor de las doce y media. ¿Adónde había ido? Bien, después de seguir por el callejón del Anzuelo hasta el muro del Ebro, se había dirigido a las ruinas del cine, teatro y sala del baile Venus. Pero se guardó como de caer al río de contarle al sargento, que le miraba con un brillo maquiavélico en las pupilas desde el otro lado de la mesa, las sensaciones que le produjo encontrarse entre los restos de uno de los lugares de diversión más populares entre el vecindario. De pie sobre los montones todavía blandos de escombros recientes, apenas iluminados por una farola amarillenta, le había costado imaginar que aquel espacio raquítico hubiera podido contener un local como el Venus, enorme sobre todo en su recuerdo de adolescencia del día en que su padre le había llevado al concierto de piano de Aleix de Segarra con que la villa celebraba la proclamación de la República, o que hubiera sido un enorme lago de aguas fangosas cuando lo había inundado la gran riada del 37, en plena guerra civil. Él y su padre entraron en piragua por una ventana. Navegando por el pasillo sombrío de los palcos, se habían dirigido a la parte trasera del escenario entre viejos decorados reblandecidos por las aguas. Su padre abrió con el remo los cortinajes empapados, la piragua salió al escenario y él tuvo la sensación de interrumpir la representación de una obra fantasmal para una platea sumergida, con las butacas ocupadas por los navegantes desaparecidos en antiguos naufragios. La noche anterior le había parecido que, en aquel solar en medio del cual adiviné un fragmento del cuerno de la abundancia de escayola pintada que siempre presidió el frontón del escenario por un curioso capricho del señor Praxedes, ni siquiera habrían cabido los palcos donde la oscuridad de las sesiones de cine propiciaba, en palabras del rector, «la orgía de la carne» durante la oleada hipócrita y moralizadora, posterior al triunfo de los fascistas en la guerra civil. En las filas más ocultas, las parejas de enamorados, indiferentes a las ñoñerías que la censura dejaba proyectar en la pantalla, se entregaban de lleno a actividades mucho más estimulantes con un entusiasmo tan irreflexivo y comprometedor que el señor Praxedes decidió salvar por lo menos las apariencias: instaló un timbre que sonaba unos minutos antes del descanso o de cualquier interrupción de la película a fin de que todo el mundo, prevenido por la señal, tuviera tiempo de recuperar el aspecto pudoroso y cursi propuesto como modelo por la iconografía franquista. A pesar del invento, las situaciones comprometidas menudearon. De vez en cuando, las tertulias evocaban el orgasmo legendario, a cada versión más ruidoso, violento, sincopado y quejumbroso, indiferente a timbres y luces, de Casilda Quintana, el cual hacía soñar despierto a Estanislau Corbera, ignorante de la potencia volcánica oculta en una muchacha de apariencia tan frágil, siempre metida entre misas, viáticos, rosarios y novenas. El recuerdo de Casilda llevaba inevitablemente al de un guardia primero abocado a una situación semejante a causa de la habilidad manual de su prometida: sorprendido cuando presentaba armas por un descanso del que no oyó el anuncio previsor del timbre, gritó con voz de barítono «¡Franco, Franco, Franco!», ocurrencia oportuna además de patriótica que le ahorró un expediente disciplinario. Como dijo el sargento al cura y al alcalde de la villa, reunidos con urgencia a fin de estudiar el caso: ¿quién tendría el valor de sancionar a alguien que en momentos semejantes daba pruebas de sentimientos tan espontáneos y profundos de adhesión al jefe del Estado?

El boticario no incurrió en ironías peligrosas; se limitó a seguir la corriente al sargento en la reconstrucción de los hechos de la noche anterior. ¿Iba solo? Sí. ¿Llevaba algo? Sí, llevaba precisamente la caja de cartón que el otro guardia ponía mientras tanto encima de la mesa. Sin esperar más preguntas, confirmó al sargento lo que evidentemente el otro ya sabía: la noche anterior había ido a enterrarla en secreto en las ruinas del Venus.

Al cabo de unos segundos de silencio destinados astutamente a aumentar la tensión del detenido, el sargento destapó la caja, metió la mano dentro y sacó una parte de lo que contenía. Entonces alguien entró de golpe y Honorat oyó a sus espaldas la voz familiar de Susanna Castells:

—¿Puede saberse qué hace usted, señor sargento, con la calavera del pobre Ildefons en las manos?

La pinta grotesca del Hamlet barrigudo con uniforme y tricornio, sosteniendo con la mano derecha el cráneo polvoriento, fue el tema favorito de los últimos días de la tertulia del Café del Muelle. Honorat del Rom daba cantidad de detalles sobre el caso, comenzando por el estupor del sargento, decidido a abrumar al detenido con la contundencia de unas pruebas irrefutables. La voz de Susanna desmontó la escena de la tragedia shakespeariana, trasplantada de las brumas nórdicas del cementerio de Elsinor a la orilla del Ebro. El guardia civil soltó la calavera, que cayó con un tétrico ruido en la caja, encima del resto del esqueleto, y se fue a hacer gárgaras la treta para desenmascarar al criminal que había intentado hacer desaparecer los últimos rastros de una fechoría cometida seguramente muchos años atrás.

Algún confidente (el panadero opinaba que se trataba de La Lloca, el carpintero de ribera se inclinaba por Joanet d'Escarp y Joanet del Pla, ante la duda, decidió moler a ambos a palos) alertó a la Benemérita de la sospechosa actividad del boticario: la noche antes, aquel elemento, fichado como revolucionario peligroso en el archivo del cuartel, calificación compartida por toda la tertulia, había enterrado en las ruinas del cine una caja de cartón. ¿Armas? ¿Explosivos? ¿Propaganda subversiva? ¿Libros prohibidos? El sargento la hizo desenterrar en secreto un par de horas después y encontró en ella la absoluta y total evidencia de un crimen: un esqueleto polvoriento, sin duda los restos de la víctima de un asesinato.

Los despojos de Ildefons Albaida, el infortunado soldado de la República, propietario en vida de los huesos de la caja, aparecieron entre unas matas de sabina, en 1938, cerca de un olivar de los padres de Susanna Castells. No era el primer cadáver que encontraban en el término municipal, donde la locura de la guerra había dejado muchas huellas. Las circunstancias del macabro hallazgo parecían indicar que Ildefons, herido (en el suelo, debajo del costillar astillado, había balas de ametralladora), se había ocultado entre las matas, donde murió a solas. Cuando el padre de Susanna descubrió el esqueleto medio cubierto de jirones de ropa podrida junto a un casco oxidado y una bolsa de cuero, pensó en enterrarlo y basta, pero halló dentro de la bolsa cartas y papeles con el nombre y la dirección del difunto. El recuerdo de su hijo mayor, muerto en Brunete, enterrado tal vez en cualquier agujero y siempre presente en la memoria de Ramon Castells, le asaltó: si podía evitar que el desgraciado pasara la muerte lejos de su tierra, destino amargo de los despojos de su hijo, lo haría. Recogió los huesos, los llevó en secreto a la villa y los ocultó en el desván en espera de la respuesta a la carta –«la escribió una servidora, señor sargento, porque mi padre no sabía»– enviada a la dirección que constaba en los papeles. Nunca –«aunque insistimos cuatro veces durante un par de años»– habían tenido noticias. Se preguntaban si los familiares de Ildefons también habían muerto o tenido que huir a consecuencia de la guerra. Si no, no se explicaban el silencio. De todos modos, no se decidieron a deshacerse de Ildefons; pensaban que quizá su piedad por el desconocido era correspondida por otra gente con el hijo muerto en la batalla de Brunete –«porque nunca nos recuperamos, señor sargento, de la pérdida de mi hermano»–. Los despojos permanecieron siempre dentro de una cesta oculta en un altillo de la casa. A veces, los chiquillos –«travesuras sin importancia»– iban a verlos a escondidas o los enseñaban a los amigos. Cuando los viejos murieron nadie pensó en echar de allí al pobre Ildefons hasta que ella, Susanna, que había servido muchos años en casa de los abuelos de Honorat, sola a partir de la muerte de los padres y de la marcha del otro hermano casado a la capital, tuvo que desocupar la casa para trasladarse a vivir con unos primos en la villa nueva.

–No puedo presentarme allí con Ildefons –dijo a Honorat al pedirle consejo sobre el dilema.

El boticario la tranquilizó entonces: él se encargaría de enterrar los huesos bajo los escombros de algún edificio. Era la mejor solución, la que ocasionaría menos complicaciones y cotilleo.

El suceso, saldado con la imposición de una multa al boticario y a Susanna Castells por atentado contra la salud pública, tuvo escaso eco. Ni el ridículo del sargento ni la historia de Susanna, que se había olido lo que ocurría tan pronto como se corrió la voz de la detención de Honorat, ni la presencia en el juzgado de la angustiada Carmela, preguntando por el boticario porque la señora Carlota de Torres acababa de tener un ataque muy grave y el médico necesitaba con urgencia unos medicamentos, distrajeron a los vecinos, establecidos en su mayoría en la villa nueva y entregados en cuerpo y alma al futuro. El esqueleto pol-

voriento del soldado, la calavera dentro de la cual no acababan de apagarse los clamores de la batalla, quedaban al
otro lado de una frontera por la que no querían que se
filtrara nada. Abandonarían el pasado entre las ruinas para
que el cierzo lo dispersara junto con el polvo de la villa
asolada.

Epílogo
Exilio sin retorno

Los párpados irritados, abotargados, se entreabrieron penosamente como dos heridas a medio cicatrizar; las rojizas claridades de la madrugada que encendían la atmósfera tibia y estadiza del dormitorio tiñeron las pupilas. Carlota de Torres vio reflejada en el espejo la mesilla repleta de frascos de medicinas, la figura de Carmela, cubierta con un edredón, que dormía en una butaca al lado de la cama. Acabó de abrir los ojos legañosos, intentó disipar la niebla de su cerebro. Desde el día de su cumpleaños, a partir de la ardiente punzada en la cabeza, cuando el salón, las criadas, Graells, los preparativos del convite y el retrato de su padre comenzaron a girar de repente en un espantoso remolino que se oscureció hasta acabar en la negrura total, había sido incapaz de establecer fronteras entre días y noches en su mente, en medio de la cual flotaba siempre aquel punto negro. Lo descubrió al recuperarse del primer mareo; desde entonces lo tenía siempre delante como una simiente desconocida y horrible que contenía la oscuridad que la envolvía durante los desvanecimientos. La sentía latir, acompasada, lenta, hasta que de repente, sin que pudiera descubrir la causa, el latido comenzaba a acelerarse: la simiente crecía rápidamente, ella percibía la punzada en el cerebro y comenzaba el

313

espantoso remolino, la agonía, la oscuridad. Se oía gemir, advertía vagamente ruido de voces y movimientos apresurados alrededor de la cama, entre el penetrante olor del alcohol y pinchazos de agujas. Siempre que retornaba del marasmo, la horripilante semilla era un poquito más gruesa, como si el fatal embrión acumulara cada vez más tiniebla dentro de la envoltura del tegumento para sus siniestras germinaciones. Vislumbraba figuras al otro lado de una tabla de aguas estancadas sin laúdes, sin navegantes, sin peces, sin olas; a menudo se acercaban extrañamente como si flotaran sobre el agua. A veces le había parecido ver las caras de sus hijos... ¿O las había soñado junto con las figuras endomingadas de las nueras, el yerno chato y el notario de la familia, el señor Nicomedes, siempre muy arreglado y compuesto y con aquella tosecilla exasperante?

En el gran espejo, la luz pasaba del rojo al rosa. Podía mover mejor los párpados. Las aguas espantosas y las figuras desconocidas habían desaparecido de su cabeza, y aunque la semilla negra seguía palpitando, aparecía superpuesta a la visión familiar del dormitorio, del tocador, de Carmela dormida como un tronco en la butaca... Se sentía despertar de una pesadilla. El recuerdo de la tarde del cumpleaños comenzó a aparecer en su memoria y la preocupación la alteró: tenía que levantarse de la cama, ver si los albañiles habían comenzado a restaurar la fachada de la casona y las de los restantes edificios de su patrimonio, como había ordenado que se hiciera; ver si Graells había convocado a los carpinteros de ribera y había hecho llevar los laúdes a las atarazanas para repasarlos, si había reanudado la explotación de la mina del valle de Veriu, antigua propiedad abandonada de la familia, si estaban a punto patrones y peonajes, si los establos estaban llenos de caballerías... ¡La villa nueva...! No se movería de la vieja, no la humillarían, jamás la sacarían de su casona.

Se incorporó a duras penas. El cuerpo le dolía, las rodillas le flaquearon cuando puso los pies en la alfombra. Carmela, agotada por semanas de vigilia, no se dio cuenta. Se levantó. Un escalofrío la estremeció mientras buscaba una bata para cubrir su desnudez. No la encontró. Desnuda, apoyándose en la pared y en las sillas, se dirigió vacilante hacia la puerta. Fuera de la respiración acompasada de la criada solo había silencio. Tuvo que detenerse. Jadeaba. Temía continuamente que las piernas le fallaran y caer al suelo. Gotas de sudor le resbalaban por la espalda. Cuando se recuperó un poco, abrió la puerta. Le detuvo la oscuridad del pasillo. Apretó a tientas el interruptor de la luz y el resplandor de las bombillas la obligó a cerrar los párpados inflamados. Cuando los abrió otra vez, en lugar de la imagen de Bernabé Camps, el antepasado que siempre la recibía con cara adusta desde el retrato colgado enfrente de la puerta de la habitación, encontró la huella del marco sobre las flores de un azul pálido del papel de la pared. El tío había desaparecido pero no era el único que faltaba; tampoco estaban los abuelos ni las tías. No quedaba ni un cuadro. Estupefacta, se dirigió al recibidor. Encontró allí grandes cajas de madera llenas de pinturas. Al lado de una de ellas, aún vacía, el retrato de la generala y el del tío muerto en París parecían esperar apoyados en la pared el momento de ser embalados. ¿Qué significaba eso? ¿Quién había ordenado descolgar los cuadros y meterlos en cajas? ¿Quién? La semilla negra comenzó a latir apresuradamente entre la morisma abigarrada del retrato ecuestre del general que alguien había traído de la habitación de los lutos. ¿Dónde estaban la cornucopia y el canterano? ¿Dónde la imagen de santa Bárbara, la patrona de los mineros? ¿Y la colección de porcelanas reunida por el tío calavera? ¿Qué habían hecho de la panoplia de sables y pistolas del héroe de África? Se apoyó en la pared. Las piernas apenas la sostenían, respiraba con mucho esfuerzo, el sudor se le helaba sobre la piel. Descansó un rato antes de entrar en el comedor y tropezar con otro montón de cajas a medio llenar: la plata, la vajilla, las armas del general estaban amontonadas encima de la mesa; vio que habían bajado del desván el cuadro de las falsas mártires. Salió dando traspiés y se metió en el despacho, conservado por su expresa voluntad tal como lo había dejado su padre. La habitación estaba vacía. A punto de desfallecer, entró en el salón, casi tan desnudo como el despacho; solo quedaba en él la enorme pintura de Aleix, descolgada y al lado del balcón. Tambaleándose, cruzó la habitación. ¿Qué era aquel desastre? ¿Quién estaba vaciando la casa? ¿Qué ocurría?

Tuvo un mareo y se agarró al marco del cuadro. Aterrada, quiso gritar pero la voz no conseguía salirle de la garganta. ¿Por qué no acudían Carmela ni Sofia ni Teresa? ¿Dónde estaban? La simiente negra latía más deprisa. La cabeza comenzó a darle vueltas: la simiente estalló, la oscuridad cubrió el ventanal, las acacias de la plaza, los muelles del Ebro donde solo quedaban naves podridas. No hacía pie, se hundía en la negrura. Intentó gritar otra vez: nadie acudía a rescatarla de aquel pozo de oleaza tenebrosa.

La señora Carlota de Torres y Camps jamás había previsto su propia muerte, a diferencia de Carmela, que tenía pensadas hasta sus últimas palabras y consignado en un papel el ceremonial para el tránsito y el sepelio: desde los recordatorios, el ataúd y el modelo de lápida, al número de curas de la misa, la música del funeral y el epitafio (en latín porque quedaba más señorial). Si el ama hubiera imaginado su óbito, probablemente jamás habría supuesto que le correspondería el dudoso privilegio de ser la última persona que moriría en la villa vieja ni habría situado la defunción en las circunstancias que la rodearon, muy diferentes de los fallecimientos más apoteósicos del linaje; no se habría imaginado que la encontrarían exánime junto a los ventanales del Salón de las Vírgenes Mártires, al pie del retrato de su padre, quien, sin darse cuenta del cuerpo desnudo de la hija moribunda, tendida sobre el mosaico, contemplaba, petulante y feliz, una lejana escena familiar en la que la pequeña Carlota se ensimismaba mirando cómo Aleix de Segarra mezclaba los colores y plasmaba la imagen del progenitor sobre la gran tela blanca.

La piadosa oscuridad acabó de envolverla a tiempo de ahorrarle las amargas palabras de Carmela, quien, horrorizada, perdió la serenidad y se abalanzó contra los hijos y las nueras congregados en el salón, ellas en camisón, ellos en pijama, por los gritos de la criada. Perturbada, incapaz de perdonarse su negligencia ni de quitarse de la cabeza lo que habían podido ser los últimos momentos del ama ante el estado de la casa, reprochaba a los herederos su avidez. ¿Qué les urgía tanto si todo el patrimonio era suyo? La señora tenía los días contados, no hacía falta en absoluto tanta codicia. La desgraciada habría podido morir sin pasar por ese mal trago ni adivinar, viendo el saqueo, que los papeles del notario que le habían hecho firmar sin darse cuenta de lo que hacía habían permitido a los hijos, llegados al comienzo de la enfermedad, la venta de fincas y edificios, incluso de la casona, que sería derribada tan pronto como el ataúd con los restos de la madre traspasara el umbral de la puerta. Mientras Teresa y Sofia la sacaban a la fuerza del salón entre los insultos de nueras e hijos, Carmela no cesaba de gritar: los lamentos resonaban interminablemente por las habitaciones vacías.

Durante los tres melancólicos años que sobrevivió al ama, la vieja Carmela, acogida en la villa nueva por unos parientes lejanos que ya la veían a punto de irse al otro barrio y le cortejaban los ahorros, lanzaban a menudo sartas de reproches por el deslucido sepelio, sin la ostentación habitual de los entierros de los señores, al cual asistió separada del duelo familiar: el día antes, a raíz de los reproches que había hecho a los herederos, el hijo mayor la despidió vergonzosamente de la casa e incluso le prohibió, pese a sus desesperadas súplicas, amortajar y velar a la difunta.

No había más pompa que un par de raquíticas coronas tras una caja vulgar comprada aprisa y corriendo, indigna de los despojos de la señora Carlota de Torres. En la iglesia, los responsos fueron estorbados por el estrépito de las máquinas que demolían las casas de la cuesta del Horno y no había nadie para tocar el armonio en el coro desierto de cantoras.

La historia había trascendido inmediatamente. Los sórdidos detalles del velatorio en medio de la agitación de los obreros que acababan de desmantelar la casa daban vueltas en el cerebro de Nelson, uno de los pocos que todavía seguía en la villa vieja y que se había sumado a la pobre comitiva mientras esta, seguida por la conmovedora figura de Carmela, avanzaba entre las ruinas camino del cementerio. No quedaba casi nada en pie. Solo casas tapiadas, calles sin nombre y montones de escombros completaban el paso del coche fúnebre. No había tiendas que cerrar al paso del cortejo ni cafés para sumarle su parroquia. El Café del Muelle, el último de la villa, había sido desalojado al cabo de pocos días de la última detención de Honorat del Rom y del comienzo de la enfermedad de Carlota de Torres; era ya una ruina que el viejo Nelson evitó mirar cuando pasaban a su lado. Por todas partes crecía la hierba. La naturaleza se apresuraba a recuperar el terreno perdido muchos siglos atrás. Sembraba simientes en él, lo poblaba de criaturas. Larguísimos ejércitos de hormigas exploraban caminos entre tejas rotas, aleros derruidos, vigas astilladas o tabiques de los que la intemperie borraba el calor humano; lagartijas y salamanquesas escalaban paredes; las arañas tejían trampas entre las ramas de tomillos y romeros, y las serpientes abandonaban sus mudas entre los ladrillos abatidos de los porches de la plaza morisca. Lo que habían sido casas y calles se poblaba de rumores animales, vuelos y gorjeos. De noche, las zorras, cada vez más atrevidas, se aventuraban dentro del perímetro de la villa para cazar gatos vagabundos. A veces, el antiguo navegante podía escuchar desde la cama la lucha desesperada de los felinos, de los que al día siguiente solo quedaban salpicaduras de sangre seca en el lugar donde habían encontrado la muerte.

El entierro de la señora salió por el portal del Segre, cerca del antiguo fortín, baluarte inútil en aquella guerra perdida, y enfiló la carretera. A medio camino de las casas nuevas, en la encrucijada con la cuesta del cementerio, un grupo esperaba el paso de la comitiva. El viejo Nelson vio a Honorat del Rom, a Estanislau Corbera, al carpintero de ribera y demás parroquianos del antiguo Café del Muelle. Hasta en sus caras percibió la señal indefinible que marcaba a todo el mundo. Aunque en la entrada de la villa nueva figurara el mismo nombre de la arrasada, en algún punto del camino entre los antiquísimos olivares que separaban las dos poblaciones había un vacío, una especie de tierra de nadie donde la gente cambiaba de manera sutil. Puede que ni siquiera ellos mismos percibieran el fenómeno, que hacía, por ejemplo, patética y estéril la obsesión de Estanislau Corbera por intentar reconstruir en el local nuevo el antiguo establecimiento demolido: los espejos reflejaban otra luz, los ventanales de la parte trasera ya no daban a los muelles del Ebro, el fez moruno se había perdido en la confusión de la mudanza y la hendedura del mostrador de mármol ya no evocaba el sablazo del general Prim. Las ventoleras, más vastas que antes, llegaban ahora directamente del altiplano de los Monegros, batían con mayor fuerza las calles rectas, las casas uniformes, sin callejones donde arremolinarse ni laberintos donde perderse. Las complejas mallas de las relaciones del vecindario tenían que ser rehechas y la vida, en la que los ríos ya no intervendrían como arterias vivas de la población, estaría condicionada por otros factores. Pero solo los más jóvenes, los niños, olvidarían completamente: una parte de la memoria de los demás permanecería agarrada como una raíz bajo las aguas del Segre y del Ebro. En los dormitorios nuevos, entre los muebles que todavía olían a barniz, oirían con frecuencia viejas palabras; de las nieblas invernales les llegarían clamores de antiguas tripulaciones y gritos de otras gaviotas.

El entierro de Carlota de Torres emprendió la subida del cementerio; allí, desde el panteón familiar –traducción a la muerte de la casona de plaza de Armas–, sus despojos presidirían la villa del silencio donde dinastías de enterradores invariablemente ebrios alineaban en fosas y nichos para el viaje a la nada a los difuntos segregados por la otra. Por encima de las tapias del camposanto, los cipreses comenzaban a desprender las primeras sombras del ocaso contra un cielo amoratado. El viejo Nelson se detuvo y contempló a su derecha la población nueva a la que debía trasladarse al día siguiente; habían conseguido un lugar donde sus descendientes perpetuarían el nombre de la villa pero descubría que él jamás podría sentir como propia aquella geometría blanca y roja: navegante sin barco, exiliado sin esperanza de retorno, ya pertenecía a la noche inacabable por la que su padre, su niña, Arquímedes Quintana, Malena, Aleix de Segarra, la viuda de Salleres, Joanet del Pla, Atanasi Resurrecció, Madamfransuà y tantas otras sombras entrañables navegaban silenciosamente hacia el olvido.

Poco antes del cierre de las compuertas del pantano de Riba-roja, la lluvia cayó con violencia sobre la villa demolida y desierta. Los barrancos de la sierra del Castillo se precipitaron con furia sobre los muelles, rompieron las amarras podridas del cementerio de laúdes y los dispersaron. A la deriva en un Ebro furioso que había olvidado las estelas de las quillas y la cadencia de las bogadas, zozobraron por rápidos y roquedales. El *Virgen del Carmen* se hizo astillas frente a la Isla de los Trece Santos, su proa encalló entre los álamos de la orilla. Cuando el agua del río bajó, nadie reconoció los restos de la nave; la rabia de la riada había borrado las letras del tercer nombre. El viejo *Neptuno*, botado con discursos, banderas y música en el muelle de las Viudas uno de los días esplendorosos de El Edén, era para siempre jamás un costillaje anónimo de madera muerta.

ÍNDICE